纸上的光

ZHI SHANG DE GUANG

西边 著

时代出版传媒股份有限公司
安徽文艺出版社

图书在版编目（ＣＩＰ）数据

纸上的光 / 西边著. -- 合肥 : 安徽文艺出版社,2024.11
ISBN 978-7-5396-8024-8

Ⅰ．①纸… Ⅱ．①西… Ⅲ．①诗歌评论－中国－当代－文集
Ⅳ．①I207.22-53

中国国家版本馆 CIP 数据核字(2024)第 040939 号

出 版 人：姚 巍
责任编辑：张星航　　　　　　　　装帧设计：禧墨文化　　褚　琦
....
出版发行：安徽文艺出版社　　www.awpub.com
地　　　址：合肥市翡翠路 1118 号　　邮政编码：230071
营 销 部：(0551)63533889
印　　　制：合肥禄祺芭印务有限责任公司
....
开本：880×1230　1/32　印张：7.75　字数：210 千字
版次：2024 年 11 月第 1 版
印次：2024 年 11 月第 1 次印刷
定价：42.00 元
....
（如发现印装质量问题，影响阅读，请与出版社联系调换）

自　序

我们置身的时代正在不断加速前进。

与此相应，近二十年，对每个成长于斯的人来说，都易产生沧海桑田的感怀。二十年云卷云舒，有聚有散。最终，爱读书爱写作的我们都将逐渐忘却短促的光影变幻，重新踏上孤独的求索之旅。当然，也有一些力量始终激荡，如灯塔矗立于深夜的海面，指引着方向，《纸上的光》评论集的成型正是基于此。

这是我二十年读书写诗之余，应约写下的部分序、跋、短评的汇编小辑，还有一篇改稿会上的讲话也整理出来加入其中，因为同样包含我对创作基本问题的思考。

本书在结构体例上并无特别用心之处，没有按写作时间顺序来编排，而是随机排序。且部分选文如从纯学术角度来看，算不得严谨。但对我来说，有其存在的逻辑：一方面，这是我对"评论具有自身活力"这一基本观点的坚持；另一方面，这些文章都是我长期阅读后留下的心灵印记，是我与众多复杂的灵魂展开对话的记录。此外，因为这是我的第一本书，我希望能尽量保持每篇文章的原貌，并将其作为自己在文学领域拓荒的起点。

深入解读一部（篇）作品与剖析当下任何一个看似简单的人一样，是极困难的，因为我们置身的时代复杂且多元，而人性本身也是文学最复杂的研究对象。所以，我的这些文章只能算是一些浅近的研究。然而，它们切实地承载了他者向我不断叠加的精神重力，以及我个人所经历的种种困难。有些痕迹如此清晰，似乎永远也无法抹除。

我更希望通过本书传递一个声音：评论有自身尊严，不需要依附什么而存在。

谨以此书献给默默关注、关心我的人，和我毕生所敬、所爱之人。

西边

2023 年 9 月

目　录

玻璃上的苍凉光阴

帕慕克所言精辟："真正的尊敬并非发自内心，而是源于各种不同的规矩和顺从……"这也可以恰当地解释我对朋友蓝角的尊敬。

那是位高大而微胖的诗人，上身略略前倾，从书吧匆匆走出，在花木扶疏的拐角，将手机的亮光映在颊边温声低语。那是位典型的南方文人，儒雅风趣，带着南方男性的温情、委婉、坚忍，夹着微微的怀旧与厌世，在诗家纷纭中，独自从容……

如李太白将老庄读得太深、把屈原读得太厚，其诗呈现一往无前的奔放瑰丽。诗歌在客观上是传承的，常跨越时空，挟思想风格气韵流贯而下。网络时代，诸多诗歌爱好者相信有巨擘可学，并精研模仿之道。峨冠华服，皮相油彩，遥遥望去，精微美妙，看起来什么都不缺，其实不过黄茅白苇，究其原因，是独创缺失、自我缺失。优秀的诗作始终源自扬弃的继承，而非一味模仿；出自自我的坚持，而非一味迷信。蓝角也从古今中外优秀诗人那里广泛学习，历时二十余年，从浅淡到深厚，从繁复而简略，从散乱至凝练……他的努力逐渐使诗歌与自身一致起来。

没有过重的学问泥沙壅滞清泉之眼，没有莫名的植物藤蔓盘绕诗行，没有过度冥思带出的丛生杂草，蓝角的诗很有节制也很有节奏。它们时而缓慢时而急骤，时而朴素时而华丽，时而奔放时而收敛，时而灿烂时而阴晦，呈现出变化无拘的态势。

东坡说，诗的功夫在诗外。生活的历练积累是蓝角创作的不竭源泉，无论是故纸中的博物，还是身体主义的万花筒，抑或冷硬的现代建筑，甚至那些处于底层的文本尝试，都会在蓝角的诗中闪现，也表明生活的丰富：青鱼与豹的斑纹，眼耳的屏障，那可解的令人会意一笑的喇嘛，那张口无语不可理喻的石榴……更多的是不必解，水光混沌间留存诗的意趣。

或许，诗歌只为能见的人现身。

2006年是蓝角创作的一道分水岭，其作品系列组诗《厌恶及其他》和《时间的证词》一起证明了我们在时间的流逝中必将受到心灵的拷问与审判。这两组作品同样没有清晰明确的文本取向和格式化的语言风格，只是在庸常的生活图景中随意地解构和建构现代诗歌语境，在看似平静的人生里蕴藏内心无边的风暴。两组长诗都是面向时光流逝的挽歌，时光是蓝角的那匹"黑色的马／缓慢的马"，使他缅怀，使他遗忘。"三十年／胸中积满泥沙和月光"，但诗人觉得自己如今是"面色模糊／回到旧地"。当年那些读诗、选诗、评诗、写诗的日子，像佩弦先生《匆匆》中迟缓而令人心痛的句子，包河岸边花开花落，横枝错柯间的风声雨滴，这一切再熟悉不过。诗人曾在稻香楼的酒馆里，芜湖路梧桐荫里的站牌边，董铺水库的鲤鱼翻起的细浪中，茶楼里漂浮的龙井里，度过自己的激情岁月……而如今，旧日只是一面不可重圆的镜子，以至在许多个宿醉的凌晨，蓝角想吐出"四十年前／母亲交给他／第一声哭喊"，同时，也要吐出"像是蜈蚣比蜈蚣凶残"的识见魔障，重现快被遗忘的自己。

我们大多数人在没有标牌的道上匆匆赶路，精神上渐渐生长出皱纹，像一株苦蔷薇或一段干枯的梧桐木，这也是诗人所见的"汩汩流动的今世／和深不见底的绝望"。和我一样，蓝角是厌倦的，而且厌倦是如此强烈，诗的矛头从萨特的那些黑苍蝇，指向自己的笑："你在笑……没有人想知道它的来路／就像没有人知道它发馊的味道。"同时，我也怀疑会议室里的蓝角也是一个散漫且无所谓的厌倦者，"总是站在那里／动也不动"。

　　虽然他有略呈颓废的心境，但他深厚的功底，常令一首诗飞掠过烦琐的描述，由平凡而精彩甚至伟大起来，如"齿轮，在和别的齿轮撕咬、争执""我沉溺于自己的盲目和日夜生长的功利""你在我的意料之中/就像蜘蛛在蜘蛛的意料之中""我害怕我的怀疑也是你的怀疑""一切都是闪电/包括正在蠕动的十一月""有时上午九点只是一根烟里向下或向上的部分""诗/华贵于耻辱/沦落于灰尘"等数量众多的妙语警句从智者指隙坠地，成为稿纸上的缤纷落英。

　　在蓝角眼中，对作品采取非功利写作的同时，也应该采取非功利的评价，不负责任的妄议还不如闲谈人欲风情，更不如据案豪饮。

　　这恰是一种大智慧。

　　艺术本在似与不似间，风格也在若隐若现中。我们所清谈或热议的风格，只是万红拂动，让人如何辨出那朵殷红的木槿。然而，风格也是危险的，恰恰是它在不断暴露我们习惯的痕迹，使诗人易于在评价的泥沼中迷失自己，裹足不前。我想，相对于任何风格的评论而言，或许任何无风格的诗歌都更具生动诱人的魅力。正如蓝角在颓废中随意迸发的激情火焰也会在都市的灯火中显得格外刺目。

　　我们这些活在玻璃缸中的鱼，一生尝试着回答何为诗、何为诗人、诗何为、诗人何为。

　　或许重要的并不是诗歌的内容，而是诗歌的语言形式；或许重要的也不是诗歌的形式，而是我们诗一样的心境。我在夏日的古藤萝浓荫下阅读蓝角，清风徐来，仿佛遥远的前世。

　　我想成为蓝角的一首诗，更想成为它的意义。

　　在卑俗荒谬的生活中，诗歌信仰是否只是一件华丽的外衣？今天，天空已经乌云密布，那个群山环抱的家园正从暮色里消失。在又一次醺醺酒后，忧伤的蓝角面向沉沉黑夜，看到旧日"每一块玻璃上/晃动他挣扎着的苍凉光阴"的诗句，或许依然会自言自语："我必须忘记我的前世……我必须一丝不苟地规矩起来，像桃花一样的笑脸盛开……"

2007 年 12 月

蓝角：中国著名诗人，作家。1964 年出生于安徽省和县，1988 年毕业于安徽大学。作品发表于《诗刊》《诗歌报》《十月》《青年文学》《作家》《江南》等数十家文学报刊和收入《九十年代实力诗人诗选》《安徽文学五十年》等数十种选本。出版诗集《针尖上的舞娘》《狂欢之雪》，随笔集《流年清澈》。

从"返乡"开始

20 世纪 30 年代,马丁·海德格尔仅发表了一篇哲学论文——《荷尔德林和诗的本质》。

海德格尔选择荷尔德林的诗作,用较长时间悉心地解读,从存在"显隐二重性运作"的复杂相关性上思索"诗的本质",为我们理解诗与人、与大地,乃至与整个文化思想史的关系提供了新视角。海氏由之寻找真理存在以及敞现的可能性,最终走入通向哲学本原的林中路。也是从海德格尔开始,"返乡"成为哲学上的重要命题。

和荷尔德林相似,蓝角无疑也属于"诗人中的诗人"。这是因为,一方面,他的诗作体现了诗最普遍的本质——"语言";另一方面,在蓝角诗的海底,蕴含着诗化了的"诗的本质"。

一

《立春日》一诗中,腊雪三白,诗人夜半醒来,听见春鸟提早鸣叫,郊外积雪正在融化。南风渐起,水面依旧冰凉。柳树尚在沉睡,大雁已从衡山折返。旷野里,构树潜滋暗长细腻的绒毛,乌鸫振翅回到树梢,明亮的嗓音,如历水洗。万物,都在返乡途中。这是一个普通的立春日,和过往的那些立春日似乎并没有什么区别。这是一年之始,万物的转捩点。然而,万物又都正在离开。古希腊人赫拉克利特的一句"人不能两次踏进同一条河流",建构了蓝角的《立春日》。

诗人一句"没有太多的惊喜"，让我想到，此刻的他，与写下《定风波·莫听穿林打叶声》后的苏轼，心境应是契合的。如今的蓝角，极力减少各类应酬，甚至养成了早睡早起的习惯。而少即多。晨起他习惯在匡河边散步，连续多年痴迷于破解植物与人之间的各种秘密，并试图从植物中窥见大自然的真谛。譬如蒲公英，成熟后像"一群勇敢的伞兵"飞出去。诗人便联想到自己其实也像蒲公英。很多的人与事同样像蒲公英，缘起缘灭、一吹而散。如此来看，一切都是新的，包括父母、亲友以及身处中年的自己，都是新的。立春日，诗人登高望远，要用这新的双眼去看看从远处到来的春天，乃至这重新诞生的世界。

中年感怀诗《立春日》，能从旧题生出新意，其新旧逻辑辩证更有深度。它指向一个哲学命题：当所有局部都不再是原先的，这个立春日还是不是最初的那个？其立意高远处显然要胜过唐人王湾的"海日生残夜，江春入旧年"。

西山总是那么大，而且似乎一切都是不变的。《年末辞》中，诗人在西山种植树木、不开口的荆棘、哑口无言的海棠。可西山又在哪？中国古典文学作品中的西山是个复杂的象征物，从柳宗元《始得西山宴游记》到袁中道《西山十记》，西山都寄寓了中国文人出世与入世的复杂情怀。

诗人在西山，除种植那些缄默不语的，还种下"马蜂和凌霄的浓蜜"。马蜂和凌霄花，或是尖锐和甜蜜的代名词，聪慧过人的蓝角或许就是要用尖锐和甜蜜，来抵制人间无尽的苦味。人类的命运本就带有强烈的悲剧色彩，这是无从改变的事实。而面对这深刻的悲剧，诗中蜂刺与蜂蜜的存在、苦涩与美感的交错，就是一种有意义的对抗。

诗人的内心深处，是亘古不变的西山和苦味充溢、复杂易变的人间。蓝角努力种下的，也是特立独行、向精神高处不断攀缘而上的身影。

不知《焦岗湖》是不是那个地处淮南，荷叶接天的自然湖。27日，是不是诗人在皖北某县挂职时的某个 27 日？这一天的焦岗，和漫上来的湖水同色。炊烟袅袅，正从湖西斜对岸飘浮起来。焦岗湖的渔人多么专注，在鼓荡着浓烈春意的天地之间，为生计而忙碌。捕鱼人和对岸摘杨桃的女子，隔水相对。那湖水中的绿不断地蔓延加深，一同组合出焦岗农人的生活镜像：温热、空茫，以及带着咸腥味的生活。

焦岗湖水里有辣蓼，它是天然酒曲。它和鱼嘴喷出的浓重酒气是否存在关联？或暗示宿醉醒来的捕鱼者？这些我无法确定。蓝角还有意避开公元纪年，而使用传统的天干地支纪年法。或许，在诗人眼中，无论多少个日子，都犹如简单的汉字组合，如湖面浮萍似的缓慢、急骤、漂浮、凝定和循环不断。此际，春色渐浓，羊群无声，水蛇游动。这种情景是多么熟悉，或许自古便是如此。或许，这就是诗人记忆里的故乡。已对生活感到麻木的诗人，泪水涌至眼角。整首诗取景框较窄，但色彩绚丽，情感深挚，语言穿透力极强。

二

言说即倾听。

人到中年，蓝角选择与自然走得更亲近。《在匡河》诗中，冰面在某个清晨开始融化，冰面的解冻声微不可察，蛛网般的裂纹被不断放大，河岸也从冰冻中复活。这一时节已有蛙声鼓噪，次第响起。在匡河边行走的蓝角，时常会碰到不一样的自己。那是诗人开始把自己活成金鱼草，活成常青藤，活成泰戈尔的飞鸟、庄周的游鱼，或立于浅水的沃尔科特诗中鸣叫的白鹭。春天正在醒来，水蛇的心跳开始复苏，菖蒲丛生中柳树的垂影随风摇曳，芦苇簇拥间乌桕枝伸展。

这些，仅仅属于匡河，仅仅属于孤独的诗人。寂静无人中，浩瀚到漫无边际的天地，唯光阴之臂从水面交替划过。诗人不由得感叹："再见全是亲人。"

诗人喜欢山坳里凋谢的苦菊，喜欢凝视古老星辰随季节更替而缓缓地挪移。在人迹罕至的榉树林边，他喜欢倾听夏天低垂的白云……在《中年之爱》一诗中，蓝角从微小之物落笔，到浩瀚宇宙，用简练的语言拓展出古远广阔的诗歌意境。时间之斧沉默，而锋利的斧刃正在切入黄杨经久不衰的身体。倒春寒来袭，城里人穿着雨衣，诗人也再度登上大蜀山山顶。画眉鸟发出短促的啼叫声，随处可见的苦楝树像有些人的脸色，也像陈旧的纸张，枝条在风中微弱的叹息如消瘦的黄金。"瘦如黄金"这一比喻形神兼备，非常巧妙。在蓝角笔下，唐宋与当下，暖春与寒冬是可重叠的：屋前，流水潺潺不绝；室外，雪片轻叩窗棂。这些，无疑是《归园田居》里中国文人慢生活的再现。

在《颐和园》一诗中，冬天正午时分，太阳高悬天空，在诗人看来，如金银木的果实，果实是旧年的，有枯萎的脸。心相的湖水中，柳条低垂如臂，冷风像千年以前一样，穿过它们。颐和园里的杂木林中，麦冬、鸢尾花、茉莉、国槐、侧柏、黄刺玫丛生，花与叶还会应时而生、应时而落。松鼠在树枝上跳动，搬运过冬的橡实。其实，自然万物都有自己的心跳，也顺应自己的心跳。和被欲望捆缚的我们相比，它们过得多么单纯且真实！即便在绝壁之上，在颐和园一个简简单单的倒影里，也蕴含着深刻的真理。

蓝角爱小动物。《清晨记》中，诗人看着猫和孩子一起玩捉老鼠游戏，他能看到花脸猫的好心情，其实正是自己心境、心情的折射。人到无所欲求，心灵才会真正强大。看晨光故意似的落在紫芍药的花蕾上，倾听屋顶上鸽子的交头接耳，看蚂蚁们忙忙碌碌地筑巢，以及出门的老人故意忘带钥匙，这些都有天然之趣。清晨，有人在田地里查看泥土中的含水量，有人在城市的屋顶上看着鱼缸里的鱼。

诗人同时练习着静物素描与速写，作为存在的全知观察者，保持着语言上的克制、冷峻、干净。诗人觉得，这世上，每个人都可能碰到意外，可能正在路上，向你逼近。另一方面，一切又都恰到好处，如这栖息花蕾上的晨光，白云的厚度也刚好，露水很轻，偷偷滋润四月的藤蔓。

自然生命和人类生命并无差别。本质上，我们不过是漂荡不定的水草，也许终其一生，都难以找到真正的倾听者。

三

存在与时间是个复杂的话题。

万物莫不从时间中产生，又从时间中消失。无常为常，这是一切事物最深邃而又无可奈何的广泛联系，唯记忆以期澄明与凝固。

《去京城》缅怀故人、悼念流光。这首诗里，悖论迭现。首句"通往京城的路只有一条"，显然不符合常人的认知逻辑，然而，它却契合诗人内心。在这首诗中，京城是消逝的时间与故人的代名词。在这个时空距离被大幅度压缩的时代，坐高铁，重复一条古人靠骑马经漫长旅行才能抵达终点的道路，其感受与古人显然是不同的。这条路通向20多年前的亚运村街口，那高喊诗人名字的声音，仿佛至今还飘浮在空气里。世间无常，生死两茫茫是我们必然的遭遇。诗人又说，"去京城的路没有第二条"，这与前一句并不构成语法意义上的重复。时代变迁，这条路所指的不再是通向亚运村街口的那条路。诗人记忆的碎片在秋风中重组：空旷寂寥的植物园、人声鼎沸的什刹海……像金黄的杏叶从千年不变的天空不断落下。

《家谱》一诗很奇妙，宛如一篇寓意深刻的动物小说，让人想到夏目漱石的《我是猫》、杰克·伦敦的《白牙》……这首诗一触即发，也一触即收，表现出诗人强大的语言控制力，在日常生活琐细的精密组合间，完成了乡愁抒情。从其掩蔽指向的技巧上，我们也可以窥见诗人日趋深邃的思辨力。二黑和它的子孙二黑、三黑以及小二黑、小三黑……它们都住在朝南的坡下，那里是它们的家园。它们还拥有同样纯粹的血脉：没有杂色的黑。二黑们给长辈以"说不完的快活"，然而，衰老与衰败是不可抵抗的。二黑老了，然后死去。虽然日子循环往复，"风天天贴着屋檐"，吹拂着夜晚和白昼的荒，但也还有"二黑"沿村口跑出来，无数"二黑"接连不断地沿村口跑出来，活跃的乡村正在趋于沉寂。记忆里的居所，现已住满蝴蝶和麻雀。野草沿河埂蔓延，模仿着鸟雀声的稠密……

"二黑"们的成长史和他们的家族、家国史，何尝不是一个自然村落发展的历史？何尝不是几千年刀耕火种的中国农村历史？当下的打工潮和城市化进程加速等历史性变迁，都在这首以平淡无奇的语言构建的诗里被投影了出来。诗人用难以言喻的忧虑、朴素的伤逝去重构这个正在消失的家。

蓝角的故乡只是长江中下游平原上一个微不足道的标点，近些年，诗人经常回故乡去。在组诗《回乡》中，故乡被他不断地放大。村庄的变迁，乡人命运的变化，都交汇在蓝角的诗中。现实主义的风格上，还笼着一片《百年孤独》里的雨雾。在《冬夜·忆故乡》这首诗中，诗行里飘浮着乱枝、朽木、旋涡、芦花、翠鸟、芳草、秋蝉，还有老式的拖拉机、幼稚的男童、亲切的乡音。这些大段的旧光阴缩影或明或暗地呈现在眼前。

千万里，雪落无声。而茫茫原野上，那微不足道的村庄，恰恰是每个漂泊的人真正的安魂之所。晚年返乡的贺知章，写下"乡音无改鬓毛衰"。被贬蓝角故里的刘禹锡，写下"怀旧空吟闻笛赋，到乡翻似烂柯人"。炊烟无法吹断古往今来的思乡之情，故乡的泥土有自己的心跳，远离故土的人能在深夜时听见。乡人的生活还很清苦，越来越多外出打工的人，他们背井离乡，平添无数双牵挂的眼睛。这些，都是蓝角心中所系。

四

早在多年前，蓝角驾驭语言的能力就已炉火纯青。他有非凡的描绘外物的才能，极纤细敏锐的洞察力，高度精密的组织技巧。变幻的物象，总是被他岿然不动的内心指针所牵引。这指针又是什么呢？

1968年，川端康成先生在获诺贝尔文学奖后，做了一场主题为"我与美丽的日本"的演说，引了西行法师的一段话，借以阐明东方作品中的虚空与西方的虚无主义的内质差异。然而，到今天，在共同命运的影响下，东方的虚空境界之美正在转变为虚无的冷酷现实。我们正在经历又一个混乱的世界——物质不断丰富，精神世界却在不断沦落；价值标准总在不断变化，人性前所未见地堕落。"虚无"逐渐成为现代人的重要标志，"无家可归"成为现代人普遍的精神现状。

可是，诗何为？

对任何时代、任何人群的命运而言，逸离于决断严肃性的诗都是无以为力的。然而，蓝角能像德国诗人荷尔德林一样，所有的诗作都围绕相对恒定的母题展开，那是时间、生命、故乡、自然。也许，只有对自己有严格要求的诗人，才知道什么是真正有意味的表达吧。

优秀的作品，必从裂隙中诞生，像鸟在清晨寒冷中发出的撕裂般的鸣叫。伟大的诗与思接近于救赎和安慰，而诗人或哲学家唯达到痛苦与同情的巅峰，才会诞生真正的大境界。或许，一个人只有无限逼近命运的真实，才能打开语言坚硬的外壳。

清晨，芦苇在流水中闪光，它的表面有陶瓷般的釉质。或反之，陶瓷模拟了它的质感。它拔节而上，却在没有到达秋天的顶点时就已枯萎。夜晚，蛐蛐有节奏地拉长着音调，新月如前人的金钩，从雪松缝隙中穿过。灌木丛里，各种虫子穿梭而过，那是它们辽阔的国土、它们依存的故乡。

1806 年前后，荷尔德林创作《追忆》一诗，结尾句"但诗人，创建那持存的东西"，或许，可有限地解释蓝角近期诗歌新作的创作初衷吧。

2019 年 7 月

构筑一座现代诗学的无梁殿

《黑池坝笔记》是陈先发数十年来专注诗歌创作之余，深入生活，并对古典文学、哲学、社会学、语言学、美学、东西方诗歌理论等诸多领域潜心研究与反刍，围绕诗与存在最基本问题展开追问的随笔辑录。其文思深邃凝重，运笔飘逸空灵，无常形、无定法，集中呈现出陈先发独有的思想和语言风貌。

笔者试就陈先发《黑池坝笔记》第二卷（安徽教育出版社，2021 年 8 月第一版）中出现频率较高的部分词汇作简要梳理，以窥其诗学思想之局部。

一

"凝视"是《黑池坝笔记》第二卷开篇就出现的关键词。

"凝视"，也是当代文艺批评词汇。该词源于古希腊，在柏拉图和亚里士多德时代，词义等同"观看"。古老的哲学家们早已意识到，要认知世界，"观看"是最主要的途径（追溯起来，应是现代视觉中心主义理论的源头）。中国在汉代就由儒家今文经学创立了"格物致知"，这"格"字内蕴丰富，囊括"分解""观看"等多重意味。自汉以降，宋明理学更将格物论推演到极致。格物派儒生试图通过客体观察，由外而内获取认知，以达明悟之境。而中国道家的"妙徼说"中同样也有"观"，如《道德经》开篇就有"故常无欲，以观其妙，常有欲，以观其徼"，暗藏无尽玄思。

19世纪以来，该词历经快速演化，增加了更多附着义，如个体、自性等内涵，逐渐形成全新的"凝视"。

西格蒙德·弗洛伊德（Sigmund Freud，1856～1939）为"凝视"附加情结说；米歇尔·福柯（Michel Foucault，1926～1984）从医学与社会学双重视角对"瞥见"进行推演（"瞥见"狭义化同"凝视"），附着"权力""欲望"的场域符号；雅克·拉康（Jacques Lacan，1901～1981）在镜像理论中，阐述虚设复合体与复制现实之间的关联，他说"我只能从某一点去看，但在我的存在中，我被来自四面八方的目光所打量"，"不是被看的凝视，而是我在他者的领域所想象出来的凝视"，"在可见物中，在最深刻的层面上决定我们的是外在的凝视"。拉康之说与让-保罗·萨特（Jean-Paul Sartre，1905～1980）的看法有关，萨特曾提出"凝视"与眼睛分离（不借助生理视觉），是"从我推向我本身的中介"。

现当代文学场域中，"凝视"有其特殊性。当我们审视现当代文学作品时，发现确有不少作品可用弗洛伊德情结理论来拆解，但更多时候无法轻率地交与此类分析法。细加辨析，萨特"凝视中介说"以及残缺的"格物论"或可勉强适用。但困惑不能消除，那是因为这些作品短期内无法找到明确有力的美学理论支点。

陈先发在其《黑池坝笔记》第二卷言明，创作是"将自己交出，又从对象物的攫取中完成了这种相遇"，"那些声称读不懂当代诗的人或许应该明白：至少有过一次凝视体验的人，才有可能是诗的读者"（卷二，第○○一则）。两句话开宗明义，可视为现代创作阅读（含批评在内）在方法工具和理论体系基点上的突破。其中主要包括两个象限的思考：一是从现象上与"观看"作比较，"凝视"是长久的、困难的、神秘的、诗性的；二是从不同维度上的展开，即"将自身交出"（以"忘我"为起点）、"从对象物攫取"（路径与实现方法）、"与世界本质意义的相遇"（直接目的）。

陈先发的"将自身交出"，与西方玄学派的诗歌主张及 T.S. 艾略特（Thomas Stearns Eliot，1888~1965）的看法有不少相通处。后二者强调诗应消弭个性主义，文本要有超越个体的理性存在，倡导看清本质，整合人类的共同经验。从陈先发的诗作及随笔倾向性来看，他正在不断努力突破时空局限，搭建物与思最广泛联系的桥梁。这里需注意的是，陈先发的文本理性，绝非纯粹哲学意义上的抽象理性，而是诗人在深刻思辨基础上，对世界产生的整体直觉感知，这也是我们读他的作品感到混沌杂糅、模棱两可的主要原因。另外，陈先发和艾略特不同，他仍然高度关注有温度的个体存在，不至于让眼前鲜活的动态历史在语言里被彻底抽空。

诗人可借用的物象同为水禽。在沃尔科特那里，白鹭是历史文化缝隙中遁去的自由之身；而在叶芝那里，野天鹅是对自性的唤醒与张扬。在陈先发的《黑池坝笔记》第二卷中，白鹭则属于"凝视"的对象物，是联想经高度压缩的产物，或者可以说，是无限对象物作随机呈现的代表。譬如此刻，它被引到陈先发的文本上就成了一只白鹭，用于摹写诗中的"凝视"状态。具体来说，是对诗思蓄势一环和现象解构发生的"去蔽"：那是基于"凝视"，一首诗含英未发，如白鹭凌空静待醒来。"凝视"带来的透明，将本源之力先行作用于未成之诗的每寸肌理。未来的某一刹那，此种力量爆发会刺破下方看似稳固的一切物象，达成令它们彻底瓦解的目的，即现象层面的"荷花""湖水"被虚化。

如何做到"凝视"，或者说，怎样通过"凝视"介入现代诗文本呢？

陈先发主张创作要把握"开合之道"，如上文的白鹭案例，简而言之，就是神思放之于四海，又收之于一物。在此，他给出了重要限定，避免"流沙式"的泛化和"顽石状"的固化，务必有"极致的专注力始终在场"（同前）。这"极致的专注力"是"凝视"。为做到极致专注，他借用释家成熟的"禅定法"，即"将分散甚至是涣散状态的身心功能聚拢于一点"（同前）。

陈先发又深知，世间纷扰，人心最易浮动。对大部分人来说，碎片化写作、快餐式阅读与生活节奏更合拍，加之网络和自媒体的普及推波助澜，想要克服思维惯性，沉潜下去，进入真正的"定"，无疑是极其艰难的。所以，陈先发干脆言之为"能力"，或坦言为天赋。这一能力，是建构陈先发诗学理念的一个重要内核。陈先发还认为，在现代诗创作和阅读中，"凝视"具备需同等对待的重要性。也就是说，不经"凝视"，不仅没有有效（有深度、有难度）的写作，甚至也不存在有效的现代阅读。

陈先发喜欢散步，并习惯于在散步中驻足，去凝视高处的细枝。他说这是凝聚视力的法门。而对诗之"凝视"，必高于目力可穷的枝头，"须在最细微处形成最刺穿的观看和最充足的弹性。只有在最细最摇曳的枝头，诗才能稳住她的脚尖"。

诗人通过"凝视"，捕捉"最细最摇曳"的现象，诗意由此生出，又在"最刺穿的观看"中脱相入质，并自然漾出无数能指的涟漪（即"最充足的弹性"），从而成就一首诗。此间，有语言层面现象涌出，即能指形成语义孪生共现的叠加态，"像一根柏枝被风吹离原本的位置。诗人必须认识到，并不存在一个原本的位置，它于同一瞬间在不同的位置上曳动不息"。词语因错位如风中枝条曳动不止，因错位爆发动人的力量。而观诗于微，也非经"凝视"不可得。这是一组摹写创作与阅读中意象与内核之间联系的精妙譬喻，值得所有当代诗人潜心领悟。在这里，陈先发的文本还多棱镜般折射出语言"幻识"，即"诗之律动"这缕奥义，这里的"幻"应是物象纷繁和必然消亡的描述，"识"则是探索世界与生命本质的诗心。比较我以往相对认同的"缘情说""意境说""性灵说""境界说"（虽然这些说法存在的问题也很明显，随时可找到反驳例证，但适用于较多的诗文本），我觉得"幻识"更贴近现代诗的本体特征，可以认为这是陈先发为新诗本体论注入的新内涵。我们也能看出，在陈先发的写作中，"凝视"并非主客体岿然不动的单调聚焦，绝非疲惫的"格竹"，而是破"格"之后收放随心的"活禅"。

"凝视说"的价值何在？

首先，陈先发的"凝视说"道出现代汉诗的读写关窍。百多年来，新诗（现代汉诗）常为大众诟病，这与对传统诗歌语言的审美依赖有关，与新诗和传统过度割裂有关，与读者阅读惯性有关，与不同思潮带来认识分化有关，也与思想泛化和它带来的晦涩有关……而由专注和收放构成的"凝视法"，能帮助我们推开沉重的大门，看见现代诗写作的玄关。

其次，"凝视"既是方法论，也构成当代汉诗读写标准的新范式。陈先发对"凝视"于写作的意义作出重要判断——写作上不能"凝视"的写手，不可能成为好的写作者。当然，不止于此，"凝视说"其实拆除了过去狭隘的视觉艺术藩篱，试图建立一个统一场，让我们能将目光聚焦于现代艺术创作和审美的共生奇点。这里有个必备的前提，那就是我们要认同存在主义哲学家马丁·海德格尔关于诗与艺术联系性的主要观点——"一切艺术的本质都是诗"（即"承认各类艺术都是语言艺术的变种"）。

"凝视"，是我思与反省的起点，是一双将"我"从虚无中打捞出来的手。以"凝视"为基，我们可以构筑全新的理论框架。"凝视"，也是一根暗藏无限禅机的手指。它指向何处？当然是存在，也就是要"与世界本质意义的相遇"。

二

1845年前后，年轻的克尔凯郭尔在他的《日记》中写下："我真正缺少的东西，就是要在我内心里弄清楚：我到底要做什么事情？问题在于，要找到一个对于我来说'确实的'真理，找到一个我能够为此而生为此而死的信念。"

叔本华在他的《作为意志和表象的世界》一书中，构建了表象世界和意志世界，并清晰地指出意志世界的"盲目性"。他所言的"盲目"，可狭义地理解为生命（思想行动）在本质上的无目的，且不可消解。这被研究学者归结为悲观主义或虚无主义。然而，叔本华的论断无疑有难以回避的事实逻辑自洽：绝对真理无从获知，上帝存在无实证依据。我们所有人都艰难地存在（或曾经存在）于这陌生的世界，都在寻找或维护认为重要的存在。当我们天真地认为，自己具备的所谓能力足以适应甚至驾驭生活时，忽而时过境迁，一切重返陌生。

我们只要认真凝视镜面深处的"我"，就必然产生惊恐与不安：我为何存在？我将去往何处？我有何意义？追问的结果是——我们只是"活在一种可能而深刻的盲从之中"，我们每天直面的是一切物象之心相稳定性的严重匮乏，是"生命本身的盲目不可撼动"这一事实。

克尔凯郭尔最终用无条件的爱与基督信仰去稀释"盲目"，但"盲目"依旧客观存在。这"盲目"同样让思考的我们极度痛苦，让我们倍感世界的荒诞。生命本质上的无意义既然不可改变，一切试图颠覆"盲目"的努力就注定会是西西弗斯的徒劳。那我们又能何为？

若生命本身是盲目的，那思考和写作是否也是盲目的？

陈先发提供了一个思辨的裂隙，即"写作，企图颠覆的正是这种盲目，但最后的收成必是两手空空。只有对终无一获的侧目与吟咏，才是诗歌真正的通幽之路"。这段话看似悖谬，实则严谨。当代人的价值观不断从早期强调精神伦理的价值理性中剥落，受制于实用和功利主义，附加了大量的物性元素。而经验告诉我们，物性是无比脆弱的。"诗之无力"正是诗人试图突破此类局限性立于终极深渊之畔追问而获取的"深知"，这一方面可显证生命本身的"盲目"，另一方面，则可以成为日常昏睡状态中的棒喝。这颠覆"盲目"的徒劳和"侧目与吟咏"的无奈，构成诗写存在的意义。闪现的语言觉醒是"凝视"后的开悟，是探索者向生命本质的间断跃进。所以诗人说"生命的盲目绝不同构于语言的盲目，生命的盲目，时而是语言的明灯"。

"不安"，让诗人从大梦中醒来："乌鸦似雪，孤雁成群""雪因凝视而白，风因不安而动"。

醒来说出的，是偈语，是陈先发要阐明的诗，"因呼应着'个体生命在本质的盲目中偶尔闪现的觉醒'而长存"。古往今来，多少深邃的思想都萌生于这深刻的"不安"中，无数长存于世的著述都包含"宁静和寂寞的滋养"之土。"凝视"之"不安"，是诗艺诞生的起点，也是诗艺成长的沃土。诗人要借"不安"之"凝视"带来的闪光碎片，去线描世界难名的隐秘秩序。

但好诗的到来，没有绝对必然性，"凝视"只是它们到来的契机。由此，风幡因心而动的公案，及陈先发之"雪因凝视而白，风因不安而动"的话头，一样都成为"凝视"和"不安"纠缠不止玄微奥妙的禅意显化。陈先发看到，个体在井水般存在中的焦虑溢出，是无从消解的，只能平衡抑制。通过诗，可将其转为"雪落风吹"般"自然、率性、动人"的语言力量。

陈先发在此设置了一个假设，"诗成熟于对个体生命不安的自我抑制"。可以理解为，成熟的诗呈现湖面般的双重特性，一是诗人不断抑制"不安"的涟漪，二是凝神对涟漪的短暂平复。换而言之，人之"不安"，偶成于诗，优秀的诗人不断平衡抑制内心的"不安"，"不安"短暂地"到语言而止"，诗歌写作就是这一状态的不断推进。也可从这一假设推演，"不安"强度在一定程度影响着诗的丰富程度。在第〇一六则中，陈先发写道："柳枝在疾风中之线条、之狂蹈、之醒悟、之语言，非它在微风中所能写下。寄身于生之不安，自有体悟于郭璞所谓的'旷然深貌也'。"这就是说，当"不安"的涟漪形成巨大波澜时，我们需要具备更强的语言抑制力。

诗借助语言完成塑体，而语言作为社会交流工具又带有明显的公共属性。由此，陈先发提出一个重要的语言学命题，即"在公共空间里不断被驯化、模型化而渐失活力的'语言危机'，如何在个体之上得到深刻的矫正，甚至是被再次激活"。语言危机是它在传播（词义沿革）中承受了过多的限制，让它变得沉重和面目模糊，逐渐失去最初的活力，所以必须清洗、剥离部分附着意义。这个话题很复杂，涉及公共语言结构要素、解构法、重构策略等一系列具体问题。当然，细心的读者可以在《黑池坝笔记》中寻找到部分答案。

让我们回到原话题。陈先发作出判定，对任何艺术而言，没有深刻的语言危机，不足以构建未曾显身的存在。从此点出发，我们可推知，眼下相当一部分诗人只是在冗余复制，这正是缺乏危机感的体现。与此相对，部分诗人作极端的语言实验更具备存在合理性。是否具备语言上强烈的"不安"，是当代艺术家（含诗人）优秀与否的判定依据。

诗有体用，"体"作二解，一则本质，二则躯壳。诗之躯壳变化万千，无所不在，无时不显。正如老聃所谓"惚兮恍兮，其中有象；恍兮惚兮，其中有物"。由"不安"而投射至丰富的外物，森罗万象均可入织，一身淋漓大汗和贺铸芭蕉叶上留下的漫长空白，都是诗可用之体。既然物象皆可为身体，那湖水涟漪，自然可视为缄默之物借诗之语言大声发出"不"的求助，诗人的"不安"也随之在纸上飘浮，发出隐秘而绝望的呐喊。

仅仅围绕自身作出凝视，难以成就优秀的作品。不可脱离的关键是——"不安"，伟大的诗人在巨大的"不安"和无力中书写。

这里要提及克尔凯郭尔，他一直"凝视"并剖析自身的"不安"。

1843 年，他写下《恐惧与战栗》，翌年作《不安的概念》。"不安"之阴影弥漫其文本每个角落，也成就了他思想世界的丰富浩瀚。相隔近两百年，诗人陈先发在纠缠身心的"不安"中不断作出的探索，也推动其在诗学新领域不断地拓荒。

无数次重返枝头的花，目睹无数次更换了身体的"我"，"我"是现在的，也是过去的，是个体的，也是整体的，这一奇妙的感受都源自对生命本质的"凝视"。这种认知或理念还原的显身，让观者绽放出惊讶与喜悦。眼前的客体，也曾是从阳明先生心底生出的岩中花树。这里说一个反面例子，有一桩公案载于《知行录之三·传习录下》，那是王阳明年轻时师法朱熹学格物，观竹七日，后来他对弟子门人说：

众人只说格物要依晦翁，何曾把他的说去用？我着实曾用来。初年与钱友同论做圣贤，要格天下之物，如今安得这等大的力量？因指亭前竹子，令去格看。钱子早夜去穷格竹子的道理，竭其心思，至于三日，便致劳神成疾。当初说他这是精力不足，某因自去穷格。早夜不得其理，到七日，亦以劳思致疾。遂相与叹圣贤是做不得的，无他大力量去格物了。及在夷中三年，颇见得此意思乃知天下之物本无可格者。其格物之功，只在身心上做，决然以圣人为人人可到，便自有担当了。这里意思，却要说与诸公知道。

王阳明在后期对"格"的要义终于彻悟，即"天下之物本无可格者，其格物之功，只在身心上做"。画地为牢的"格"，是认知误区。只有破除这"格"，看到物与思的广泛联系，才是真正的觉悟。据此观之，阳明后期所格之竹和陈先发笔下之花渐渐合而为一。

陈先发喜欢若即若离地咏柳，寄自然、历史、人文、语言的繁纷幻相于柔柳一身。柳，可以是秦淮河畔那位风姿绰约的佳人，可看作历经忧患而拔节的诗人，也可视为万物在易逝的短暂存在中发出的呼救……内里的实质是：从未消失的"不安"，总在借和风柔柳的语言向诗人们显身。

三

陈先发曾在多个场合用到"困境"一词，"困境"同样是《黑池坝笔记》第二卷中引人瞩目的词语之一。

现代人谈"困境"，无法回避对现代性的追问。马克斯·韦伯（Max Weber，1864~1920）研究西方社会进程，有"世界的祛魅"一说，即世界正在以理性化为特征的科学话语取代以信仰为特征的宗教话语，通过摈弃"迷信和罪恶"的"用于拯救的巫术手段"，彻底祛除主观精神世界的神秘性，以此引出全新的叙事方式——用求真的科技理性呈现世界的客观结构和存在样态。

韦伯的观点形成的冲击是巨大的。当代社会，宗教世界观基本上土崩瓦解，只剩下残破的基督圣像与浮屠的塔基。这带来世俗文化的繁盛，但问题接踵而至：价值理性开始缺位，人为物役成为最普遍的生存现状。人的异化成为不可改变的事实，我们都失去了伊甸园。

二战以来，人类陷入有史以来最复杂的泥淖：全球气候变暖、人口激增与能源环境矛盾、地缘政治、恐怖主义、军事威胁、民族主义与种族主义带来和即将带来的深重灾难、集体资本崇拜、财富分化和社会不公的加剧、金融的泡沫化、技术的异化、人际社交的脆弱化、伦理道德崩坏、心理疾病与信仰危机、宗教分歧、不同文明冲突加剧、两种文化裂痕扩张……现实中，还有很多人活在这茫然无尽的困境里。鲁迅在"娜拉走后怎样"的演讲中，曾戏谑民众麻木不仁，又说"倘没有看出可走的路，最要紧的是不要去惊醒他"。这当然是反话。倘不能惊醒，如何规避人类灭顶灾难的发生？当年，进化人文主义就误导出纳粹的人种论，带来灭绝人性的种族屠杀。当奥斯维辛集中营的精确数据出现在陈先发的文本中时，相信会给所有的受众都带去无法抹除的战栗。

诗有时就要借助残酷的困境去唤醒日常的麻木，"让醒着的人再次苏醒"。陈先发想告知我们，一旦缺少对存在的崭新感受力（对困境的醒觉），人就会处于真正的昏睡。这如同温水里的青蛙，觉察不到危机的迫近。必须以诗"浸入""冲撞"，使人苏醒乃至战栗。而艺术家（诗人）和语言必先一步醒来，甚至独处于彻骨寒意中。这显身于语言中的忧患皆可为诗，忧患也始终存于好诗之中，二者"剧烈地交换身体"。

与当代人的处境相对应，现代诗域也有自身的言说困境，既有前文陈先发所述的公共语言被驯化、模型化失掉活力的危机，又有存在合法性的危机。譬如，我们张口闭口"万物皆有诗性"，却无以诠释诗的本体是什么。如何确证写出来的是诗，而不是其他？陈先发觉得答案就隐藏在这"困境"本身，就是能否最大程度上反映"困境"，并最终做到"铁索横江，而鸟儿自轻"。陈先发又增设一个判定，即当代未历言说"困境"的文本，难以言之为诗。他作了进一步阐明：

当代新诗最珍贵的成就，是写作者开始猛烈地向人自身的困境索取资源——此困境如此深沉、神秘而布满内在冲突，是它造就了当代诗的丰富性和强劲的内生力，从而颠覆了古汉诗经典主要从大自然和人的感官秩序中捕获某种适应性来填补内心缺口，以达成自足的范式。是人对困境的追索与自觉，带来了本质的新生。

我们完全可以将这段话作为新诗合法性的最佳注脚。

阳春暮晚，疏影横斜，白鹭旋翅，浊水孤舟，这是贴近现实记忆的黑池坝。而陈先发努力将之形而上地重构，成为蕴含无限丰富可能的语言无梁殿。他笔下的黑池坝是无穷叠加的，包括仰赖感官获取的碎片，凭理性记忆重构的物象，历史与当下、生与死交织的众生烟火……随机衍变出无穷结构的诗，也演绎出一个个镜像的"困境"，涟漪般向无限处伸展。

或许，远离黑池坝，只在记忆与思辨中，陈先发才开始真正进入黑池坝。那是纯粹在个体精神世界里成形的黑池坝，借助"凝视"术，他让被湮没于泥层深处的黑池坝白骨生肌。他笔下的黑池坝万物（逝者、听箫者、不眠者、宿鸟、黄花……），也都是黑池坝的等价铸件，同样是"我"的困境中不可割舍的部分。当橙色火球（神秘性）从如墨般的湖水间迸发，本身就像倏尔成形的一首诗。言说的"困境"也如冬末初雪浮冰，那欲张口的是谁？欲说出的又是什么？破冰之声同样也是努力沉入水底的声音，"轻而凛冽"。

陈先发博闻强识，平日与友人闲谈，最擅长钩沉历史或虚构话本。在他笔下重构的 20 世纪初的黑池坝重重叠叠的影像记录中，有许多妙趣横生的细节。比如刽子手传说和疯人院纪事，都能为平凡的黑池坝抹上一层奇异的色彩。诗人或以刽子手为喻，言说诗之隐晦和语言禁忌。如"我"避忌红缎带的存在，或与控制论有关，或与因果有关，无疑是难解的。疯人院里的艺术家们，更是着墨生动而隐含寓意，让人抚卷深思。语言上的避忌隐晦，往往闪射出内心深刻而无从言说的"困境"。对《黑池坝笔记》第二卷中的部分笔记，我们可视为虚构文本，不必着相于真实性，否则会坍缩为形式主义和唯心主义，陷入争辩死循环。关键是，要领会诗人只是想借此表达言说的无限可能性，以及日常困境中深蓄神秘诗性的意图。

"困境"与认知差异和社会高度分化有关。科学家研究表明，人类依赖的生理感官就具有天然差异性和欺骗性。认知世界，从最初的表象开始，分歧就已产生，无法统一于共同"凝视"。正如"湖畔的光线，在穿过树梢时裂开", 脑瘫孩子的视线无法和诗人一样聚焦正前方, 而芭提雅街头忙于揽客的小商贩和纽约公共图书馆埋首的学者目光也少有交集。

语言生来具有神秘的属性, 同时也是各类分歧诞生的渊薮。《圣经·旧约》上说, 在古巴比伦, 全人类曾合力建造一座直达天庭的通天塔。上帝为阻止这疯狂计划, 让来自不同国家的人类说不同语言(原本只一种), 人类最早的登天大计就此夭折。通天塔是语言分化造成歧见带来困境鸿沟的一个喻体。因此, "我在我永远都会缺席的那地方"的遗憾, 也是因为无法克服差异性达到统一, 明示理解之难和曲解的真相: 普遍存在的经验认知"困境"。

柳之舞动"迅疾""猛烈", 是自然发生而又难以抑制的选择, 它们的行为既是起点也是终点, 它们既是对象也是媒介, 既是他者也是自身。在陈先发笔下, 最终通过开放的文本结构形成无限意指链, 成为借助无穷能指摹画出的"踪迹", 孕育出真幻交错的黑池坝。那黑池坝边的柳树始终在困境里生长, 它们是参照物, 是喻体, 是陈先发对世界进行观察、解读和验证的工具。它们历"凝视"而成为黑池坝的突出象征, 也因侧身于陈先发思辨里的黑池坝而得以长存。

四

"枯"是陈先发在《黑池坝笔记》第二卷中提出的又一诗学概念。如果读者视之为"困境说"衍生体, 那就是"穷理以致其知, 反躬以践其实"的外显。

"枯", 源自中国传统书画艺术, 在该领域, 它有一个飘逸且极富想象力的名字——"飞白书"。传为东汉书家蔡邕所创, 后脱离书法的拘囿, 画家也竞相效法。所谓"飞白书", 指用墨少, 笔锋极速擦过纸面形成墨痕，因墨痕浅淡疏离，故称"飞白"，又名"枯笔"。到后来，"枯笔"由形入意，从单一的用笔法升华为风格取向。

宋元时期，文人书画兴盛，"枯"法最被推崇。究其原因，应与彼时文人崇尚"逸品""士气"（魏晋遗风）有关。北宋画家、诗人文同（字与可）曾沉浸"飞白"，画中多"枯"，如枯木枯枝横斜。苏东坡作《文与可枯木赞》，写道："怪木在廷，枯柯北走……赞者苏子，观者如流。"苏轼自己也擅画枯木，和文与可的怪诞不同，他追求粗犷写意，不求形似，但求神合。赵孟頫画中枯木则脱俗飘逸，但其木多立于嶙峋大石之畔……这与文人个性有关，甚至隐隐勾勒出人生的轨向。八大山人（原名朱耷）对"枯"法深有领悟，陈先发很喜欢他的画，评价其"笔法至简，在偌大的纸上只画一条枯鱼，连波浪都无须画上"，"他的抑制令他自简中出神，他的鱼是自由的"。我们细心观察朱耷之鱼，就会发现，这鱼大多白眼向天，悠游寥廓天地间，其实也就是赤条条摆脱世俗水草浪波捆缚的"余"。

可见艺术领域中的"枯"蕴含丰富至极的意味，不仅在书画领域，在园林艺术中也有体现。较典型的是当代日本园林艺术就有"枯山水"派，他们把唐宋文人尺牍间的"枯"移入日常庭院和深林禅寺，以"无池无溪处立石"为特征，与朱耷笔下无水无波之鱼实异曲同工。"枯"，绝非了无生气，"枯"虽不着色，而色韵无限。

在诗学领域，陈先发率先提出"枯"之美学，无疑是在现代汉诗诗学的荆棘丛中劈开一条新路。他在一则随笔中写下：

无数根枯茎伴着无边的湖水，一个我
捂住苇管中另一个我的嘴巴，只留下薄霜的声音
纯白的压迫的宁静
一根枯苇在翠鸟振翅起飞时

双腿猛然后蹬的力中，颤动不已

这枯中的振动，这永不能止息，正是我的美学

　　这不同于某些人习惯作儿戏式的命名，陈先发对"枯"作了非常深入的探究。他曾经年累月环绕着"枯"字疾走"凝视"，不断去发掘蕴藏其中的美学价值。第二卷第五七四、五八三、五八五则笔记后，缀以连串的注解条目，都是对"枯"展开的思辨。读者如能用心读完这很长的三组批注，应该能比较系统地把握他的"枯"之美学要义。

　　"枯"，作为我们最常见的一种生命经验，每逢金秋，衰草连天，我们就无法视而不见，所以也才有"无边落木萧萧下""枯藤老树昏鸦"这样的句子存在。自然或人生际遇的肃杀秋风、横空冬雪的"尽头感"，都会对一个人的视野、情志、想象造成全面压制，引发"不安"，带来"必须说"却又"不可说"的困境，这就是语言本身的临"枯"。然而，万物如不枯萎凋零，哪来新生？不"枯"，则不足以挣脱旧躯壳，换取新肉身。对语言来说，同样可以适用。不历格律之"枯"便没有新诗之"荣"。

　　陈先发以达摩为喻，阐明"枯"中蕴藏着巨大的力量，且此种力量少有人知，更少有人能自如驾驭。他所理解的"枯"，"不是单向的议题，它更宜成为结构性议题：最好的体验，当然是建立在语言经验和生命体验之上的双向击穿，甚至是多向击穿，类似一种'语言的旋涡'"。

　　正是"尽头感"的压制，带来草尖与闪电的锐利穿透，带来绿意和春雷的惊人喷发，这是置之死地而后生的智慧和阴阳消长的自然辩证。"枯"是"尽头"，同样也是起点。经历"枯"的意志，就是陈先发所言，目击伴随毁灭的"道存"而涅槃出的"新我"。世间的枯藤、枯茎、枯枝、枯草、枯叶、枯苇、枯鱼、枯坐、枯体、枯竭……无不包含那隐去身形十年面壁"日日临枯"的达摩。唯有"枯"，才有寓旧于新的诸多可能，才有"海日生残夜，江春入旧年"的刺破境，才有陈先发"借助新芽"

来"展示自身的神韵"的春天。

"枯"更是现实的、当下的。陈先发说："枯，貌似一个没有'现代性'特征的蒙面人：作为一种审美对象它由来已久，但它毫无疑问地又是以过度生产与过度消费、以'速度追逐'为核心的当代社会最为本质的特性之一。"

"枯"被语言之力撕裂或洞穿后，立即体现为不可预知的"彼岸"景象，而非"石榴枯后再生石榴之芽"这样线性的"归位"。它解除的是既有的宿命，爆破的是已知的稳定性——将有"另一种现实"和"另一种构成"前来迎接我们。既有返照、重临之唤，更有"新位置"的动荡与迷人，所以它是摄人心魄的。

这两段话对理解"枯"的现代性很有帮助。历史上（整体的或个体的）经历"困境"，在突破"枯"这层障壁后，都呈现出"另一种现实""另一种构成"，那是"错位"与"归位"、"旧位置"与"新位置"的叠加。所以说，绝非简单的线性演进。如在表象层面上，这雪再次落下，但已不再是去年的那场白雪；春草在田野萌发，也已不同于去年的那些柔草。陈先发的这两段话还涵盖"新"的机缘以及忒修斯之船的悖论。我们所面对的现代性就是这样，立足之处，其实总是新旧交融，而"枯"始终存在，如：

审美趋向的过度一致、精神构造的高度同构，是一种枯。消除了个体隐私的大数据时代之过度透明，是一种枯。到达顶点状态的繁茂与紧致，是一种枯。作伪，是一种枯。沉湎于回忆而不见"眼前物"，是一种枯。生活中一切令人绝望的、让人觉得难以为继的事件、情感、现象或是写作这种语言行动，都可以归类到"枯"的名下进行思考。

"枯"是衰变的临界态，介乎生死之间，存在与虚无的交汇处，是思想者探索更深刻的"无"必经的门槛，仿佛亘古之"道"为我们投射下的一缕虚影。但在陈先发之前，没有人深入过这神秘的"枯"。陈先发将"枯"置于辽阔的语言学领域展开追问,探索其本体性,具有先行的意义。

"枯"是现象的,还是本质的?"是镜,还是灯?"陈先发说,需要"众多的我围攻这个黑暗的硬核(枯)"。就是说必须从认知入手,对"枯"长久参悟,让这时时刻刻处处存在却被视而不见的"枯"成为理解上的"困境",让"枯"涌出语言的新芽,呈现"语言与个人生命状态的奇异互动",把"枯"变成对生命对存在不断深刻介入的"语言旋涡"(这里"众多的我"可作不同维度解读,譬如与"我"一样困扰于"枯"的人群,或不断破障形成的无数自身。笔者的看法倾向于后者)。陈先发的苦思冥想最终让"枯"一日日清晰活泼起来——"枯"的现象特征是:不可逆转,不可复制,自带星空般的秩序,且"不是思的困境和诗的困境",是一切存在的共有困境。它的标志是无相、无别的"中心之枯",即决定其本体属性的衰变萎缩。它可以是渴念、期许,可以是"绝境的美德",可以是某种物极必反的登临。

如何在艺术创作中实践这"枯"?陈先发认为,必须对这无相、无别的"中心之枯"始终保持敬畏之心,作持久而严肃的语言触碰。

面对某种枯象,我们在内心很自然地唤起对原有思之维度、原有的方法、原本的情绪的一种抵抗,我们告诉自己:这条路走到头了,看看这死胡同、这尽头的风景吧,然后我需要一个新的起点。所有面貌已经焕然一新的人,或许都曾"在枯中比别人多坐了会儿"。

写作不能回避"枯",若不能如此,"我们便无法听见和无法理解那种弥漫于万事万物之内核上的、更为本质的物哀"。这物哀,我们可以借用一个常见词语来表达,那就是,让存在物无力保持表象稳定性的客观规律——"无常"。

这是陈先发基于"枯"的参悟,玄妙中包含深刻而严谨的逻辑。而陈先发的文本,也实践了他的"枯"之美学思想。如八大山人的鱼或"枯山水"派的园林一样，陈先发的作品中存在大量的留白——"让空白与缄默显形"，计白当黑，多觉参与，使"见枯"从现象层面转入无穷变化的语义场域。他解释说："布置大片的空白，是容纳别人在此处的新生。或者说我在此处的枯，是他者永不可知的肥沃土壤。诗人的身份，令我乐于做这样的'旁观者'。"我们可以将其视为诗人的知行合一。

自 2021 年初春开始，笔者就已展开对《黑池坝笔记》第二卷的阅读与思考。随着时间的流逝，重读次数的增加，越发心生敬畏。

《黑池坝笔记》不仅是才子书，更是智者书。陈先发投下一粒词语的种子，用绵密无间的思辨让它生根发芽，最终长成生命力旺盛的大树，并且如他的诗集《九章》一样，每根枝条还在向着那无限深远处蔓生。笔记的内容驳杂丰富，囊括万象：有与前贤隔空的对话，有自我争辩的闪烁机锋，有"对个体心理困境、对欲望本身的纠缠等掘进"。思之深邃厚重又强度惊人，环环相扣如卯榫密合。同时还呈现出一种轻，即行文的举重恍如无物，行云流水般因势赋形。

海德格尔在《诗歌中的语言——对特拉克尔的诗的一个探讨》一文中说："每个伟大的诗人都只于一首独一的诗来做诗。"我们也可借陈先发的随笔验证出这个看法的正确性。陈先发说，多年来，他从未停止阅读，从未停下过《黑池坝笔记》的写作。虽然诗人已从黑池坝居所搬迁至别处多年，但持久"凝视"足以聚沙成塔，目前《黑池坝笔记》已达数百万字之巨。今后，将会有更多随笔卷本付梓。

《黑池坝笔记》一问世，就受到众多读者的广泛关注，并成为新世纪诗歌史上的重要作品。我们研究现代诗学，《黑池坝笔记》这样深井、海眼般的重要作品肯定绕不过去，对之深挖非常重要且必要。

如开篇言明，这只是笔者就第二卷涉及的几个诗学词汇作短暂管窥，也曾尝试使用现代统计法来辅助分析，譬如研究词频、常用字熵值等等，最终发现只是徒劳。确如哈耶克（Hayek，1899~1992）所言，思想是无法简单地用二维线性图表来描述的。

2022 年 3 月

　　陈先发：1967 年生于安徽桐城，1989 年毕业于复旦大学。中国当代代表性诗人。主要著作有诗集《写碑之心》《九章》《裂隙与巨眼》《陈先发诗选》，长篇小说《拉魂腔》，随笔集《黑池坝笔记》等二十余部。曾获鲁迅文学奖、华语文学传媒大奖、十月诗歌奖、中国桂冠诗歌奖、诗刊年度奖暨陈子昂诗歌奖等数十种奖项。2015 年与北岛等十位诗人一起获得中华书局等单位联合评选的"百年新诗贡献奖"。作品被译成英、法、俄、西班牙、希腊等多国文字传播。

古老而始终潋滟的水路

诗集《水路》是李云诗歌创作的又一分水岭，是其生活波澜与有难度创作理念融合交汇形成的诗歌小辑。

《水路》分六卷，《屏风》《紫气》《童话》《水路》《心墙》《低飞》各一，收录李云现代诗 40 余首。这些诗或致敬求索，或问天独白，题材广阔，内涵丰富，思辨深邃，展示了李云在现代诗领域不断开拓所取得的成就。笔者现选取部分诗作简要赏析，旨在初窥李云在诗道上的探索与贡献。

一

诚如《关雎》，组诗《中国屏风》开宗明义，向传统致敬。

梅兰竹菊吟咏者众，已成民族精神象征物，或可喻之为屏风。李云这组诗重设屏风次序，通过对四君子头脑风暴式的重构，集中敞现诗人复杂的内心情志。

旷野秋深，草木"缩手缩脚""溃不成军"。此际，菊与霜花比艳，不再是独善其身。诗人对菊展开吟咏铺陈，一方面，写菊可"入水""焙火"，疏风清热，具备日常实用的特征；另一方面，阴霾重重，菊于纤细中继嗣伟大高洁，内蓄破障前行的伟力。此诗中，诗人的思考秉承批判现实主义传统，隐含意味或许是"还来就菊花"乃正本清源的不二选择。

《竹》一诗，也跳出狭隘的君子风，立意与诗境更显开阔。从相似性破题，诗被注入清澈的思辨和柔韧的抒情，完成了协调性书写。竹可为笔、为管、为简。竹节如脊，撑起绿意婆娑的一方天地，坚韧不屈可由竹演绎；竹叶如匕，拟徐夫人剑"刺出一路腥风"，任侠精神由之续写；竹为箫管，密布娥皇女英斑斑泪痕，倾诉氤氲相思之情；竹亦可为简，篆隶真行草之间，浮现汗青墨韵。而"那修竹一样的女人"为复合性指代，既指集体群像，也可特指母亲、母性，本质无别。"竹花般盛开在我身边"，将因花发而身枯。这是牺牲，更是激励，激励"我"生当如竹，"虚心而正直"，像"扁担一样担起重负"。这首诗在多觉融合上处理得巧妙，诗味醇厚。

诗人写《兰》，以"结草衔环"的典故调音定律。兰，是柳永笔下的女子，是山涛、嵇康等乌衣名士的生死契阔。兰生初春，在"淫雨和恶雷"中生长，而香气散佚，则是绽开笑颜时的从容。它更是弱者的精神领袖，从草场到深谷，从江南到塞外，顽强铺展着绿。这里显然有别于传统的"人不知而不愠"的立意，与陈毅《幽兰》一诗在更高精神层面上契合。灵魂干净，操守传世，是这首诗努力指向的。诗人的语言功力在此也清晰可窥。"青草与兰花之间，我依然看到《梁祝》的另一种圆满爱情"，是细节抽象化处理，抑或指沿春天气息绵亘生长的蝴蝶兰。"丰满三月的山冈和小径"，"丰满"形作动，具象精妙。李云显然追随并实践杜甫式的炼句，寻求唯一性表达，因而，容易出现糅合后的新词和全新的意象组合。

由于时代发展过速，普罗大众精神上的贫血缺钙已成为平常症候，而梅可为一剂良药。《梅》一诗拟的便是药剂说明："花道蜿蜒而虬枝如铁，可明目铸魂；花色不一而暗香浮动，能濯洗积郁，激发殉道勇气。晦暗之路上要有光，梅就是一束光。"它宁静地注视幽暗林中的诗人，也耐心注释着因深邃而语焉不详的诗篇。

二

组诗《见南山》描写的是周游与面壁之思。

《松针无数》属格物。诗人绕松针意象作螺旋式观想。诗思进路由山间松针联想到大自然指尖的绣花针，再由刺穴的银针联想到乞巧金针，分别指涉人与自然疏离、对造物赞美、自然可医治都市麻木，以及为消解焦虑向自然寻求智慧四个不同向度。整首诗如林间松针，不晓缘何生，唯知此间落。诗行自然延伸，语言簌簌绵密而落，隐含天人开合互文的奇妙节律。

《天桥在涧》更是一首妙诗，悬停于一种叠加不稳定态。写山中溪涧和涧上天桥，或有模糊的实景参照。更有可能的是，来自超乎寻常的想象：一张大音希声的旧照，着唐装的父亲在镜头前端坐，左右对襟是西山与南山，涧水浮云是衣服纹饰，而密合的两排琵琶扣如桥，贯通此际的天堂与人间。又如引号，让诗人无尽追思。这首诗或许存在本、喻体的频繁互换，又或是两张重叠放置的透明底片，会给读者留下一种奇特的印象——画面清晰，却难以辨识。所以，"栏杆拍遍，无人会，登临意"，或许，潜台词就包括理解如鸿沟这层意味。

人生时有碰壁，面壁自然常在。如夫子"吾日三省吾身"，或汪莘所言"只在吾庐寻丈间"。诗人遇挫折，身心如蝙蝠惊飞，"一声轻叹，跌跌撞撞"。碰壁后是面壁，于横无际涯的水路中寻找旧踪和存在意义。《洞中修行》一诗写的正是此种进退彷徨。生活逼迫我们隐于山遁于洞，遭受黥刑，出来时在面孔上必须呈现"忠厚""沉默"的字样。问题在于，存在的意义究竟是什么？生命本就在动荡中求索，如心电图绿色的线条在峰顶和谷底之间向前方游走，甚至就是"漫无目的地走"。《洞中修行》在语言处理上颇具特色，尤其第四小节："潮湿阴风在阴风里潮湿／怪石生在怪石群里不再作怪。"这是一种无理而有趣的罕见结构，这种结构巧妙地承受了抒情重量，寄意遥深，且对无奈作诗性强化。

《崖刻惊叫》同样运思精妙，让人惊叹。劈面一句如巨斧般有力——"凿崖者的凿和铁锤已锈成尘土"。时间可吞噬一切，工具早已锈蚀无痕，而此时，摩崖石刻犹在，蝌蚪状、流云状或剑戟状的文字，努力对抗过并仍在对抗时间的磨损。崖刻如"青山吐出的一口鲜血"，不再静默，伴随鸟的飞升、碎石惊叫，纷纷向崖底坠落。这首诗给人的感觉是活着的，是疼痛并呐喊着的，如闪电一样明亮。诗或借崖刻以明志，即以崖壁刻字的艰难和雄心，度过漫长荒年。我们可执此诗为鉴，近距离观察李云令人敬畏的方正。

《瀑布袈裟》一诗留白多于所言，暗示高出注解。地狱不空，誓不成佛，是诗的表层立足点。南山若是地藏王菩萨，飞流直下的瀑布便是一袭袈裟。此意象圈定语言场域，象征化地使想象合理性得到充分稳固。瀑布在潭面激起的便是朵朵圣洁的莲花，空谷传响的是妙音棒喝，碎成雾状的是慈悲的甘露，水汽迷蒙更幻化出佛光万道。相较于《菊》一诗中的"接力棒"与"如炬"等词语的黏合强度，这首诗强指更显自然协调，是博喻活用的典范。

李云精湛的语言驾驭能力足以快速营造出《古寺在心》一诗中这样静谧肃穆的氛围。"通红寺庙是一枚南山福痣""诵经之声，比檀香传得更远""杏黄的僧衣／是翩跹的蝴蝶／振翅之声／谁听到"。此诗飘逸脱俗，有不增不减离心无寺的禅意。

漂泊之旅要有港湾，丧乱之痛要有心灵良药。远离之人，能更清晰地看见，譬如见南方那座家山。"家山"或指南方某地的观音山，或指暮霭中的故乡，抑或时代回眸，显然是能指不断滑动。它是多维度的，我们无从确知，无以定格。但这一点，也是诗在弹性张力上超越其他文本类型的特征之一。

三

神秘性不仅是挽救宗教信仰衰颓的良药，也对诗写作构成诸多启示。

《敬亭山蛊》组诗蕴含《独坐敬亭山》和《游敬亭山诗》那样的须臾渺茫、孤独观照之感。这组诗处理得奇异，仿佛与生俱来某种特殊气质，就如咒语、蛊术的神秘性。这蛊，其实是短短四行文字，却如闪电，跨越千年时空蜿蜒存续，不会轻易飘散在风中。谢朓与李白，这些诗域拓荒的先贤，在萌生厌世感的诗人看来，他们所留的句子仍有人间灰尘。而诗人独坐山间，体会灵魂深处的圆满充盈，进而便活成减法人生。左近的风云亭轩尽可略去，对过去、未来无须做无意义思考。重要的是什么？是我们存在于此时此刻，以及拥有仅属自身的本真体验。

宣城柏枧山，乃"三梅"故地，"山水秀美，甲于江南"。李云的《柏枧引》写登上柏枧山一览无余，想到灵秀的皖南何尝不是身畔苍柏之皮，清芬随风远播？又如手串，或动静脉般的水阳江和清溪水，可漱清长发，濯净古老的农俗、山歌和药典，终将浩荡东流。

川西北苦寒，多海子，这些残留下来的局部之海多出名而无名，虽看似无生命，却又充溢生机。呈现眼前并引发诗情的，便是一汪无言的海子。在诗人眼中，水波只是另一种形态的缄默。枯木逢春，无鳞鱼在柔软纯净的水草间游动，野鸭浮水如鹰在天空盘旋……此刻，诗人在哪儿？他和水中的倒影同样是缄默无言的，并在倒影中化身山岭上最冷静的兀鹰。这是观察视角的不断切换，并由观物进而化物，以至物我交融。既是虚幻的意象构建，也是真切的内心写实。

于诗而言，直接体验蔓生的意象不可或缺，即便只能以隐秘方式呈现。《月光下的湿地》一诗，语言如月光般轻盈，美轮美奂。诗人以穿银白服饰的舞者为喻，精妙再现湿地水泽上跳动的月芒，并转置于纸上。又巧妙化用《再别康桥》《枫桥夜泊》中的部分意象，但构思起点和意境与上述两首诗存在很大差异。夜晚静谧的湿地，是有生命的，是积极流动的。或因泥层深处积压的气泡带动了水流，"一半在下潜，一半在悄然上浮，灵动如鱼翅拨响的水声"。"霜露在两只白鹤的背上／一层怎样摄人心魄的银白。"诗的最后一小节的这些文字有着摄人心魄的绝句之美。

《太阳河》里的地标名词，让我们能快速定位出这首诗构思于海南的黎族村寨。黎寨山歌飘散，成为点点渔火、片片帆影，也如"绸缎的肌肤滑过／鲻鱼的背脊"。而诗的运思也是这样，移步换景，重在抒写内心充盈满足之感。整体观之，有写意的轻快，有工笔的精细，也有油彩的斑斓。李云关注民间传统、地域文化，并能将本土文化元素融进作品，这使得很多作品具有鲜明的地域特色和民族风格。

四

"日暮乡关何处是？烟波江上使人愁。"

乡愁是永不消散的题材，古代诗人一般通过描绘风物来纾解炊烟似的乡愁。而在现代生活图景中，城市化进程加速，我们的来路更加模糊，去途更显渺茫，故乡渐已成为水路上失焦的津渡。

主题组诗《水路》是对身份的反思和对传统的溯流回归，是返乡寻根。这些诗作含纳深刻复杂的文化情感，技巧上推陈出新。与传统乡愁诗的差异在于它是以多维度呈现的，不仅有个人情感抒发，也有对文化、历史和社会的深层次思考。过眼风物只是思绪节点，它们连接着个体多个故乡和集体记忆中刀耕火种的乡土，从而形成覆盖辽远的巨大心灵网络。

基于常驻内心的河流，诗人对皖北和皖南几条彼此映照的母河作了深情抒写。在先祖生存繁衍的河流和幼年生于斯长于斯的河流间，建立一种文化认同。因此，诗人的返乡不仅有地理意义上的回归，更有历史回望和对未来的远眺。

诗人回忆故乡生活和自然风光，寻求心灵的宁静和重建。这种心灵返乡有助于精神重生和获得原力。且此种返乡意识也包含对现状批判的深层次话语，可照见以快节奏、高压力为特征的现代生活异化以及人性的迷失。

通过水路，诗人在渺茫中发现过去与未来的交会点。此外，通过反思式的诗写，努力建立与先辈的联系，与同时代人的联系，从而明确在曲折河流中自身所处的浮标位置，让自身在高速嬗变的世界中不至于茫然麻木，并在文本中完成这种深刻的历史意识表达。

五

整体观之，诗集《水路》展现出李云博大的体验力和强大的语言穿透力。

《屏风》卷密织民族象征物及自然纹理，是诗人总体情志的自然涌现。《紫气》卷则凸显成熟的历史意识，写史不羁于史，叙事不拘于事，纵横开阖，重写意抒情，向大唐盛世、簇新的青铜、辽阔中原、艳丽桃花、喷薄的牡丹、嘶鸣的马、幽深的陶罐、烽烟深处的吴国等这些悠远而簇新的力量致敬。《童话》卷侧重抒写融入几代人血脉深处的武侠精神，是金庸、古龙笔下快意恩仇影像的诗性重构，语言锋利，寒光四射。《水路》卷以寻根返乡为主基调。《心墙》《低飞》两卷则更贴近于内心独白，并采用间离手法，使诗歌在抒情的同时，冷静地保持客观并留有余白。

结构是第一语言。李云的诗格外重视结构一环，几乎每首诗构建都很精巧。简单一首诗，往往被置于接千载达万里的宏大架构内。因此，天然具备多维指涉特征。这些诗或以整体圆融见长，或可同时在不同维度上绵延伸展，形成复杂的立体表达。且诗构思的框架差异较大，如外立面形色各异的楼宇。

李云长于叙述，具备箜篌般清脆悦耳的节奏，在情感抒发上，以冷抒情为主格调。其诗有粗粝，有骨刺，与其人格映照——充满忧患，独立担当，正直无畏，绝不妥协。这些人格印记会给沉浸式阅读带来火焰般的炽烈感。他的诗面孔肃穆谨严，带有鲜明的个人历史意识，断不存在无病呻吟或游戏化的语言空转。诗接地气，而不俗套，扎根传统又充分融合现代意识，凸显出人性和语言的神秘性，且不滞于哲学层面的思考，而重在辩证抒写有血有肉有温度有质感的当下。

求新求变之余，李云的诗又具备明显的共性，那就是立意高远。继承现实主义传统，又吸收后现代主义部分手法，他的诗在本质上是古老的言志。只是在描绘现实时，更注重对现象的深入，不拘泥于表面，而通过象征、隐喻等手法来展现生活的多元与复杂。李云关注当下，锋芒毕现的思辨，常驱动诗歌不断突破词语界限作境界跃迁。我想，这应该是受小说创作期间所积累的丰富经验影响，其内在的结构化和深层次的逻辑性，是当下很多诗人所匮乏的。

从更广阔的视角来观察，强烈的社会责任感是以李云为代表的50后、60后作家一个鲜明的标签。他们关注社会问题，关心民生疾苦，托声于言，寄形于字，传递人性关怀和共和国制度的体温，这使得他们的作品具有很强的现实意义和社会价值。

李云的诗已充分具备经典化特征，这源于他对语言的高度敏感，并与笔耕不辍的写作积淀有关，与从事诗歌编辑工作期间广泛吸纳现代诗创作技法及诗歌理论有关。

一个人的写作要真正有所成就，一定的成长背景、生活经历、创作环境和稳定的思想体系都很重要，尤其是思想体系。毕竟，写作是要有话说，且有体系地说话。如果没有稳固的思想体系作支撑，写作终将难以维系，无法形成有效书写。

出于结构与语言的双重圆融，诗人并不需要以理入诗，如水波潋滟却有直视无碍的透明。以组诗《仁者的光泽》为例，诗人写"打铁者""破冰者"种种，可谓妙语连珠，哲思气息浓郁，然而重点不落在说理上，显然只是诗人"我思故我在"整体影像的留痕。

诗集以《水路》为名，包含深刻的用意。纵观文本，有因势赋形汩汩流动的传统血脉，也有急湍胜箭猛浪若奔的当代精神。诗人既聚焦蜿蜒不息的现实水路，更在笔下融汇曲折难辨的心像水道。整部诗集如河流交汇处的水面，具有独特的风致和历史纵深感，充分具备开阔、激荡和幽深难测的特质。

诗因志高所以言洁，因志大而辞宏，因志远故旨永。

李云的诗作或咏物抒怀，或撷史写实，繁复多样，宛如水面翻涌不止的浪花，相似而又保持每首诗的唯一性，严谨地遵循诗人自身的节奏秩序和语言法则，常于不可预知中迸溅激发共鸣的诗写，又能在奇崛险滩处找到微妙的平衡点。

最为关键的是，李云诗文本内质中荡漾着可贵的奋发自强、不屈不弃的斗志以及抚慰心灵、自我开解的涟漪，在当下，无疑是诗歌长河中理想主义、人文精神传统的闪光延亘。

2024 年春

李云：安徽省作协副主席、秘书长，中国作协会员。曾获安徽省政府文学奖、十三届《小说选刊》年度奖、《小说选刊》"鑫飞杯"短篇小说奖。

凝望星空和深渊的巴别塔

一次夏日诗友小聚，何冰凌送我一些月季和太阳花小苗，看起来极普通。然而，时隔不久，月季在某个傍晚开出稀有的混合色，太阳花则在一个清晨绽放出罕见的海水之蓝。

冰凌爱花，她的文本中，大量花卉纷繁涌现，复杂的花名如孩子乳名般能被她一一轻松唤出。繁忙的工作之余，她躬亲养护，不辞辛劳，为花木修剪、移栽、培土、施肥、除虫、薅草、迎阳、庇荫。她惜花，更懂花，偌大的空中花园终年生机勃勃。

养花、知花需要天赋，这与写作的道理是相通的。

一

苏辙言，文不可学而能。

很多人对生活有感悟，也经过语言驯化，但在试图表达自我时容易失语。作为散文家、评论家和诗人的何冰凌，身处花木葱茏的当代写作群体，她在多领域均展现出惊人的才华，这与她在理论思考、艺术感知和语言表达上的天赋密切相关。

冰凌与诗相亲，已近三十年。她投入极大的热忱去关注那些容易被人忽视的细节与现象，凭借丰富的想象力和敏锐的洞察力，有效调和了宏观叙事与微观切入、理性思辨与诗性想象的冲突。这些，使她的文本蕴含着丰富可触的感性和微妙深刻的理性。

《春风来信》是何冰凌第一部诗集，收藏了她生活中的部分枝叶，且具有非同寻常的意义。诗集由五部分组成：第一辑《如果，你的泪水跌落花丛》，采诗 31 首；第二、三两辑《对一只戴胜鸟的访问》和《记住来来往往之花》，各取诗 30 首；第四辑《弯曲的黎曼球形》，遴选诗作 19 首，这部分诗作数量虽少，却标志着何冰凌诗歌风格的转型；第五辑《来到大房间的猫》，则从何冰凌早期作品撷英 15 首。

以下，我随机截取何冰凌不同时期的部分诗作来简要赏析。事实上，面对这些内涵极为丰富的诗作，我的阅读只能归为模糊的印象，而误读想必是难免的。

二

何冰凌的早期诗作，以歌颂爱情、亲情、友情、美以及大自然为主，抒发对不可知未来的惶惑不安与炽热向往。题材相对较窄，部分作品有西方古典诗歌和小说的模糊印记。

《打马而来的人》和《冬天，在德莱萨姆》都是诗人阅读的延续。这两首诗以歌颂纯真爱情以及朴素的乡间生活为主题，具形象生动、节律优美、结构巧妙、起承转合自如的共性，融叙事、抒情于一体，抒发浪漫主义情怀，类似剔除了形式束缚的欧洲十四行。

她的早期作品《洗澡花开》显现出冰凌爱花的天性。她把又名紫茉莉的洗澡花想象成妩媚娇妍、天真烂漫的妹妹，"她穿着干净的衣裳和布鞋 / 把一年的爱情埋在露水下面"。青春美好，韶华易逝。花开时不妨去恋爱吧，让黑暗也因她而明亮，即便这爱让自身变得盲目。

《试着描绘一幅牧鹅图》就是一幅风景画。画上着鹅黄衣饰的少女在河边牧鹅，鹅蛋形的脸、细嫩的赤足，还有被脚尖不小心踢破的一枚鹅蛋……这画面让人一见难忘。"洁白的蛋清包裹着娇艳的蛋黄 / 正源源不断地／淌出来"，也流淌出一种静谧舒适的美感。这画卷并没有什么深刻的哲理，却让人心生欢喜。我相信，冰凌也正因心中有这欢喜，才能把画面完美地进行了语言层面的转换。

《冰凌自述：进入春天的情形》是一首构思奇特的诗，是虚拟的爱情表述，也是基本人生观的初显。屋檐下的冰凌因寒流而出现，又因温暖而融化。而她宁可选择温暖地爱着去死，也不愿冰冷地存在于无情世界。诗的后半部分采用蒙太奇式的跳跃写法，完成了丰富细腻的情感宣泄。

《上山帖》中的"我"，本体是凋零在即的春蚕，短暂余生只求有个白生生的坟能埋葬，只求有限的爱，哪怕只是"影子和伤害"，读后让人心生怜惜与哀伤，心绪久难平复。

何冰凌早期诗作，语言细腻扎实，白描精巧，叙事记人、咏物抒怀，都以强烈的情感为根基，充盈着少女忧郁的气息。诗行中不断闪现"要么爱，要么死亡"的炽烈火焰，极易打动读者。许多诗融入了对不圆满事物的触摸而产生的强烈哀伤，巧妙地通过隐秘的思辨渗透到每个语言细胞的内部。

难能可贵的是，何冰凌的部分早期诗作被涂抹上了一些文本实验的色彩。《来到大房间的猫》就是一首带有实验性质的诗。写这首诗时，何冰凌应该还是个未脱少女情怀的学子。阅读时，画面感十足，镜头感毕现。这首诗具有丰富的细节表现力和很强的空间扩张力，何冰凌的诗歌天赋在这首诗里可窥一斑。

三

经过短暂的时光沉淀，何冰凌的诗迅速走向成熟。

观冰凌这一时期的诗作，画面更丰富，情感更细腻，思想更深刻，语言延展力更强。一部分长于跳跃，跳跃中带来时空紊乱，形成奇妙的结构之美，而这紊乱又能组合成暮晚天空一般无以复制的绚烂霓裳。更多诗作以漫步之节奏，不断衍生灵感的花朵。语言与诗思灵动清澈如山泉，经竹林过滤，山岩阻滞，始终流动向前。境界营造恍如天成，精妙设喻数不胜数，并保持着激荡人心的力量。

《献诗》写出豁达的人生态度。人到中年如蒲塘之水，风过无痕。诗人知道每一刻都不可复现，而个人命运其实也是人类整体的命运写照。向死而生的路上，我们都被时间法则牢牢捆缚。又一日，喜鹊出林，路边刺槐、棠棣、悬铃木也带人间况味，有贞洁之吻、少女之心。"这舞女，正失去她的舞蹈"，然而，她（们）并不悲哀。在此消彼长的人间、日新月异的时代，自强不息地做好力所能及的事，甚至做个耐心的观察者也很好。

《小西天》有绝句之美，带虚室生白的轻灵。早先读此诗，望题生义，误以为是神怪故事续本，初读后觉得就是个谜。后来去北京，才知有"小西天"地名。西天何须跋涉？天涯亦是咫尺。眼中几度开花的蔷薇，心中所念是象征人生圆满的湖水。是的，若有意义，蔷薇开到此处就好。

写作须心如空谷幽兰，才能宁静致远。《法罗岛》笔触远及孤悬海外的瑞典小岛，原生态的礁石、岛屿和浪花，也曾历冷战对峙，见证过无数浪漫的爱。何冰凌没有多余的描摹，只一句"我要画下你乌溜溜不谙世事的／黑眼睛"，足以将雾一般的存在浮现笔端。整座岛屿，因一首诗而充满迷人生机。

《博物馆》是诗人巧妙喻爱。诗人见园中静默的枯叶蝶和不语的滴水观音，联想到人间之爱。其实，真爱本是不求回报的无偿付出，是近于永恒信仰般的坚持与等待，即便等不到岁月深处轻飘飘的承诺，也无怨无悔。而在《不知道怎么爱你——给女儿》一诗中，诗人抒写了对女儿同样深入骨髓的爱。

《地安门》轻妙。似乎写的是，微雨后，阳光下的地安门残雪消融，而"我"或在等待又一场雪的来临。一日将尽，这雪仿佛心意难测的恋人，始终未下。当然，这首诗也可以反过来理解，并不影响它营造的意境美。在冰凌独特的叙述模式下，这首诗还笼上了一层致幻的烟雾。

《木槿地》同是写爱，立意曲折、巧妙，写出爱的辩证法。"请不要吃我，不要吃我／我给你唱一支好听的歌。"樱桃或少女的纯真烂漫跃然纸上。诗人借题发挥，笔法如云端隐现的月牙，控驭自如，把难以言明的少女情怀抒写得淋漓尽致，趣味横生。

在何冰凌的笔下没有丝毫辛辣恣睢的味道，偶尔出现的一本正经的玩笑或揶揄，也总带着清晰可辨的善意微笑。

樱桃这一意象在《女孩小青》一诗中得到延续。此诗如一则微型小说，可供想象的空间广阔，且诗思跳跃又不受小说线性叙事的束缚。近乎天然的妙趣把画面点染得斑斓丰富，细腻入微的心理描写带来抒情情怀的饱满。

何冰凌的灵感来源多样。

《醉花阴》是古代词牌与当代歌曲在现代语境中的隔世相逢。这首诗视野广阔，对爱进行了诗意的诠释，或许是对古典主义的致意。这首诗让我想到瓦格纳弥留之际写下的：爱——悲剧。事实如此，人间之爱总是难以圆满。

《夜歌》应是诗人某次观影后心有所触写下的，也借诗来探求生命与爱的意义。这首诗里对话、旁白、心理剖析迭出，如千层菊一般展开。何冰凌从垂落花盆的光线中看见无限尘埃在浮动，看到每个人其实也是尘埃，是光阴流动中轻飘飘微不足道的存在。那么"弗朗索瓦死了，我还活着，可是又有什么分别呢"？是啊，爱与灵魂如不存在，活着有何意义？

借物象迭变抒写离愁别绪，是诗歌传统技法。《诗经·小雅·采薇》

中有"昔我往矣，杨柳依依。今我来思，雨雪霏霏"佳句，后来"霸陵折柳"成古赠别诗常用语言道具，才情如柳永也要写"杨柳岸，晓风残月"，民国惊才绝艳的李叔同谱写《送别》绝唱，也免不了芳草、夕阳、残笛、柳风的古典余韵。而《毕业照》则是现代气息十足的离歌，这首诗是诗人完整运用现代物象、现代语言来完成深度抒情的典范。诗人追忆毕业季，学友齐聚江堤，感伤"已经被选择过了，将不再聚焦"。毕业后天各一方，如这江心水纹向远处荡开，再难齐聚。指点江山的少年，终将为每日稻粱而谋。别离的感伤如被巨大的挖沙船掏空的江岸，"摇晃的江面 / 在看不见之处 / 一点一点塌陷"。整首诗取譬精巧，不借陈词，却达到精妙圆融之境，在语言上给人诸多启示。

面对旋转木马式的生活，我们有时该停一停。

《西风辞》里，年年叶落，年年门扉纸红，有人死，有人生，循环往复。飒飒之中，人的意义何在？或是模糊未知的将来，或是那首未完成的诗，或是大海一样充满无限可能的新生命。光阴易逝，人生易老。当一个时代信仰与神性逐渐缺失时，当马桶气味和饶舌的聒噪充斥我们周围时，我们又如何面对？"我们终将在各自的衣服里老去 / 缩小的身子呆呆地 / 看窗外绣球花 / 正吐出带腥味的一团。"

泛灵论者认为万物有灵，草木和人一样值得敬重。如佛端坐乡下屋顶的南瓜，如今将成诗人的盘中物。《冬至的南瓜》一诗中，诗人自语，"现在我杀了它 / 还要用人间烟火煎熬它"。南瓜的一生在诗人的记忆与想象中不断加速。对基本问题的追问，让被日常惯性麻木了的我们感到茫然，进而生顿悟之心。

《堆雪人》一诗或以堆雪人来喻理想幻灭。诗人认为，危险从来存在，少年时冰上行走，那是懵懂无知。而今"身子越来越重，胆子越来越小"。这首诗有旁逸斜出之趣，并以高超的控制力完成思辨的深入。乌托邦是纯粹的，人生理想如雪人，融化后的现实却是煤堆，是黑黢黢微微泛潮的城市。

《四月之痒》起句寻常，转入第二句，须臾间妙境呈现，"战栗总是有的"，如有神助的灵感闪转腾挪。第三句"月光和闪电，总是有的"不可确指的波纹不断震颤，"他们互为背景的情形总是有的"，诗意节节攀升，转而写四月的月光和闪电下，因相爱而战栗的人。读到这里，我没有看到预想的感伤，反而是令人讶异的喜悦。《四月之痒》的题旨，在这里也如月光和闪电一般明亮起来。

冻雨纷乱。《1月31日纪事》，从遥远的爱尔兰到不远处的芜湖，空间不断转换。场景跳荡，是众生相在某个时间点的聚焦。世界混乱无序，每天都有令人扼腕的夭折。生活如此驳杂，雪也无法让我们保持纯净。诗人慨叹"我有时可怜别人／有时可怜自己"，这种布洛赫式的悲悯情愫在当下又是多么不合时宜的可贵。

在半汤御泉庄的温良泉水边，友人自诉少年时不幸遭遇，令诗人感同身受的同时，想到晴明时光，温泉如沧浪之水可濯缨濯足，但能否濯去人世间的炎凉和污秽？那悬在温泉里的真实镜面，有时并不能照见人生真谛。（《在半汤御泉庄》）

时钟指针如刀，切割着我们的余生。

《婺源游记》采用与《1月31日纪事》类似的散文写法，只是物象滑动，细若游丝，由鲤鱼到水，到古屋，再到梨树、樟树，从年深日久的古樟写到逝去的先人在浩荡春夜里归来，隐含着难言的惆怅。

有部分诗作属于葬花悼亡。譬如《与诗人西川谈海子》，以及纪念陈所巨先生并致意白梦女士的《彼岸花》。以《彼岸花》为例，这首诗从"秋分"开始拆解，借传说和神谕般的诗句来唤起生者的希望。"如果，你的泪水跌落花丛／将唤起死者对生者永久的回忆。"诗人希望曼珠沙华被泪水激起的香气，能唤起彼岸爱人的记忆。她慧心如兰，连接起此岸和遥不可及的彼岸。

《天使之殇》是一首汶川赈灾主题诗，但它绝不能归于应景之作。因为这首诗呈现的细节是令人震撼的：瓦砾里的小脚，美丽的小鞋子，停落脚尖的蝴蝶，还有乌黑、残破的小手，紧紧握着笔的小手，母亲弥留之际的遗言……读来让人心生尖锐的刺痛，难以抑制地潸然泪下。

何冰凌成熟期的诗作仍有坚定的"我执"，大部分诗作有"我"的存在。当然，"我"常常非我，"她"也未必是她，都是语言的能指惯性在纸上滑动的痕迹，如主题一样，大多带有双重或多重意味。

花园里，绣球花与矮牵牛花会随土壤酸碱度不同而呈现不同色彩。

人间遭逢亦如草木兴衰，生活际遇往往是写作变化的缘起。杜甫经安史之乱走向沉郁顿挫，屈原历谗谤排挤忧愤而作《离骚》。诗人的经历必然影响题材取向与风格。所有的不幸与哀伤也如泥盆里的褐土，终将孕育出千姿百态的花。对成熟期的诗人而言，生命中关键路口的遭遇，往往是写作突变和破壁的难得机缘。

四

经过漫长的成熟期，何冰凌的诗开始转型，从阴柔的女性化写作走向自信开阔的中年写作期。冰凌成功突破了那道长久存在的障壁，其新诗作逐渐走向客观、混沌，包容了轻盈与厚重这两种诗歌特质，甚至趋于可意会而不可言传之境。

《清凉引》起句："天空没有缺口，闪电制造的不算 / 流水不分离，竹篮里漏下的不算。"学术般严谨之语却蔓生出浓密的诗意。诗人内心通明，以见"天地万物，无一不是恰到好处"。

世界的规则其实随机、破碎，并无绝对逻辑可循。

《清明扫墓帖》笼着淡淡的哀愁，诗人冒雨乘车为亲人扫墓，"重幕垂注。这牢笼，使人看不远，也看不真，仿佛 / 我人生的窗牖已经闭拢"。这也是失意中的内心图景，而开篇的"万物的生灭变化有一定的尺度／精研雨声里的逻各斯，却具有非一致性"，是诗人质疑这世界的合理性，但终以包容宽宥之心待之。

《即景》中，珍贵的夏洛特女郎花在暮晚雨水中低头，袒露着硕大的花冠，仿佛金色神祇。诗人借花之口，道出内心质疑：遭遇无名伤害，是否还有新生的希望？而我确信，对优秀的诗人而言，伤口真的就是泉眼。

虽然何冰凌说出"我早已顺从了杨柳的顺从"，但在《杳如黄雀》一诗中，写人潮来往，旧日杳如黄雀，而历经风霜雨雪的法梧仍在肌肤炸裂之际，露出清白之身。这何尝不是诗人要实现有为人生的内心写照呢？

《流水从容赋》同样有语言浑然天成的特质，有深刻思辨诞生的妙语闪射："美，也需要附着他物，包括语言。"诗人是从这寒冷的力量中，发现了冲破"小我"的契机。她以老梅的蜡质可以保留完美香气为喻，认为人即便见识过人间污秽、离乱、阴谋及罪愆，也要"不变质。不妄念。作为本体，仍保有昔日之真纯，在陨落前，及时献出望向世界的双眸"。这首诗的诗眼正落在诗题的"从容"二字中。

冰凌的近作有不少属于记游诗，但又绝非一般记游诗作可比。这些诗不是单薄地写景抒情，而是心像的深度融合，有丰富难言的意味。

《与诸友同游姥山岛小记》一诗中，劈空一句"当集体的快乐从巢湖底部涌出，瞧，这波浪形多深沉。满山的花儿都在开，在等待"，极精妙传神，再由白色野山茶写到白色的银鱼，由"环绕"引出母子相望的风景，又与生日联系起来。虽无具体指涉，却包含湖水一样无穷的意味，诗意流转自如。

《桃花潭诗》移步换景间杂以微言大义。面朝江水，诗人化引《赠汪伦》中的名句，只是多了"怀疑的尺子"。这怀疑包括：清澈的江水向下流淌将会遭遇什么？雾笼的寒潭是否寄寓着悔悟？随后，场景切换到古巷深宅，青藤是新的也是旧的，风车般的小白花开在去年旧处，但已不再是那一朵。诗人用精简的语言传达出"白云千载空悠悠"的空荡感。目光转入江边，画架被风吹倒，相比亘古流淌的江水和来去自如的江风，这人间的画架自是单薄的，画布上的星空、江水也很容易倾斜。凝视透亮的江水不可抑制地奔涌，诗人的内心也如种子解脱了外壳，感到难言的欣悦，就像画布上的母亲感受到初次胎动的狂喜。

诗人不以性别为疆界，而以心灵层次高低和心灵空间的宽狭为分界。优秀诗人越过山谷，面对的都会是辽阔内心无穷尽的语言闪电。

何冰凌对生活做减法，带来可贵的纯粹与朴素，表征于语言上是简洁、节制、干净，从宏大叙事到更精微的细节变化，语言流动更自如，阅读思考带来的复杂性借助注解法来填补读者理解的空间，这些构成了冰凌诗语言的新场域。读者的目光每越过一行，往往都会面对新的变幻莫测。下一行是不可预见的，这便是我阅读时的感觉。而对不同文本的深入研习，也让她的新作吸纳了小说、散文、评论等体裁的优长，甚至界限也难能可贵地变得模糊起来。

五

培根认为，人的天性如野花野草。天性较之天赋才能，则处于心灵更深层，是最复杂的内驱力。何冰凌至真至情至性，最突出的体现是她很容易被别人的快乐或不幸打动，始终保持发自本性的善良、义无反顾的同情心、海纳百川的包容和令人钦服的行动力。这些特质在她的文字中显露无遗。

诗需慧根、慧眼。何冰凌有足够的能力描述一个宏大的时代，而她选取了看似平凡的生活横断面，这其实是一种难得的智慧，具体而微的细节摹写才是时代变迁最好的注脚。正是对时代、社会和人生的深刻关注与体悟，让她的每首诗能紧贴生活的枝叶，萦绕个体展开，凝成清澈而深邃的诗歌之眼。她感悟到"浪花即生即灭，令我生敬畏之心"。确实，她总以虔敬之心去对待工作、生活和写作。作为日常生活观察者，"生态圈的谅解备忘录"以及植物们"向上和向光明飞奔的好品质"，路边琐屑、民生数据乃至坊间对白都能被她轻松融入笔下，摁入语境，成为诗中不可分割的元素，并赋予其作品新的气息与意义，她总能把这种从容的智慧推演到令细心读者震惊的程度。

冰凌的诗大多温暖，带着阳光的照拂和自性的幽香。这幽微混沌之美也如春夜喜雨，是美与智的闪光，是善意、敏锐和隐秘哀伤的复合体。平静水池中，雨点坠落处涟漪应运而生。何冰凌的诗思就是在这种平静中陡生奇变，那动荡不定的笔法，却在敏锐直觉、深邃思想和缜密结构的共同作用下，具备了"日光照处，皆有裂痕"的力量。

六

喧闹的柏林街头，思想大师本雅明在寻找梦境，他认为自己本就是内心充满童话的孩子。

只要置身思想与艺术领域，一个人无论多么勤勉，也有无数的未知等待着他。同时，要成为优秀的思想家和艺术家，必须有一颗永不自满的赤子之心。在历经风霜砥砺和复杂智性洗礼后，仍能一次次反身去追问基本问题，重拾本源天性，还要避开世俗认同的心灵暗礁，以信仰骑士的纯粹力量攀向高峰。也须如此，伟大作品诞生的光芒才会从群峰之上的密集云层间缓缓垂降。

冰凌的诗作里植被茂密，但绝不是布尔乔亚的狭隘趣味象征，而是有着深刻的启示意义。她兴味盎然地阅读大自然兴衰史，记录一切人事戏剧性的枯萎与奇迹般的新生。生活本身荣枯不止，是诗歌与哲学的共源。解构主义的钢丝螺旋，文化唯物主义的浓厚织毯，无遮蔽的后现代主义装置，结构主义的蓊郁莒萝，跳跃的戴胜鸟式的拼接批判，这些都已渗透到何冰凌的写作中，成为她语言空间里的自然元素。对现代性的深刻理解，使何冰凌能在由冲突和难题决定的生活中，找到内在存在的联系，让天性在单一自我与多重现实的矛盾中实现平衡。

诗是心灵凝望星空和深渊的巴别塔倒影，是风过密林有如神授的荡漾，是大海斑斓，不可有悲伤……诗艺永无止境，须上下求索。何冰凌习诗近三十年，正是这种执着求索的最好注释。她的诗不离初心，总是带着本真的温度。她从表象开始，深入生活和事物内部，对细节深入观察探究，越过"不过如此"的局限，发现寻常生活隐蔽的真迹和复杂性。她的诗带着强烈的生命力，在语词中，她不断复活那些被时间摧凋的意义之花。

寒潮将至，屋檐下有冰凌花开，而春风也将带来信笺和远方的消息。

2018 年冬

何冰凌：中国作家协会会员，中国文艺评论家协会会员，一级作家。出版有文学评论集《时光沙漏》、人物传记《我心飞翔》，合著有《话说安徽》《散文安徽》《为此青绿》等，诗集《春风来信》获安徽省政府社科（文学）奖。

那些绽放而隐蔽的花

《时光沙漏》一书是何冰凌的第一部评论文集，也是《安徽省第二届签约作家丛书》中唯一一部评论文集。该文集正文部分取 36 篇，36 涵盖六合趋近圆满的数字，或偶合，或冥冥中寄寓了某种难言的意味。文集体例井然，诗评 11 篇，比重最大，专题研究、小说批评和随笔点评各入选 6 篇，7 篇以文学现场为总题的文学活动纪要，而这些多是何冰凌的近作。试想一下，在短时间内完成数量如此多且分量如此重的论文，让人不得不敬佩她创作的倾心与投入。冰凌在安大的导师王达敏教授就专门为书写序，高度评价了冰凌的评论禀赋，以及所取得的突出成就。

海上生明月。记得第一次见到何冰凌时，心中无由地跳出这句古诗。

她乌黑清亮的眼，带着通透凝定的睿智和自信，举手投足间，一颦一蹙中，都显出异常得体的优雅和从容。她给我最初的印象是：一方面，她似乎长袖善舞，左右逢源；另一方面，她谨慎地与外部保持着微妙的距离。何冰凌在她那篇精彩的自传体后记《当蝴蝶飞过沧海》中，语言温婉，情感诚挚，回顾了自己弃教从文的经历，以及自己执着为文的梦想，给我留下了非常深刻的印象。我觉得，何冰凌身上凝聚了很多美好的东西，作为评论家的何冰凌，既不乏学者的严谨细致，又难能可贵地保持着一颗诗人敏感柔弱的心。

诗可以诂。何冰凌将作诗的才华带入诗歌阅读中，从一点一滴开始挖掘，展开文本，努力成为作品的知音，甚至高于作品的清越余响。在对余怒的《枝叶》这一组诗的解析中，原本只存在于余怒生活中的枝枝叶叶也从何冰凌的文字中恣意伸展出来，那反抒情又多情，抛离传统又尊重传统，执着于以身体之缺来完成极限写作的诗人形象被勾勒了出来。何冰凌在《暴君、少女和绵羊》一文中，虽未对诗人罗亮进行过多的定位，却就文本层面做了比较含蓄且恰当的分析，使我们对看起来语无伦次，实则诗思厚重、语言内敛独到的罗亮留下了深刻的印象。她还由《四溟诗话》以酒喻诗的高论，引出了长期浸淫于抒情技艺，追逐象征主义写作理想的叶世斌。对许敏作品的剖析，何冰凌使用了"还乡"这一关键词，引述了不少海德格尔对荷尔德林诗作的解读，借以凸显许敏诗歌中的敬畏、怜悯等抒情和思辨的元素。在综述杨键的诗歌美学时，何冰凌更以学者的谨严，反观了以往的阅读方式，从知人知世的表层到深入文本并整体观照，做了一个重要转身，这使她的身影可以立于更高的楼层之上，能更全面地观察那些成熟的写作者，使那些安静在尘嚣之外的"杨键"更加鲜明。

诗可以群。对结构有偏好的何冰凌，还有意无意间为我们绣制了一幅幅精美宏大的诗歌地图，合肥、安庆、宿松，还有漂泊异乡的女诗人、若缺、不解、白鲸诗社等纷纭的诗歌部落……在做此类综合性评价时，冰凌依旧保持了她独特的细腻，一贯的敏锐，往往三言两语便把一位诗人诗作的美学特征给勾勒了出来，甚至是一语中的。在宏大的诗歌版图中，她欲解诗歌的不解，欲呈若缺之无缺，她笔下的许多诗人是为我所熟悉的，我却拘于见识而无法综合评价。或许烛照心灵的文字，本身便来自心灵的深渊吧。

文学永不能以圆满的形态出现，不能以满足所有人审美需求的形态呈现，不可逃脱的喜好几乎决定着曲解的必然。何冰凌兰心蕙质，评论文本常常旁征博引，习惯借他人之口巧妙表达自己的意见和建议，尽可能地尊重别人的审美标准。一方面，何冰凌以学者的严谨在努力避免审美误区；另一方面，诗人的本性又使她追随内心的召唤，诸如对诗人陈先发作品充溢激情的大量专题评述，正是趋近其心灵偏好的外显。细读何冰凌的这些专题研究文章，我的眼前不断浮现惊采绝艳却又深藏锐刺的陈先发，也使我禁不住回味曾途经的桐城，那个数百年名垂宇内的文都，光是它平静的外表就给了我极多的启示。或许，作为写作者，一开始并没有清晰地规定什么，脑海里甚至是杂糅混沌的。写作者只是努力呈现，只有在受众那里，意义及趣味才逐渐眉目清晰起来，或以受众所认为的清晰形态显现和绽放。因而，从根本上说，评论其实是又一种形式的纯粹创作，或者说是撷采六经以注我的过程，评论者所欲言明的也是自己一直隐藏的内心世界。评论或许就是在别人作品上续写自己的诗歌、小说、散文，续写自己的梦想吧。

善于倾听，长于思考，加之良好的诗歌写作功底和积淀深厚的学养，使何冰凌可以察微而知著。她的很多评论都是气度恢宏、力透纸背的佳作，评价文字在纸上获得了自身的独立与尊严。更为关键的是，她的文字几乎不含杂质，如澄江清澈见底。这一切使她在评论上的才华日显出众。

说了很多，需陈明的是，更多时候我只是一个容易动情的阅读者。对我而言，给一部如此厚重的评论文集作评，谈自己肤浅的观感，是有一些荒谬意味的。在这里，我也几乎只是取冰凌文论中的狭小一隅，作一些壁上之观，性质上是随感，而并不是评。

"深林人不知，明月来相照。"今夜，光洁的纸上，冰凌精彩纷呈的评论绽开且隐蔽在田田荷叶之间，远远地散溢文字的清芬，引我长久地驻足凝望……

2009 年 10 月 12 日夜

穹顶上的阳光与黑暗

少年张岩松抱着沾上操场泥水的足球，喘着粗气闯进屋来，他随手把球扔进角落，甩了一下头发上的汗水，一屁股坐在空椅上，顺手就抓起笔来开始了他的诗歌写作，完全无视屋子里惊诧的其他人……

自2004年开始，我就未曾停止过对张岩松创作的关注。应当说，在我并不算短暂的诗歌阅读经历中，我很少用如此长的时间来审视一位当代诗人。而用了如此长时间的原因，首先是与解读的艰难有关。

波兰诗人辛波斯卡曾在她的诺奖获奖典礼上说过，有时诗就是那种"你很难向别人解说的某件你自己都不明白的事物"。辛波斯卡说的是诗歌难以自解，当然，更不必说由他人来合理诠释。我们阅读张岩松的诗歌时，也会遇到此种困境，似乎有许多林中路向着远方，短时间内却无法做出合适的选择。岩松的诗绝对有悖于你以往一切阅读经验，甚至有悖于你阅读当代先锋诗歌的经验。他的诗可以打动你，让你心潮澎湃，但要说出他诗歌内在的秘密或具体的所指与能指，相信我们绝大多数人只能张开口却发不出声音。

特立独行的张岩松诗歌创作量并不大，但每首诗都是质地独特，几乎一读便知是来自张岩松，闯入者张岩松在较长时间里成功地撬动了我们对诗歌世界的认识。从《木雕鼻子》的出版到他的第二部诗集《劣质的人》付梓，其间跨越十年，张岩松已将他对诗歌的理解和对生活的观照完整地融入他的作品。从某种意义上说，他的诗歌与他的书法绘画作品一样，大量的线条和色彩都经过他独特的个性化处理，保持高度严谨的一致，都留下张岩松与世界抗争形成的细长裂痕。

从题材来看，张岩松的诗大多数是写给城市，写给匆匆忙忙的当代生活。

在诗集《木雕鼻子》中，《苦恋》写为爱所苦而夜不能寐、辗转反侧的真实感受；《夜海里的树》隐喻内心的荆棘在夜幕下悄悄生长；《跳舞》写在舞池里旋转，想象对面的少女就是充满活力且富有无限生机的森林；《硬壳》非常别致地抒写了拥抱与亲吻；《创伤》中写到爱人不愿看见自己肩膀上的已愈合的丑陋伤疤，写出自己的踟蹰；《支撑》写出围墙与荆棘遮掩不住的甜蜜爱情和承诺；《犹疑》里诗人把旧有的东西烧掉，与羸弱幼稚告别，同时似乎暗示出现的婚姻危机，你能从"二十八个关节"中读出诗人强烈无比的寂寞；《小提琴手》写自己听《蓝色多瑙河》或类似蓝调时的细微感触，但已包含对事物与自我感受的强力拆解；《教师上课》中，诗人上课，学生端坐着记笔记，诗人的话语在洁白旷野一样的纸上"旅行"，学生的"钢笔直抵我的嘴唇"；《黑纱》这首诗也写出生活的多面，本应忧伤的内心却蹦出不协调但又真实的其他感受，神来一笔是"戴过黑纱的胳膊总是向一边倾斜"……

看起来，张岩松的目光聚焦在这些纠缠着却又似乎不乏趣味的日常生活上，而事实绝不仅仅如此，因为他总能迅速地摆脱肉身缠绕，跳出当下，保持谨慎而微妙的距离去注目随机的生活场景，他发现自己更多的像楚门一样浑浑噩噩地生活，一样荒谬绝伦地存在！我们悉心供奉的身体也只是庞大世界机器中微不足道的构件，它们早晚会被替换。更深层次地看张岩松的诗作，其中普遍渗透着他对现代都市、对复杂人性、对自我存在的绝望，他所再现的是高度机械的现代生活，是异化的现代人疲软、麻木、寂寞、傲慢、怀疑、偏执、冷漠、矜持、厌恶、紧张等种种病态。

除了诗歌，张岩松还是精擅书法绘画的人。说到他的书法，恰恰是与诗歌类似，他在楷隶的研习上似乎停留得不够久，显然他宁愿紧随内心用更富激情的方式直接扑入狂草之境，而且也确实取得了令人仰视的成就。张岩松的诗歌创作也不能算是有耐心，他的表达中明显存在紧张急躁有时甚至慌不择路的情况，这主要是因为，他的诗没有效仿者，也绝少有他人诗歌语言影响的蛛丝马迹。

在他的二十年诗选集《木雕鼻子》中，1987年以前的诗作仅选了两首，时间都是1983年，这可以视作张岩松最初的诗歌楷书底子。两首诗的语言都是清新活泼的风格，值得注意的是它们的处理原则都是从心理角度切入。而1987年至1990年这几年应该是张岩松精神世界的重要成长期，当然也是张岩松诗歌的快速成熟期，我们从这一时期的诗歌中能看出属于张岩松的语言自醒，他已逐渐摆脱学步，开始逆风拔足狂奔。虽然在《辙印》中还带着些许朦胧诗的痕迹，《在茫茫雪原》也还有失去方向不得不盲目追随吱吱呀呀的旧车的困惑，但《在斧子的休息里抚摸》一诗则已经开始露出锐利的刀锋，他拿用斧子砍掉臂膀来隐喻自己要摆脱一切旧有形式的束缚。《木雕鼻子》一诗则采取悖谬写法——木雕的鼻子闻不到散发霉味的草垛，而草垛还是执着地呼唤诗人的回归。

或许，少年时的张岩松就是正午烈日下偷偷爬到枣树顶高高细枝上的顽童，南风轻吹，地面的影子也摇晃不止，他的写作从一开始就选择了风险。在诗歌中自信、坦诚、不妥协的张岩松逐渐筑造起庞大的言说体系，他的好友诗人江不离曾经这么评价张岩松的诗歌——"岩松诗歌的重大贡献在于他开创了言说的新途径，即立体的、出新出奇且动态动感十足的表达方式，在传统诗歌（无论是古代传统还是近现代传统）已近穷途末路之际翻新了诗歌语言的花样……"

确实是这样，张岩松从基本的词语开始眺望，最终发掘出存在于明亮生活背后的隐蔽部分，然后用粗鲁的方式糅合在纸上。在张岩松近些年的诗作中，几乎没有一个优美的形容词是优美的，也没有一个简单的动词是简单的。他用思的重锤努力敲碎日常所依赖的"用",再拿瞬间感受的"无用"为胶质,一块块拼贴起来。

有人觉得,张岩松在诗歌中对周围世界做了放大、变形或幻觉处理,似乎是达达主义的清除与扫荡,读他的诗就是面对达利的超现实主义画作。事实上,最终我们会察觉他所呈现的图景是我们本应熟悉的一种陌生,是将熟悉打乱次序搅成僵局后的陌生,是跳出熟练的日常语后的陌生,是茫茫黑暗之处或内心遮蔽之处正敞开与绽放真实部分的陌生。

世界如此荒谬,我们的诗歌又如何能规避荒谬?

或许,张岩松就是要做另外一个卡夫卡,诗歌的卡夫卡。他试图揭示我们在无意义生活中挣扎与努力的可笑,让我们认识到自身居然荒诞地存在于这个不可深知的世界!而这些,终将浓缩成他诗歌中响亮而精准的黑色腔调。

张岩松闯进现代诗歌的屋子,又透过词语的玻璃穹顶望见户外明亮的阳光和更庞大黑暗的深渊,他相信自己是早醒者,是旧约里的阿摩司,是为数不多的看到部分真相的人。可贵的是,他并未试图在诗歌中重塑闪光的自我,恰恰相反,他用在黑暗中凝定起来的眼注视肉身和更多外貌有别却本质无别的自我,他嗅着腐烂的肉味以及螺钉锈蚀后散发的腥气,站起身来。仰望穹顶的张岩松,散发着毁灭与死亡的气质。当你开始思考张岩松究竟是怎样的人时,他已经在诗歌里用力揭掉贴在身上的"儿子""足球运动员""丈夫""情人""诗人""书法家""画家""教授""股票分析师"等诸多标签,他只是想裸着身子发出属于自己的独特声响……

张岩松成功地在诗歌中把自己还原成丢失身份的人,几乎去除一切标签的人。这应该是张岩松卓尔不群的姿态,是不可模仿复写的诗歌内质,是他的诗语言无比消瘦冷硬的来由,也是他诗歌刺疼感与尖锐感的源头。

正如不可见知的暗物质占据浩渺宇宙的绝大部分,对于张岩松的诗歌而言也是如此，他的诗歌中隐蔽大量的未知。我依然会继续阅读他的诗，虽然我仍然不能肯定自己可以读懂多少，我更为看重的是在阅读过程中触发的感动与思考。我也确信，任何有目的创造的事物都暗藏玄机，随时间流动，我们最终可以将它推回原点。

解读诗歌无疑是一种挑战，因为诗歌语言总是开在同时代语言花园的边缘处，它们常常背离粗糙的日常语法与逻辑，而具备先锋色调的诗歌更会有悖传统的阅读经验。不过，从另一角度来看，最终颠覆一切旧有语言体系的往往就是诗歌。我们要预见未来语言，感受当下诗歌是条捷径——可以选择从张岩松的诗歌开始。

张岩松曾赠我一幅卷轴，是他手录的一首杜甫的诗，郁郁森森，有山岳之气，我很喜欢，只可惜某次酒后乘出租车时不慎丢失。

阳光开始慵懒地斜照，近处河湾和远处的池塘都凝起深秋的寒意，你所居的乡村按理说就是那幅不慎丢失的卷轴。然而，现在有了高铁，流线型的列车从想象中变成频频呼啸而过的事实。显然，这些都将逐渐逼迫我像张岩松那样思索日显尴尬的人生处境。对每个感性的思想者而言，即便我们无法向他人言明自身的抒写，也可以回到纸上，努力留下在这个陌生世界曾经存在的痕迹，这才是对我们当下最为重要的。

时间实在太快，还是应当慢下来。

2013 年 10 月 31 日

张岩松：祖籍安徽无为，现居合肥。20 世纪 80 年代开始写诗。当代非抒情写作主要诗人之一。出版诗集《木雕鼻子》《劣质的人》等。参加《诗刊》社第 18 届青春诗会。有诗作入选《中国现当代文学史》和《大学语文》。中国作协会员和世界华人艺术家协会理事，曾在各地举办书法个展。

靠近大海，唯有选择沉默

在距厦门高崎机场不远处的一家酒店内，海上奔波半日的我靠在床头，凝视东墙上一幅印象派的港口风情画。这是一幅普通的工业复制品，却因马奈风格的线条色彩与我白昼里的出游记忆产生交会，吸引了我。

艺术作品的丰富性在于可以不断深挖，不断诠释，不断与个体经验结合并被赋予新意。

从《密室喧哗》开始，我就时常关注罗亮的诗作。罗亮的诗有许多读者，他的诗极具智性，看似无心涂抹，实则包含罗亮式的"诡计"，戏谑矛盾，机锋巧设，常从一点生发开去，诡谲百变。大量的隐语以及精致的面具化现实，用他柔软如幻术的语言呈现。文本结构清晰，而指向却十分灵活、模糊，仿佛生活被他用心糅合后安放在短短的字里行间，虽篇幅短，诗的空间却因文本的张力与情感深度以及语言元素内部的碰撞冲突而显得颇为深广，蕴含大海般深广涌动的原生力量。其诗以似是而非和可弹性解读的丰富为特征，正在吸引更多的阅读者。

一、绵羊与暴君

生活中的罗亮是个沉默寡言而又谦和温暖的人，他对待亲友同僚如"绵羊"，心怀爱、宽容和尊敬，而谦卑更使他能如海水般清浊并流，吐故纳新。他对自己的工作和写作则要求严苛，近于"暴君"，这一点，是我对罗亮格外有好感并十分信任他的主要原因。

罗亮不擅长也不屑于在大庭广众之下阐述自己对现代诗的理解，这是凝定洞察后才会产生的智慧。因为何为好诗，向来没有恒久存在的标准，所有的说法都像礁石，会被侵蚀并淹没于时间的海洋。

年少从商，周游列国。罗亮阅历之丰富，见闻之广博，是当下诗人中少有能及的。而壮游山川正是苏辙所谓诗文不可或缺的"养气"，罗亮诗中疏荡奇诡的气息应该与此有着直接的关系。但是罗亮总会很小心地把诗歌与现实生活分离开，在不同的场合下安放两个不同属性的自我。诗人天性使他敞开自我。可生命中，总有些事不可说，有些事不必说。夜深时罗亮会带着商战拼杀后的疲惫，走入诗歌的密室。经商的苦楚唯有身陷其中才能深切体会："我的嘴里我语言的伤口上／含着／锯子。"（《迎春花之后》）在罗亮的诗里，有攻讦对垒星夜急行，有勋章也有耻辱，有三国时的乡人周公瑾足以效法，有歌声嘶哑的友人榆木可以交心，还可以偶尔放任自我信马由缰天涯海角，这些都是他现实生活的写照。

诗人生活中的艰辛磨难是诗人创作的重要力量，这既是不幸，也是一种大幸。罗亮的深情一面也在此呈现，他的《成为纸人》一诗，在反复阅读后能把酸楚如宣纸上的墨迹传递给阅读者，他用纸人来表达哀思："方便于在轻薄的状态中销毁自己／点你的烟，上亡者的坟，把歌声缠在枯枝上。"

他想表达个人生活，"夜莺要歌唱／我们要寻找"，却又不由自主地给私密生活加上了一把把门锁，那些"孔雀，洋葱，莲花"的门锁，设计复杂而精巧。其实，古往今来大部分优秀的诗人这样做过。罗亮的不少诗作就归属于私密的自我对话，除了他自己，极少有人能跨过那道密室的门槛。如果阅读者的经历和阅历不够丰富，那么在罗亮诗歌的沙滩，将很难捡拾到裹藏珍珠的蚌壳，只能一望碧波万顷，却无从进入。

二、先锋与传统

机动船劈开前方的水浪，海之声其实并非塞壬——古希腊神话中人首鸟身的怪物。塞壬用歌喉使得过往的水手倾听失神，航船触礁沉没，所以其又被称为海妖。塞壬之歌，是负载我们的事物与更广阔的世界碰撞激起的幻灭浪花，它们瞬间涌现，又在短暂存在后相继发出破碎消亡的致密轻响。

没有什么荒诞不是世界本身的荒诞。

现代艺术的真正荒诞性在于它们绝非幻象，而是包含深刻的现代生活逻辑。与此关联，并没有什么先锋意识，而是深刻介入当下，然后以逼真至让欣赏者觉得超验的方式来呈现，这才是我们认同的先锋。在罗亮诗歌中，并没有什么虚构，而只是将他眼中所见用罗亮式的密语写下来，变成诗歌。他的作品如鸥鸟，贴着生活的海浪飞，它们密切贴近易被忽略的生活真实。

先锋诗人需要具备极高的语言驾驭力。谜语、密语，跳跃与断裂，使罗亮的诗仿佛行进在刀锋或四顾无援的断崖上。

与此同时，还需要一往无前的写作勇气。罗亮的诗对传统审美常常做刻意的锯齿般"咯吱咯吱响"的破坏（《迎春花之后》），这也必然导致诗人经常要面对很多质疑，需要诗人具备独立的思想与人格，不屈从于众人的阅读趣味。在罗亮的诗歌中，大多数传统审美元素被罗亮抛弃不用或重新罗亮化处理，他在寻求一种词语之间的绷紧感，并在诗中说："在语言中再活一次的人寻求紧张。"（《夜色》）这不仅仅是语言选择的倾向性问题，其本质是对当下生活的真实回应。我们知道，传统意义上的审美早已不符合现代人的生活实际，早已矫揉无力，与纷繁离散而普遍艰难挣扎的个体生活相背离。

如蚌在肉身与细沙的磋磨中最终诞出珍珠，诗歌也需要有细沙般的异质存在，这种异质是有别于他者的，它区分诗人的不同，也定义着诗与非诗的区别。而这细沙，其实就是诗人的自由意志。精神世界的自由独立是优秀诗人的重要标签，也是写作的基点。罗亮的诗扎根生活又脱离传统趣味，这正是他自由意志的突出标记。

如命运本身，非确定性也是先锋诗歌的魅力所在。当代诗歌正处在普遍艰深晦涩的阶段，这是因为诗的复杂源自人性复杂，单纯的诗人努力呈现人性的复杂面，可人性偏偏渊深如海。罗亮诗歌中有很多自然叠加的意象，很多时候是借一个符号衍生出海浪般层叠汹涌的意象，这些意象细加揣摩会让人觉得深藏玄机，暗含对人性的深刻观照。

三、沙粒与海浪

诗与哲学相似，它源自生活，偏偏又不具备对世俗生活的指导能力，因为诗人不是摆脱了全部困惑的人，真正的不惑是无须写诗的。而一个陷入自身困惑的人，又如何能深入指导别人该怎样生活呢？这与哲学的价值意义保持着高度一致，那就是纯度越高，无用性越强。不过，换个角度看，"无用"何尝不是一种更有意义的"用"呢？

罗亮诗歌的"无用"，在于他沉浸于语言的趣味，在于他不循旧法，不走前人未曾走过的道路。他妥帖而有节制地处理那些诗歌中不协调的元素，让它们终生相随相伴，无从拆解。这类似我在海边看到的沙粒，每一粒都经潮水反复淘洗，剔除粗粝，剩下细软而坚实的部分。那些细沙随机组合，似乎彼此缺少关联，甚至你在前一小节留下的阅读印迹很可能会在下一小节阅读时被彻底抹掉，语义再度回到面目全非的状态。罗亮的诗意象繁复致密，并非在简单的写作维度内完成，每处语言的涌浪，表面相似却不相同，一瞬间所呈现的泡沫之花都是无可取代的。这仿佛经年习练的幻术，带着强劲无休的原生动力。你站在海边，你看涨落的潮水，看着它希绪弗斯一般不断重塑着平整展开的沙滩。

人生会遭遇很多深刻的问题，而最终要落实到逻辑层面加以解决。面对大量错综复杂彼此缺乏关联的元素，我们需要一种高效组合的能力，而这只能是结构语言层面的。好的文学作品的结构语言常常高于单纯的描述性语言，圆环、双线、螺旋阶梯、鱼鳞、丝绸……我们在成功的作品中往往能发现它们的存在。正如建筑用的材料与建筑整体设计间的关系一样，语言层面传达的微妙触感，只诞生于瞬间的那个"我"，外部世界通过诗人之眼来显现却总是有着不同的优先级。当然，更多时候，一个诗人真正的深度理性早已如血液，渗透并送达到诗歌语言的每处肌肉与骨骼组织，难以分割。

四、沉默与喧哗

人靠近大海，唯有选择沉默。

一切最初的不协调只因我们的先入为主，而摒弃陈腐的审美观知见障，才有可能进入现代生活。走进现代艺术，才能对心理实验、行为艺术、艺术装置、达达主义等等有更多的体会。当我们深入诗歌，探寻一种语言风格现象的成因时，往往才会觉察自身对生活对人性复杂的了解是多么浅薄。

现代诗和其他现代艺术作品一样，都带有鲜明的多义性特征。阅读现代诗仿佛乘桴游于海上，无限变化演进的波浪可能会让我们深陷无力感之中。而这些，与现代生活的复杂程度、个体经验的隐秘化以及欣赏者的阅历、沉潜能力的高低紧密相关。甚至很多时候，阅读者本身就是一条条弯弯曲曲伸展向内陆的支流，读者的经验在丰富诗歌的同时，也带来诗歌解读的多个可能性。

阅读罗亮的诗是对每位阅读者的考验。他的诗歌神秘、多义、微妙，甚至不可言说。在沙滩般的结构中，他也放置了一些小小的阅读惊喜，这使他的诗更加耐读。其实诗真的不能简单地以懂与不懂来评判，因为个人的体验永远不可取代，就像你无法完整地进入他人内心世界一样。写诗，是将自性的泡沫呈现于巨浪之上，证实"我"存在过。所有优秀的诗人都在谦卑和贴近自然、贴近天性中，洞察自身承载的独特命运。因此，真正的诗人绝不能一味追寻大众认同，那样诗歌的丰富性和真实性将逐步丧失，李杜也就不可能各行其道而各自成为历史的唯一。写作永远属于个体经验活动，这是写作的本质。提出写作必须大众化，无疑是对贴近生活的误读，是对写作本质认知上的模糊与倒退，最终将悖谬式地被大众抛弃。我希望，世间也只有唯一的罗亮。

　　阅读诗歌也是接受异质碰撞的过程，重要的是，它在我们内心激起了什么，在何种程度上引发我们对永恒的追问，对存在于我们周围的世界飓风一样的思考。诗歌如海水，注万物于自身，而阅读者何尝不可以这样去做呢？阅读罗亮的诗，遭遇困惑是难免的，没有这一点，恰恰表明阅读的可疑，是没有将杯中的茶倒掉。有时，充满魅力恰恰因为无法深入，在罗亮诗作的阅读上，是很难做到心合神遇的。因为他的密语化写作除了重视趣味、结构严密，也是混沌状态的，有尤利西斯式的喷涌，有普鲁斯特式的漫不经心、不着重点。

五、消失与呈现

　　　咸味，我回到大海身边吧
　　　腥味，我想回到胸脯一样起伏的大海身边

　　诗歌根植于忧虑这片海洋，却和哲学一样，开出无数幻灭的浪花。每位现代诗阅读者要深入诗歌，就必然要审视并剥离附着的知见障，发现自身与生俱来的贫乏，醒觉所谓的自由其实只是隐蔽在密室，隐藏在无可交流的孤独大海中。

而优秀的诗人一生只在追求写出那首独一无二的诗，面对那首壮阔如大海又超越大海的不存在之诗作，试图努力道出难以言说的苦恼，会使他们像古老的思想家一样逐渐变得纯粹和统一起来。

存在之物需要我们感知观照，才能确定存在。一切意义在于附着，在于识见与它构成的关联。时下流行对现代作品过度的理性分析，其实这才是一种真正的偏执与割裂，会带来众多碎片，再难重现它本就模糊的原貌。阅读者还原作家内心整体流动的努力，其实也只是对自己内心潮水涌动的一次又一次造影。从根本上说，现代作品的批判是难以做到真正有力的，因为内心整体的流动是繁复杂糅且多向多格的，全面呈现的困难度近于描述海潮的构成。阅读者很可能从一开始就被困入误读的宿命。所有现成的理论支点都难以帮助我们完成对一首简短现代诗的全面阅读。或许，这是当代诗人无意中为我们铺展开的一片大海。

海鸟紧贴海面自在地飞，它们的自由源于海风和大自然赋予的一对翅膀。它们顺从于海风的自然之力，又看似无意义地表达着自我。诗人也应该有自己的翅膀，那就是能从现代生活的规则束缚中挣脱而出，挣脱出带海风腥味的语言。诗歌的所有丰富性，都应该源自对生活的深度理解，以及能充分呈现无限可能性的蠕动。

已存在的海浪正在脚下消失，而新的海浪又已不断呈现。没有人能留住永恒，而每一代诗人对永恒追求的延续或许能成为漫长时间里的一部分。

六、海之声

海水温润如软玉，而又内蓄无可匹敌的庞大力量。抬起头，我看见绽放的木棉花，巨大的棕榈树和国王椰子，湛蓝深远的天空，以及更深远处被白昼的光芒掩去的星空。我们何以敢称自己伟大？人居苍穹之下是多么微不足道，再显赫的人生，也不敌命运的轻轻一拂！

世间万物如细沙呈现离散之态，我们所做的是将它们聚拢于一处，忠实于内心地重现一片变幻不定的沙滩。诗道正如大海，永无静止，也永无止境，竭毕生之力也不能到达半途。如果缺少宽广的胸怀，没有试错的勇气，诗必然会像椰枣树或芭蕉上的水滴，在烈日下很快蒸腾不见。

海水又在退潮，沿着海滩的深碧中杂以泥沙的浑浊。或许一首诗试图完成的，就是以微不足道的篇幅，来容纳深广而混沌涌现的内心世界。在每一个瞬间，无数海浪变幻呈现，演绎平静与奔涌、生存与死亡、短暂与永恒的共存，可是能与我们眼睛相逢的始终只是少数。我们一生中要遇见那首自己无限喜欢的诗，是多么困难！

身心俱疲的我们比史上任何时代的人都更需要走近诗歌。就像我在午后的海风中，把心事短暂放下，走近大海，这是墙壁上的油画不能取代的。靠近海滩，一只白鸥从废弃多年的博爱医院楼顶飞起，飞向属于它的苍茫大海。

罗亮：中国作协会员，安徽省作协会员，合肥市作协诗歌创作委员会委员，第二届安徽省诗歌学会副会长，安徽省诗词协会首届现代诗工委副主任，安徽省当代诗歌研究会首届企业家诗人工委主任。曾获首届"安徽诗歌奖·最佳诗人奖"。著有诗集《密室喧哗》。

苹果内外的宇宙

在当下安徽诗坛，吴少东无疑是最活跃的诗人之一。他在离开诗坛多年后，重拾诗兴，创作了许多质量上乘的诗作。通观吴少东近年诗作，其中蕴含的诗歌美学内容丰富驳杂。现在，我们不妨学步禅宗参话头，选取其诗歌的一小部分做简单了解，以便读者能管窥吴少东诗艺的门径。

一

诗是语言艺术的极致。

创作高质量诗歌必须具备语言上高度的敏锐与自觉。吴少东的诗语言不断闪耀的正是这种天赋的光芒，它们自在、纯熟、机智，犹如树上成熟的苹果，在树隙间闪闪发光。

诗人吴少东对语言美有异常执着的追求，其诗深合传统美学标准，即便笔下最普通之物，也能自然地笼罩绝句小令的朦胧光辉。你随手一翻诗稿，就能读到《快雪时晴帖》《春风令》那样连标题都浸染古典美的诗作，这些作品扎根于肥沃的美学土壤，能轻而易举地在读者心中发芽生长。

词语是皮相，它会不断滑动。在物质世界，它甚至不能撼动事物本身分毫，而只能像微风一样掠过事物最表面的部分。吴少东诗歌中流水、青石、乡土之类的意象较为密集，但它们显然只是诗人解读世界的一套密语。这些意象并非简单堆积，而是不断推衍向前，辞藻一如开在小径深处的野花，随阅读的深入在前方星星点点地涌现，诗的真意也不断地流动变化。以《快雪时晴帖》为例，其诗确有羲之书法之美，优雅、从容、连贯，又时不时荡出轻度飞白，弹性十足，欲左而右，欲上而下。诗中所咏的"无序的飞雪"便是流逝的时光，也自然地成为"远方""逝去已久的爱情""青石"等记忆的代名词。每片无序的雪花都是独一无二的，它们的消亡是在自然时序中绝不可复现的，正如我们。然而，这一切其实均可挽回，能挽回这一切的，正是诗歌。

如果我们将诗歌视为一只色彩斑斓的蝴蝶，或许，它存在的最大意义只是试图表达世界的混沌难分。还有可能它正逐步改变我们眼中的世界，最终引发一场影响深远的风暴。

二

诗言志。

若非心有郁结或快慰不吐不快，何来诗歌？好诗是一切激荡情绪的集中释放。这一释放，即抒情。抒情是诗歌天然、朴素的底色。无论何种客观诗作，都不乏抒情的底色，即便被消解到很轻很淡，因为诗歌终究是从主观世界投射下光影。

吴少东的诗语言极节制，呈现从容不迫之态。节奏舒缓，不疾不徐，似乎总是成竹在胸，这是诗艺已日臻纯熟的标志之一。我们还可以从他富于变化的句法和内在的乐感上体会到更多深藏不言的东西，和那些平缓之下激涌的暗流。

削开吴少东诗作的闪亮表皮，我们看到的又是什么？

吴少东的大部分诗作弥漫着凝重深远的悲悯气息。这里我简要列举他的一首悼诗——《描碑》。这首诗极富感染力，诗人将红色的"生"描成令自己疼痛不已的黑色的"死"，在缓慢的描碑中对母亲的思念如野草般不可遏制地疯长，诗歌将幽明两隔、爱与忏悔杂糅的感情抒发得深沉质朴。白描手法简练而又细腻入微，勾勒出勤劳、善良、质朴的母亲形象。当读到"父亲离开后，她的火焰／就已熄灭了。满头的灰烬"时，我真切地体会到诗人对母亲怀而未发、压抑已久的极痛，那是母子间最深挚的爱。《描碑》低沉缓慢，仿佛碑文本身带着巨大的丧母之痛正由沥血的鲜红一点点转为深沉的黯黑。

吴少东早在读书期间就已展现出诗歌的写作才华，创作了数量、质量均非常可观的作品，譬如《惆怅》《我有一种被枪毙的感觉》《树枝伸出窗口》《雪地》等，这些诗歌几乎都是以爱情为中心题材，长于抒情。而且，因为诗人精擅抒写即景中的情思与孤独感，兼具微妙、细腻、敏锐的特点，隐秘与自白交错，所以诗歌非常耐读，受到很多读者喜爱。

吴少东对抒情的驾驭能力还集中体现于他的叙述次序安排只配合情感起伏跌宕的需要，因而感情抒发更显自在随性。

三

我一贯视结构为第一语言。

好作品就应该有自然事物的那种复杂性，譬如苹果核般虚实相生。它看起来应该是生于天然，不勉强不牵连，能自成结构的完整。

吴少东的诗，结构一般都比较严谨，很多诗作是由一点伸展开，切口不大，但一经切入，便如孔雀开屏，尾羽致密而闪亮，那应该是文本的细密扎实和结构的精致所达到的共生效果。最后，大草甸般铺衍开去，随性中透着天然的巧妙。

以《苹果》一诗为例，作为写给成长心灵的诗作容易写得枯燥乏味，但这首非常精彩。该诗描述父与子的日常交流，理解与不解、期待与分歧、联想与想象紧密缠绕在《苹果》的外围，在削果皮般的叙述中，一圈圈拉长掉落。整首诗严谨、细密、饱满，结构形态犹如苹果之核，从广袤宇宙到盘中的切片，其大无外，其小无内，几乎无漏地囊括。

一般来说，篇幅较长的诗作容易出现重心失衡和结构不稳的缺点，进而引发无法修补的雪崩。但显然，《苹果》完美地构建了一个令人叹服的结构，并从更深广的层面精心完成了比意义本身更重要的结构语言表述，这种处理方法也让我联想到瑞典诗人特朗斯特罗姆。美是相似的，而好的构思当然就有着内质上的一致性。

诗人在塑造属于自己的世界时，并无形体上的大小概念。我们可以也完全可能通过一个苹果来构建自己的世界。现在，还是让我们继续坐回原来的椅子，安静地凝视吴少东茶几上那个尚未削皮的苹果。

四

任何虔诚的诗歌写作，都承载着上下求索的思想负重。这种求索是最令人绝望的，因为这一过程永无止境，永远在向未知的目标跋涉。

吴少东天赋出众，也本能地对诗歌探索充满热情。纵观吴少东的诗作，应当说很好地诠释了他自己提出的"情感、美感、痛感"三条创作原则。他的诗融历史与现实、思辨与抒情于一体，跳荡而又内敛。诗的笔调优美，关注现实民生和个体尊严，将饱满的情感与万水千山相融，纳入极微处，纳入苹果深处，在微处让人窥得境界。其诗庞杂繁复而不失轻盈，简洁客观处又不乏巧妙，更容易激发宏大题材里天然蕴藏的战栗与共鸣。

吴少东创作了不少"不够和谐"的诗作，譬如《惶恐》。我喜欢这首诗的摇摆不定，"它努力消解了过去的和谐完美，藐视了潜在的镜头窥视（韩东语）"，展开了更加真实的写作道路。《惶恐》所表达的似乎是诗人远行时的恐惧，实则有更深奥难明的指涉。表面的完美肯定不是诗人的目标，或许，真正的完美应是整体混沌的呈现吧。

五

格物有诗。

诗人每日途经公园旁的梧桐,静观它四季变换中不变的"精准"与"规律",或换而言之"执着"。那梧桐即便被削去部分树冠,即便无比孤独地立于夜空之下,即便被匆匆来去的众多行人视而不见,它仍旧"坚守自己",不刻意追求蓊郁的繁华,而能从容地视"新生的枝头"为"另一个不同的世界"。

是这样的,诗人从来不是时代的领路人,如果有人这么认为,则必然陷溺于巨大耀眼的光环中。诗人最可能的身份是撄犯者(阿多尼斯语),甚至因此与苹果之外的世界为敌。他只见证自己的客观事实,并为这些存在而沉思与想象,最终诉诸笔端。

在三年时间里,诗人吴少东常常要面对匡河之水,我确信匡河给他很多创作的灵感,就像苹果一样。匡河之水此时也必在平缓自在中呈现独有的千变万化,即便再怎么细究,也根本不可能尽知波光浮动里永不重复的真实面。

作为诗人,诗歌本身就是我们探索世界真实面的一种手段,我们执着于诗歌理想,甚至不畏惧误解和不解,我们所做的一切努力就是无限逼近或重现这种根本不可重复的真实,借此最终停滞苹果的枯萎。

诗人的自我觉醒从喧哗处开始,最终要重回密叶遮蔽的"苹果"之内,进入苹果外的宇宙……

2015 年 8 月 9 日夜

吴少东:安徽合肥人,中国作家协会会员,中国诗歌学会理事,安徽省当代诗歌研究会会长。早期诗歌结集于《灿烂的孤独》,出版有地理随笔《最美的江湖》、诗集《立夏书》《万物的动静》等。

清冷而繁密的星空

> 今夜我的仰望与众不同
> 一颗星从天际滑落
> 从星的闪耀改变着它的意志
>
> ——《仰望》

我与诗人邬云的结识，要追溯到 2009 年初春，我与友人前往怀宁吊唁诗人海子那次。在查湾浓密的林荫道旁、弥生四野的油菜地里和酣畅欢饮的酒席间，我认识了诗人邬云。第一印象是她出奇地宁静和从容自信，言谈举止间透出一股书卷气。其实，更早些时候，我就应该能见到她。那是 1995 年，我前往宿州路《诗歌报月刊》杂志社，经过稍显逼仄阴暗的走廊，陈旧的木地板放大了我的脚步声。隔窗见几位编辑埋首于堆积的文稿中，我的脚步声显然并未惊扰专注的他们。如今回想起来，那时候还是桃李之年的邬云也应是身处其中吧。

后来，我偶尔也参加一些诗歌活动，与邬云也曾碰面。随着接触次数增多，对她也有了一些了解。而对她较为深入的理解，主要还是基于对她作品的细读。

一

生命短暂，把美好的瞬息定格下来是多么重要。作为一个诗人，把独一无二的体验纳入一张张轻简的纸页，赋予它们更多的生命重量，正是一位虔诚的诗人应该去做的。

读邬云的诗，我深感其诗承载了生命中极多美好的部分。也因为这些，有别于当下女性诗歌感官写作的流俗，她的诗作难能可贵地保持了自性的苏醒与人格的尊严。她的诗不跟风，不在肤浅的身体写作上博人眼球，而是扎根传统，从古典文学中汲取营养，在看似平常的生活中寻找生存的诗意。在这里，我随机选取几首诗作简要解读，让我们一同发现邬云诗里的璀璨星光。

《犹疑》一诗，诗人写出爱却又不能再爱的无可奈何，诗人觉得自己的沉默"已长青苔"，她非常畏惧内心的火焰再度燃烧，那种不愿被人知晓、怕人窥破的恐惧在诗里被传达得敏锐细腻。"在时间的枝上结成焦灼／烫我痛我压我缠我。"她用如此形象具体的语言把内心的伤痛表现得尖锐而感人。其实，一个人真要至情至性，又哪能那么容易通过作伪来遮掩自己的情感？那些深情总会不小心就显出来，或暗暗地在"冰下涌动狂热"。比较起来，抒写此类情绪的诗作占据邬云诗歌相当高的比例。

《为你拨动第一声》是写雷雨夜，诗人手挥五弦，第一次学着弹奏古曲《高山流水》，以此遥寄对知音的思念和无法言明的爱。"雨滴黄昏"这样的用词精简优雅，有焦尾琴的古韵。而划破晚空的闪电则被很现代地喻为"紫色的探戈"，这种处理很别致。或许乐音所及，也是心灵所能到达之境。小路在"诗中起伏"，这条语言的曲径通向的地方是一位诗人所居的高楼。而乡关遥遥，这文字化作的音符所诉为何？自己想念、崇敬的那个居于内心的"帝王"，在诗人的语言花园里，"好多奇妙的花"专为他而绽开。这首诗写得优雅唯美，混杂着淡淡的忧伤和喜悦。

《苍茫时光》既是一首时光骊歌，也是一首乡愁佳作。时光如流水苍茫，一去不返，诗人仿佛又回到故乡，秋天收割后的田野多空旷，诗人能看见更远处的田垄，"犁铧在农人的肩头闪烁"，"风筝划过炊烟"，你能听见"熟悉的民歌／像智者的目光／深入果实内部／又被收割扬起"。稻谷里沉淀的是如民歌一般久远流传的朴素，而"拾稻穗的妹妹身穿素袄／她眸子中的澄净是天空的高度"。这一切，是否一直存在于遥远的记忆中？梦里花落知多少？记忆中村头的"古井和栅栏"，日出而作，日落而息不愿离开故土的乡人，还有儿时的诗人自己，赤着脚，无忧无虑地在田埂上奔跑。

乡愁究竟是什么？记忆中母亲在安静地纳着鞋底，这或许就是故乡最美好，也最令我们感伤眷恋的一幕，"苍茫的时光在周围流动"。故乡，正是受困于都市的我们看似丰富的精神世界最深处的根。

《回忆》应该是写给孩子的诗。冬天的医院产房，孤寂的寒冷与温暖的火焰，两种力量在这里可以并行不悖。在麻药作用下，实幻难辨：镜中的落英、水中的昙花、刺目的亮光、庞大的巨兽，以及汹涌和激烈的外力。终于，诗人看到了期待已久的红晕脸颊，初生儿如花朵盛绽，这当然是尘间最纯粹的美好之一，诗人像爱雪一样爱着初生的婴儿。那一刻，迎来新生命的幸福完整地抵消了分娩带来的巨大痛苦。

《关于祖父》也是一首怀念亲人的诗，献给自己做木匠的祖父。那是"用斧子砍下木片／也一天天砍去自己的生命"的老人。他的手掌像木头一样粗糙，他用盘锯飞溅的锯末，支撑起一个大家庭。在生活的重压下，他仍然挚爱着自己的孩子们。在他期许的目光中，小鸟终于离巢，一道道身影相继消失在地平线外。他燃烧自己，为孩子们构筑了一片更广阔的天地，他的快乐只在于"我们嘹亮的歌声和足迹"。这首诗细节感人，诸如岁月像锯末一样"撒了他一头的灰白"，满是厚茧的手掌，送我们远行时眼眶里的泪水……很多时候，诗歌是需要这些情感细节记忆支撑的。

《我从街边舞厅出来》着力表达对城市的厌倦，对自由生活的向往。

前两小节写的是诗人在正午从舞厅出门所见，包含了集体的时代记忆以及个人独特的生活印记；后两个小节方向转变，侧重使用悖谬的逻辑和蒙太奇手法来写鸟，写城居的我们已经看不见鸟儿，因为它们飞得太高，"高度让我目眩"。鸟逐渐只存在于城居者的想象中，因为一只自由的鸟所需的"淡水和谷物在遥远的乡下闪烁"，在城市里是难以找到的。城市里的鸟都飞走了，诗人也只能想象如一只鸟"拍打优美的翅膀／越飞越远越飞越高"。

《另一次回家》写诗人自己的城居生活，自始至终有着异乡人的存在感，哪怕是自己的家。在暮色中回家，而"无论终点或起点"，诗人忽然意识到，这已经成为自己乃至更多人的常态。有时，家何尝不是异乡？真正的家还在遥远之处。

二

元亮先生隐居庐山之麓，举头便是亘古长存的南山。他眼见美好而变幻的山气，东篱边历经生死之劫的菊花，悟出人生苦短，不如归鸟那般自得逍遥。他说诗中有真意，只是不可说，或者是难以言明。

那么，诗之真意究竟在于什么呢？是语言的灵巧，结构的精致，还是彰显机敏、炫示博学？我以为，这些都不是，这些充其量只能算是语言的外壳。若没有"脱帽王公前""天子呼来不上船"的气度，又哪能写出光照百代的文字？所以，一个人若执意于这些外在的东西，无疑是买椟还珠的愚行。而之珠玑所在，其实，就在"真"字。

诗人最重要的品质莫过于"真"，待人以真，处事以真，抒写以真。至情至性，方能拨开迷障得真知灼见。在写诗的诸多要义中，唯有真才是诗之内核，唯有真才可通达一切关窍，最终抵及入神坐照、大巧不工的境地。一位诗人若离开真，忙于浸淫技巧，执拗雕饰作伪，则必然偏离正道，无法触及更高的写作境界。邬云的诗能守其真意。她关注广泛，视野广阔。她的诗更多的是袒露对乡土、对爱情、对友情的珍视与眷恋。诗人的身体在城市梦游，而心灵却在乡村栖息。她的诗语言沉静从容，诗性纯粹，是对诗歌的坚守与敬畏，是对自己的审美取向和创作方向的不懈坚持，在这个喧哗骚动、普遍追逐浮名的当代诗坛，这一点难能可贵。她的诗作还包含了不少矛盾悖反的东西，却又能保持相对的协调一致，强调意境与语言的一致性，善于构筑独特新颖的意境，并能推陈出新，常常有很多令人称奇的意象。

如果单从语言学意义上思考，邬云的诗也有很多值得借鉴之处。她的诗附着神秘气息，隐含身体与记忆的暗潮涌动，她的真隐秘于细腻，内核外是厚厚的语言外壳，不易被窥见。诗里有大量隐喻、跳跃与强指，表达的迫切与内心的矛盾，共同构成邬云诗语言上的复杂性，使她的诗介乎梦幻与真实之间，具有很强的能指张力。她的许多诗是冷色调的，但在冷静柔和的语言里，又包含温暖而坚韧的成分。

我们看清曲笔的遮蔽，就能窥见岩浆一样不断流淌的炽烈火焰。正如遥远星辰的闪烁，看似清冷，实则是巨大的恒星正在持续不断地燃烧。

语言毕竟有时代性，我们很难用格律的形式来描摹高度工业化的当代，这是语言整体流变与风化与时移世易带来的。邬云的诗在借助不少现代诗歌技法的同时，骨子里则始终流淌着传统的血液。

从某种意义上来说，写诗也不难。诗歌鼎盛的李唐时期，走街串巷的贩夫走卒都能口占一绝，出身寒微的六祖慧能不识一字，也可做出"菩提本无树"这样的好诗。由此可见，写诗与文化程度高低没有绝对关系。但若要将诗写出风格就不容易了，而有风格其实也不算太难，要独成格局且有别于时尚就非常不容易了。

在过去的许多个深夜，我都在全心阅读诗人邬云的作品，在尽力解读中去蔽，不断发掘她诗歌中清晰与丰富的部分。也可以说，作为读者的我所能感受和体悟的那些明亮的部分。

　　独立于中夜的庭院，我仰望清冷而繁密的星空。夜风徐来，蟋蟀在深夜拉长腔调，玉兰和玉簪的枝叶在风中轻轻拂动，狭窄的庭院里暗藏无数诗歌的真意。我能看见虚空中的一部分，仿佛邬云的诗作，那里隐藏着无数值得探寻的奥秘。

　　星光细碎，照亮无数不眠人的眼睛。

2016 年中秋

　　邬云：安徽太湖人，现居合肥。获 1997 年世界华文杯新诗奖、1999 年"诗神杯"全国新诗奖、2014 年"通达杯"中国诗人慈航奖、2018 年杜甫国际诗歌奖等全国性诗歌奖项十余次；作品入选《中国当代诗人代表作名录》等多种权威选本。

水中的神秘倒影

伟大的流亡作家米兰·昆德拉固执地认为让一个人去解读另一个人的作品几乎是不可能的，或者更明确的说法是别人永不能解读你的思考。卡夫卡要焚去自己的作品，一方面，从行为艺术上应是对价值的消解，另一方面，也是因为他人是另一个地狱，是永远的误读。是啊，近在咫尺我们又能理解多少？但为什么我们总在强调对他人作品的读，而不是通过作品来读自己呢？

一

谈汪抒的诗，首先想说的是我对这位诗人模糊的了解，因为我的看法是，诗人首先是人，然后才是诗。无论他是在诗歌中生活，还是在生活中寻觅诗歌，做人是首要的。

生活中的汪抒不张扬，在喧哗中缓缓笑一下，微微皱一下眉，静静地翻过又一页纸，慢慢地喝上一口茶，或者在傍晚的河边轻轻地踱上几步，在思想的灰度中韬光养晦。这种风格在诗中也清晰地体现出来，《在水岸花园小区》这首诗中，诗人用乐感流动的语言娓娓叙述着：

我有一套居室／在水岸花园……如果来人／是亲戚或同事／我让他们从后门／在家中饮酒／谈论琐事和喝茶／从大门送客……如果是写诗的朋友／我让他们走大门／先穿过广场……从后门送客／对着一条河／

河边有台阶 / 还有凉亭 / 少有人迹……

这里我们感受到一位诗人的平常心，一面朝向广场的世俗，一面朝着河边的诗歌，表达了对诗歌和世俗生活的态度，表现出一位真正隐者的境界。日久有人知道了他是诗人，就说"诗人不过如此"。是啊，诗人不过如此。难道不应该如此吗？难道只是如此吗？

一个感性思想者常是孤独的。他便是一个典型的感性思想者，他孤独至忧伤甚至疼痛的感觉也会偶尔从诗中散佚出来，让他人触及孤独的腐心蚀骨。我曾经将他的《电影院》这首诗读给我妻子听，不懂诗的妻子竟非常感动，她说仿佛看见了一个极孤独的人在黑暗中寻找遥远的过去。其实，汪抒很多诗包含了我们人生共有的记忆，他用诗将它们一点一点地挖出来，还带着我们熟悉的往日气息。早年诗句"一盏脆弱的灯为谁揭示生命黑暗的真谛"，那种对漂浮人生汪洋的茫然与清醒，对挚爱着的诗歌的茫然与清醒，总在他的诗歌中忽隐忽现。外部的物成了他内心状态的一个又一个象征与隐喻，"马铃薯"也成为外部的暗喻，"我"与"它们"相互传染的那种深刻的孤独，极像奥尔森笔下那只筑巢的鸟，盲无所从。世俗生活有时会使诗人倍感孤独甚至疼痛难忍，"……那是一种南方的湿淋淋的空洞 / 像绷紧的 / 晃悠悠的麻绳 / 坠着我沉甸甸的疼痛……"。

我很喜欢汪抒的那首《飞翔》，该诗营造出一种古典意境，诗人对现代社会个体存在冷静的审视，重现了陈子昂登上杂草丛生的幽州古台的情境。诗的后两小节充分展示了诗人在尘世喧嚣中的孤独与陌生感："南京古城墙的墙头 / 树丛的上面 / 结着一颗核桃大的月亮 / 天高地远 / 一个人在古城墙头 / 听到了鸟叫。"而《贫穷的诗人》则浮现出诗人在世俗生活与诗歌间的尴尬处境，跳出平庸世俗生活的向往，贫穷的诗人"用一首诗 / 就改变了铁道的长度 / 当然是不断加长……他坐在一首诗上／滑向自己制造的／无限的遥远"。诗人能也只能在诗歌中消解生活中的孤独苦闷，寻找被割裂了的另一个自我。在《河沿边的散步》一诗中，诗人看见对岸漫步的一个人，最后发觉那可能是行走的另一个自己："……合理的解释只能是／我在真实的河边散步／他走在我的诗歌里／或者情况正好相反。"《药》同样如此，是诗歌文本的《奔月》，诗歌就是那药，将他从地上扶起，并飞升。

二

汪抒的很多首诗是那么实在，却又是那么虚幻，酷似博尔赫斯。

同我一样，他深受变幻莫测的拉美魔幻现实主义和深邃清澈的北欧文学的熏陶，思想上又受到表现主义和存在主义的不少影响，风靡的法国解构主义在他的诗歌文本尝试中也隐约可见。而他在诗歌中较少使用繁复的意象，语言富有凝练之美，多见于简洁精到的叙述和白描，这种愈显朴素的句子，却包含着无尽的大智慧，对历史存在、个体存在、诗歌存在独有的深刻理解。

汪抒的诗恰如水中的神秘影子，往往待你一动念它就散了。静静望着清澈的语言，似乎随手可以一掬入口，而一伸手你只能捧住虚无。其实它还在那里，待在诗中，像生活本身，深不见底，令人生畏。他的诗歌总闪动着蓝幽幽的冷峻之光，像从一块玻璃侧面扑面而来的透明。石头是水，树是水，光是水。水的影子、水的智慧无所不在，而他自己则是一条在故乡树枝间、炊烟间和他诗歌里的水中游动的鱼，有时我们似乎看见了，其实并没有，也许我们只是看见了自己。

汪抒的诗中充满矛盾和悖论，几乎每首诗都可以找到，诸如那间《仓库》掀开了少年时我们的一个或许多个梦想。那墙在倒塌，那城在倒塌，阳光底下，原来我们期盼的只是一派空洞和灰暗。在我非常欣赏的《水蚊子》这首诗中，诗人用生活的铁桶在取水，"井底的水，吸引着铁桶，飞向它的空洞"，极平常中展露了奇异。《一只棋子和慢》中，握一枚棋子心中便涌出"要慢 / 要让我的心 / 比你更慢……"的奇特句子。《南方记事》里"记得并没有那个孩子 / 从来只有自己一个 / 一直忙碌到现在"，那个被寂静惊醒的孩子在夜晚白昼般的村口碰到另一个孩子，用指向不明的梯子寻找消失的蟋蟀，最后发现只有自己一个。重重悖论与他诗中那种神秘的力量一起得以攀升，一反常态的悖谬表达成为诗歌的一种独有意趣，但内里则是诗人对存在的深入思索。《黄金散尽》中那神秘的原始力量更显浓烈。"跳房子"是许多年前皖中乡下孩子常玩的一种游戏，两个死去多年的小女孩在河面的月光下玩跳房子，她们"……旁若无人 / 跳得又准又漂亮"，被大家在"黑暗中"无意间发现，他的这首诗便像两个小女孩一样，在时间和空间上穿梭自如。

有时他极尽写实的语言表达却将我们带入不可知之中，《发现》是一个很典型的例子，这首诗中那个月光下蹲在门前吸着纸烟弹烟灰的瞎眼老头，离我们似近实远，让我们成为那个哑巴朋友，浮在弹落的闪亮烟灰中。《一个炉火纯青的女人脸被冻青了》中那个脸被冻青了，头发蓬乱的妇女，"以鱼的方式对付鱼 / 甚至还要鱼……"，"……那它现在就是空 / 也放我的方便袋里……"，"……她又拿起一把刀 / 平端在手里 / 寒光还没有碰到鱼 / 鱼的肚子就自动分开一道刀口 / 血红的鱼肠，不是肠子 / 细看才是所有的内脏……"，那是多么简洁而奇妙的表达！《叙述》这首诗的神秘和荒诞感更加强烈，有待爱诗的朋友们细细咀嚼。

他的语言在静穆中有慢的流动感，有时甚至极缓慢，像被定格了的稍纵即逝的瞬间。在诗人的笔下，时光甚至可以倒流。《雨中去参加一个婚礼》一诗中有这样的句子："……从现在的龙岗开发区 / 的大雨中 / 倒回到二十埠 / 那么大雨就只是中雨……"但也只是瞬息，生活中，"……时间当机立断 / 现在它的一只比大雨还粗硬的手 / 一下子就把我拽下车……"，诗句中充斥无可奈何的悲哀。《庐山上的牌局》具有细腻、高度精确和富有强烈乐感的语言："牯岭的春夜 / 像冬夜 / 寒冷粘住了半明半灭的路灯 / 但浓雾在流动 / 寻找黑暗的斜坡 / 和山谷……"诗中"一只手下的纸牌"让无法解读或可以无限解读的浓雾，在读者心中极缓慢地流动。有时诗歌忽然从汪抒简单生活的一角涌了出来，旧书摊上"仿佛积压 / 多年的光线"，却与我有着极远的时间距离感。"它是否打开 / 一道神秘之门 / 把许多流逝的事物 / 释放出来"（《旧书摊》），"慢"成为他诗歌语感的内质。

《水蚊子》非常耐读，它搅起了时间与空间的旋涡，甚至给我一种人类家谱的印象。这首诗真像那口深井，而我只是踩破水面，暮色一般密密麻麻蚊子中的一只，也是无数姓氏文字中的一个，在历史与现实交错中，意趣与指向自由地大范围地滑动着，令人强烈地感受到存在的飘浮感和茫然，自然地由诗人帮我们发出"拯救"和"彼岸"的慨叹。妙喻、隐语、谐音等手法在这首诗中也得到大幅度的呈现，结尾"……我曾把一条白鱼 / 染成青翠 / 一个永远的陌生人 / 待在南方 / 江湖之间"，这里的南方已不是简单的空间概念，而是影射着这个时代所赋予的水井般的世俗生活。

三

诗歌与生活有时是充满激烈对抗的，诗人也会积极地以诗歌来对抗生活的平庸和遗忘。《诗歌之胃》中诗人回来讨抵抗寒冷的衣服，便暗示了个体生活是不完整的，需要诗歌来抵制，抵制生活席卷而来的寒冷，调和心灵的矛盾，并容纳一切美好的和丑陋的事物；《这是一根什么钉子》中又告诉我们，"一根钉子"承受不了照片挂在墙上的重量和时间积累的重量，终会滑落地面，虽轻飘飘的，却可以将时光链条切断，而记忆的残片也将因此而苏醒；《被遗忘的土豆》这首诗，就像被每个诗人自己遗忘的旧作，或者被时代所遗忘的人群，偶尔像深埋地底的土豆，从心灵的泥土中探出头来，或是从书页间滑到地上，捡起来，原来诗歌与他们或它们或者我们一样是孤独的，并无任何差异。

六年来，汪抒深居简出，一直是诗歌宴会的缺席者，如今又是新手姿态的加入者。诗歌本源自关注，六年间，他从未有一日停止对生活的关注，对生命意义的关注，也从未停止对诗歌的关注。虽时隔六年重新握管，然而正如那蚌壳紧紧缩在深水中，不蠕动，甚至不呼吸，只为吐出一颗璀璨的珍珠。六年后，重返诗的家园，汪抒的诗更见清澈，清澈中多了深邃，更见随意，随意中却又多了精致。在短短数月间便有两百九十多首优秀的诗诞生，这种投入令人肃然起敬。

重新加入的汪抒，还是那样一位极端的语体实验者，这也是他从20世纪80年代末开始就抱定的宗旨，而他并不是仅仅停留于实验肉身那些隐约残片的层面，他的视野更广泛，《施工》这首诗便描述了一个要不断突破自我的梦境。他力图除去词语的蔽，复位它们原始之用，包括诗人本应避开的口语方言有时也会从他的笔下流淌出来，《我们习惯说》便是这种思考的成果，诗中，"上合肥""下芜湖""下南京"等俗语显得那么鲜活，仿佛从积压已久中活了过来。它们与历史融到了一起，而它们岂非历史？历史常常活在方言之中。诗人只是用手除去那认识上的遮蔽，诗人的话语像他的先人一样"装在黑暗的坛子中/发出嗡嗡回声"。在开启方言之门的意义上，这首诗与小说《马桥辞典》并无二致。

他的近期作品《地洞》《并非中间》《动的物》均是对实用语言的解构颠覆，对意义的悬置与重设。然而正如"杨黎""于坚"们的努力一样，极力去蔽却可能成为一些迷于假象的阅读者的蔽。对一个有影响力的诗人而言，这种做法从功利角度是难解的，这令我对他投以望韩东一样的目光。特别是《地洞》和《动的物》表达了难以被一些人接受的激进而崭新的创作理念，它们微笑着告诉我们，达到一定的创作和心灵层次，诗歌自己应该也能够挖出一种深度。是啊！一个诗人的心灵层次才是一首诗的内核，一个伟大诗人与一个平庸写作者的差异不在他处！语体实验也不是野狐禅，而是一条诗歌正道，古今中外的伟大诗人都走过的一条路。

他的诗还有许多难以精确解释的地方，比如"它晃动 / 从桶沿往下漫溢 / 不可收拾"，"不可收拾"一词就传达出无意义的或我未知之趣。我不可能在这里对他的创作手法和技巧深入剖析解构，再者说，手法技巧对一个成熟的诗人没有太大意义，也是无法说完的，诗总在不断地寻找他们。

他的诗给我最为深刻的印象是：时间和空间是汪抒诗中的积木，他总努力试图用手自如拨乱时空，让我们置身于内心的虚幻与错觉之中。我想他的理解恰恰是：时空提供了诗歌与生活的无限可能。他逼真地在诗歌中再造生活，像存在主义的大师们一样，在我们面前伸展开一条林中路，褐色的鸟群在傍晚真实而又荒诞地飞翔。或许我们从中看见了我们真实而又荒诞的人生，原来到处是水，根本无法分清哪里是过去、哪里是将来、哪里是现在，哪儿是此岸、哪儿是彼岸，哪个是自身、哪个是倒影。但其实又何必分得那么清！

事实上，诗是不可抵达的灵魂呓语，解读诗歌能也只能是管窥诗人的内心。也许我在全心解读时，离自己的内心愈近，距他的内心却愈远了。

2005 年 1 月 16 日夜

汪抒：中国作协会员，20 世纪 80 年代中期开始创作并发表诗歌作品。至今已七十余次在全国各公开文学刊物上发表诗作。著有诗集《堕落的果子》《餐布上的鱼骨架》《初夏的鲸和少女》等。

那些突然散开的水鸟

优秀作家创作的最大压力常常不是来自外部舆论，而是来自先前的作品。越是里程碑式的佳作，越容易变成重压心灵、束缚手脚的大石。可以说，在反复习练中成熟而有所建树是容易的，而达到成熟期后再期突破，甚至重回语言旷野低首拓荒则是极为艰难的。古往今来，但凡能最终晋级为大宗师的写作者，无不如此。

我相识相交多年的诗人汪抒也正行在这条道路上。

日常生活中的汪抒，沉默温和。若是一面之交，少有人会将他与当代诗歌联系到一起。但如果你与他相处日久，就会清晰地看到他极偏执的一面，此种偏执体现在他热爱几乎一切与诗歌有关的事物上。他不爱工作上的应酬，可凡是诗人们的聚会几乎每次都有他的身影。在合肥这个诗人云集的城市，汪抒经常组织和参与大规模的诗歌交流活动，为地方诗坛做出了极大的贡献。另一方面，汪抒诗歌创作的精力充沛得惊人。和我一样，他非常喜欢深夜阅读和写作，我确信深夜的宁静应该使他获得了飞鸟般俯瞰生活的能力，并赋予他诗歌中那种深而广的力量。在我所知的当代华语诗人中，写诗速度极快、产量极丰且质量上乘者，汪抒绝对可入前十之列。

一

仅就《安徽文学》这次所选的汪抒这组诗作来看，与他自己几年前的作品稍加比对，我们便能发现题材与手法处理上的一些显著变化，特别是文本中有了更多的实验元素。

读这些诗作，我们能感受到诗人的眼光日渐辽阔，几乎无事无物不可入诗。如今的诗淡化了以往的神秘主义倾向，转入细节上的写实，或抒写关注求索，或缅怀往事，或抒写自性的苏醒，或沉静禅悟，或沉痛悼亡，或行旅送别……他的诗歌中的主体意象也悄悄地发生了一些变化，诸如海水等意象的出现正取代树与石，呈现他在现阶段心灵的求索方向。

把他近期的诗作放在一起比较，能看到他的诗歌在向探索与实践两个方向伸展，犹如夏日缓缓打开的折扇，一者深刻晦涩，是自省隐秘之诗，一者是清晰直白、简单朴素的日常之诗。一端开阔圆融，叠叙铺陈，句法参差变化，注解式的句子延展司空见惯，采取引述法有英国经院诗歌的影子。而另一端则简洁硬朗，筋骨尽显，呈现又一种截然不同的面貌。这些诗纹理清晰，语义自由跳荡，二者同样如绕梁余音，不绝于读者心耳。

汪抒自如驾驭极简与极繁的两种诗歌处理法，凸显了他在文本尝试上的义无反顾，以及语言操控上的圆融纯熟。他的诗语言能滑翔或飞散，自然随意却又异常精致，细节再现上有令人叹服的卓越才华，能赋词语以新意，特别是动词使用上愈见灵活。我确信传统诗学和语法的绳索已无法束缚汪抒语言的自由伸张之力，汪抒诗语言的外壳已开始松动，内质之香正不断溢出。

不少当代诗人重视诗歌的即兴节奏，习惯于率性成行，而忽视诗歌的结构处理技巧。而我一直认为，结构是诗歌最为重要的语言之一，是诗歌技艺提高不能绕过的一道高坎。汪抒的近作在结构处理上看似随意，实则精心之至，不少诗的起句都运用优秀小说的处理技巧，突出、醒目，充斥悬念，于非合常理处却有合情的妙语。

如仿效兰波，以颜色论诗的话，汪抒以前的诗应该是深蓝色，习惯以虚构无稽荒诞的情节来对抗外部，呈现内心世界的虚无与苦涩。而如今，他的诗作格调则近于灰蓝，少了刻意，且能立足烟火世界，更加平静安详，温暖圆融。

我现在试取汪抒几组诗作，简要加以解读。

二

《我不能将手掌紧紧握拢》和《我能将自身不断放下》《正是我在梦中一直所要抓住的幽暗》是主题一致的一组，都是写诗人对诗歌的关注与求索。

人生如做减法，年岁越大，浮世中所谓重要的东西也会逐次被风化吹散，所余筋骨，甚至少至"一个铁钉"。清晰和尖锐是《我不能将手掌紧紧握拢》一诗的两个关键词。诗或许便是汪抒手中剩余的唯一铁钉，这根铁钉也在汪抒眼里"越来越，极度地清晰"。而另一方面，不能紧握或是暗指诗写作的永无止境，越执着深入下去越能体会到突破之难，越写下去越是要触及自己的心灵十字架。

减少外部依赖，减少对生活惯性的依赖，减少对沉重肉身的依赖，把欲望剔除得更为纯粹。《我能将自身不断放下》中，汪抒所喻的新生，应是突破语言所依赖的各种障壁，直抵自由之境。诗人希望自己有一天能带着这种恒久的渴意，按自身节律，踩着虚空中的台阶，步向金光粼粼的高处……

《正是我在梦中一直所要抓住的幽暗》一诗则写诗人深夜读书，忽然觉察到书桌的原木清香是如此诱人，还有午夜席卷一切的宁静如海水般幽深。接着联想或回忆傍晚的海边，脚趾间的沙粒随潮汐迅速遁走。诗人也逐渐意识到诗写与理性思考之间更多的是豪猪之刺，诗之趣味并不依赖于理性思考，诗要生机盎然，应多具原生之趣，少点刻意为之。正如心中或眼前无垠的海水无须思索而自具伟大幽暗之力，能自成这天地间壮阔之景。

《那个人悄然出现》《又回到我年轻的身体中》《残酷的气味》三首诗则是写诗人自性的苏醒。那个安静、孤单、耻辱存活的"我"和内在清晰、热情而纯粹的"我",写诗似乎正是这个感性灵魂所为。诗人患有失眠症,在夜阑中用老人之眼去观这个世界,而这老人所见所得偏偏又不能用耳朵和眼睛来获知,甚至不能用世俗的语言来描述,"空手而返"正是内含这种隐秘的觉醒。《残酷的气味》一诗中,象征自由的鱼和鸟正在成为餐桌上的一堆堆碎骨,那些曾飞奔不止的车辆也正在雨水中锈蚀耗散。其实,随时间或死亡的雨水被不断拆解的正是我们的记忆。诗人的狠心,是指不得已面对时间对一切的残酷裹挟(包括我们心仪心疼之物),从容逝去,而终能将许多生离死别的椎心之痛化为熟视无睹、无动于衷的平静。在河湾搁浅并不断朽烂的巨大木船,密集的雨点,这些童年水边生活的记忆中必然有令诗人倍感沉痛懊悔的瞬间,《伤感是能不断堆积的》,那正是诗人"手上永远洗不掉的气味",强烈而持久。或许,要让诗性与自性更好地契合,我们总要做出更多的放弃。

《石灰字》《母亲正在变成灰》《永别》《感激》四首诗构成一组悼亡诗,依次是黎明出殡,等待焚化,骨灰交接,年老的信徒、年轻的友人以及向阳枝隙间鸟雀的致意。那些简明而不失精致的描摹,必能给读者留下鲜明的印象。诗人内心巨大的哀痛缓慢而有节制地释放在这些琐碎的铺陈中。读到母亲瘦弱的身子最后成为轻飘飘的骨灰,工作人员只轻飘飘地说了一句"好了,可以装了,骨灰已经变冷",便不由得潸然泪下。这是生命中多么难以承受的轻啊!《感激》一诗三节,每小节收束处写景,神启般透过云层落在殡仪馆空地上的冬阳,悲哀之眼中恍如幻影的道路、树木、车辆、行人,抑或寒枝间目光温暖的鸟雀,可以说每句景语皆是情语。

《茫然的谜》《乡村电影》《忆旧:收音机》《发电报》四首都是

令人惊叹的怀旧诗，诗歌娓娓道来，用一贯优雅缓慢的节奏。应当说，所有存有20世纪70年代农村生活记忆的人都不应忽视这组诗作。公社、民兵、红袖章、露天电影、貌似知青的"鸡扒子"……这些遥远而特殊的时代名词，就这样被诗人印刻在诗中。随着时间的洗涤漂白，那些内含的腐气早已消散，余下的是超越贫穷苦难的无边快乐，是超越政治、理想、信念的生活本身。那随意一瞥中的陌生人，早已神秘地消失在时代的深处……他把笔下的令人叹服的细节记忆说成是印象，并用了一个精妙的比喻——"某些印象，就像是树上的疤眼"。可要知道，这些遥远过去留下的深刻精细并不断生长的"疤眼"，恰恰是一位诗人才华的重要组成部分。

崔岗村地处合肥北郊，毗邻董铺水库，外围是寂静且起伏不止的丘陵，这里是不时溢出自然之美的世外桃源。几位安徽知名诗人在这里租下几处院落，用心布置，并冠以"雅歌书院"之名。小筑初成，便组织了多次颇具影响力的文学活动。书院主人之一的汪抒几去崔岗，便诞生了一组佳作。

《崔岗村》是汪抒初去崔岗所作。时值冬日雪前，崔岗村的真实景致在这首诗中其实一无所见。整首诗中精致的描摹和场景表现无一不是虚写。第一小节中想象雪后崔岗令人沉醉的静谧，诗人说"就像一个宇宙"。第二小节想象早些时候的晚秋，黄绿错织，闲坐院落"喝茶、冥思"，能"听落叶之声"，看土鸡随意啄食，听村中人家的锈红铁门不时启闭，以及抒发自己难以言表的闲适心情和愉悦感受。第三小节则想象更早的盛夏，诗人用向日葵般热烈怒放的内心情怀表达对崔岗的喜爱。"我们火热的血肉，真的会在崔岗村消失/还是真的会在崔岗村永不消失（在屋内写诗、看字，怀念着夏天而不去看它，这多么幸福）。"诗收束时，直言已将"既存在于现实，又在现实之外"的崔岗村视为可以终老于斯的桃源。《再至崔岗村》一诗语言灵动活泼，几入无碍之境。初春时节，春阳半显，油菜花正嫩，还有历冬的芦穗点缀。连院落间粗旧的木制桌椅，都别具一番味道。在长木凳上可以享受呆坐，感受生命有意义地流逝，本身就是对灵魂的一次洗礼。离开崔岗，又被道边旺相的蚕豆所吸引，想象它们不久将开出染满道路的紫花。这首诗虚实相间，叙事与描写简练传神，即兴的随感也散见于全篇，更可将诗趣引向更深更远处……组诗之三《去崔岗村的路上》也具备惊人的细节表现力。杉木金黄中蕴染新绿，飞蝉、鸟鸣，浩荡密布的向日葵，崔岗的一切都让久在樊笼中的诗人如脱笼之鹄、归溪之鲋，由衷地迷醉其中。

其实，从某种意义上说，这世间并没有必属诗歌的美景，唯内心不缺诗意，方能与外景契合，进而能于最平常处觅得诗意与佳句。

人生不如意事常八九，离别本是人生常态。微雪后，阳春微薄，正待日光一泻千里。此时，诗人在火车站送孩子去沪上，他用自己能察知"微雪"到"多云"的惊心动魄隐喻不善直露的内心正波澜起伏。望着人群中儿子的背影慢慢消失在安检口处，诗人伫立凝望，久久不肯离去。诗人进而想象儿子乘坐的高铁，正掠过安徽和江苏初春的大地……诗人用诗句"此刻天空显示给大地的脸色／已经掺入微弱的阳光，波澜在成为波澜之前并不将壮观完全示人"委婉表达自己强烈的爱子之情。平静的表情和语言背后，是最真实的舐犊之情的自由流露。

《人到中年，可以有一次蒙古草原上的旅行》是一首旅行诗。北方有什么？目力所及的乱草与晨光，低咽萦绕不去的马头琴声，那亘古长存的空阔高远，那自天穹垂落的荒芜与圣洁之意，诗人于此想见无数日出与日落，有生而有死，感悟这世间万类尽是来如流水去如清风，来不知所从，去不知所终。

好诗大可以看作是光影交错、生死闪亮的瞬息，是它本该如此。

《切割水泥路面的人》是一首非常精彩的叙事诗。诚如诗人所言，这首诗"既单纯而又不解"，几乎无法附会多少外在意义。场景中，楼下小区路面的管道施工，一红一黄的两顶安全帽始终飘浮在诗人的俯望中，这是多么普通的一幕。但当诗人用单纯随意的细节描摹来展现这一场景，并加以日常创作的思考时，这些场景便突然生动起来，甚至妙趣横生，从而使混凝土灰尘迸溅四散的切割场面与诗文本实验融汇到了一起。在日常生活中发现诗趣，而非所谓的生活意义，无意义而又异常鲜明。"并不表达什么"，却又具备诗人所追求的"粗犷的涌动"，应该说这些正是这首诗成功所在。

《出城》与《透明》都是简短的小令。《出城》是遮蔽之诗，仿佛朦胧月色中释放出的语言写就。"摘""舔舐""镀"等动词使用比较新颖，耐咀嚼。《透明》则是一首禅诗。微雪后，天地静寂，久立于尘嚣外的寺院中，仿佛亘古即有的宁静终使诗人内心虚室生白，光芒渐显。它"推"走沉积的幽暗，缓现平素不能细见之物：褪色的雕花门窗，柳梢上僵死的蜻蜓……这些会轻松随流水消逝的事物，仿佛一瞬间就在这微光中逐一荡漾浮现。

好诗或许就是已经自备了眼耳口鼻，无须任何外来意义的赋予。

三

读诗的一大误区，是我们认为通向诗歌本来模样的道路有且只有一条。

《那些水鸟突然散开》是诗人的早年水边生活记忆，海水、船只等意象频现。多义化的"坚硬的工具"，修理是否是对记忆的重新整理？这些难解之处也恰恰是诗歌的趣味所在。

好诗是有生命的，是活泼富于变化的，这自然也构成了好诗多解、难解的必然。诗人对词语的重命名，无端多变不时跳跃的结构，这些都使得对同一首诗百人百解丝毫不足为怪。在受众那里，诗与不同时空中的不同读者偶遇，每个阅读者都带着自己丰富的生命体验，在错综复杂的孔隙中管窥。在我们试图完整再现诗人写作瞬间那跳荡不止的内心状态时，我们便变成山脚下的西西弗斯。退而言之，即便考据训诂，得到意义上的一鳞半爪，诗歌整体的趣味也往往在这种追问中丧失殆尽。最后，在我们沾沾自喜于常识层面的一点闻获时，诗意已跌落成一地碎片，并迅速遁入黑暗。

诗人在午夜醒来，记忆中，成群水鸟瞬间飞散，它们轻灵自由，随兴去来。

诗无完美，所以，诗的探索也永无止境。优秀诗人就是要始终做诗歌的拓荒者，毫无畏惧地尝试、再尝试，不断在诗作中融入新意。从某种意义上说，真正有价值的写作是与世界为敌，与自我为敌。

在深夜的客厅里端坐，一大群水鸟突然便自如散开。

2015 年 2 月

拨开棕榈它宽大的叶子

在堕落之前
它和其他的果子
一样……

——《堕落的果子》

纵观文学史，它从来都由个体集结而成，而宏大的文学史往往易于忽略个体的体验，无数个体被流派无情淹没。不知从何时起，我开始厌倦宏大的主题或者所谓的主流，厌烦狂欢式的表达，而更喜欢日常的平凡以及冷峻自在的口吻。

如我活我自己，我确信诗人应该坚持个体的经验，我们的生命犹如堕落的果子，有无数细节都为我们所忽略。早于20世纪90年代初，汪抒的诗便以细节冷静见长，宛如条条寒光闪动的鱼。南方密生的黑色水草、淡淡的河湾腥气、细细的月光鳞片……在狭窄的诗歌车厢中，麻雀样的生活细节被诗人收留，扑棱小小的羽毛，光芒凌乱暗淡。一直以来，汪抒可能都是在捕获即将干枯消失的个体存在，积极描述未来生活的可能以及可能的过去生活，譬如旗帜本来是什么？将来又会是什么？在一切真实的细节中，似乎藏匿着我们内心所向往的无限或虚无。

诗无止境，一切突破均从否定中来，诗人常在诗歌与日常生活中不断进行着自我否定，从题材、思想、技法直至风格等方面突破，才能于广阔的时空中游刃有余地前行。做一位诗歌的拓荒者，汪抒不是简单复制以往，其诗歌具备鲜活的原创和突破精神。从技法上来说，汪抒以前的诗，还可尝试去解读，因为留下了较明显的思考痕迹。如今他的诗天马行空，境界日渐开阔，指向日显模糊，缺乏线索或无数的蛛丝马迹，使我难以安静地理解我的观察，同时也模糊着我对诗歌与生活的界限的看法。

他的诗歌题材正在不断拓展中，以前的诗反射着清冷的禁欲主义色彩，如今有如日本江户时代的部分浮世绘，用略呈温暖阴柔的方式来叙述，有了肉体及情欲的芬芳，但又有别于肉体被肢解的"蝴蝶"。《细节》《软》《屏风》《繁华》《春衣》《又一城》《未熟之熟》《却更加神秘》等一系列诗作，大多暗香浮动，具备一种优雅的质地与美感，绝非那种单纯的自然主义的呻吟。"他是我在这个滴水成冰的深夜 / 遇到的唯一的行人 / 他看我肯定也是同样的模糊""我的幻影正背对着它独自饮下白酒""我端起那杯温开水 / 我看到那个人在拥挤中挣脱了 / 一下身子 / 很精巧地把水喝下 / 不像我抹抹嘴唇边的水滴"，《模糊》《命名》《棉夹克》等作品中自我的旁观、分裂感忽隐忽现。在他看似平静的叙述中常常又暗含令人不安的焦虑，关涉着我们的局限性，是我们每个人的肉中之刺。

或许是牵强附会，汪抒的不少诗歌本身也许就是诗之过程或思考。便如《刷牙》明显写出诗人对创作的高度投入，《雪豹》似乎写出诗人对词语天然的敏感，《后背上的句子》写出了仿佛紧贴脊背皮肤的不可言说，还有完美的鱼汤却找不到盛放的容器（《鱼汤》）。

诗歌诉说什么？能诉说什么？凡·高的耳朵吗？或者汪抒眼中那颗堕落的果子？王国维先生的境界观或许提示了我们阅读的可能方向，在汪抒那里，"天空很小"，"几乎要被风吹走"，那是诗人胸怀的开阔与自由。也许我们寻求的从来不是什么令人解脱的真相，汪抒的诗歌逐步消除了说教，技巧与意义也在悄悄退隐，繁复的立体转入看似简单的浑然天成，正在完备不可临摹复制的个体风格，在清晰的日常中逐步走向深层。

　　所有优秀的诗人从本质上都是充满忧患的，都在希望去救赎或被救赎。或许诗歌才是我们的拯救者，才是那个上帝。虽然被时代置于边缘的诗歌看起来"苍凉甚至有点破败 / 但精神昂扬……"，它拥有不会枯萎的精神。汪抒的诗就是这样，它早已躲匿在你的内心深处，或许是那个边缘。最终我们会像亚伯拉罕的杀子献祭，纵身一跃……

　　很久不吸烟，凝视着想象中停留在指隙的烟卷，时间恰好是 22 点 22 分，像频繁遭遇的路牌。读汪抒的诗，像悄悄拨开棕榈的叶子，望见黑黢黢的夜……纵使摩天高楼密布，远眺也是可以的，汪抒在诗中告诉我们：不妨拉严窗帘。或许在黑暗的静默中，我们反而可以看得更远：在遥远的树林里，一颗青涩的果子正悄然落地……

诗痛而后工

古往今来，能称为诗人的，其实绝不简单。仅仅靠写出几首好诗并不意味着可堂而皇之顶冠诗人之名。古代诗歌先贤就少有以诗人自居者，而只认为自己是矢志不渝努力将快乐与疼痛现于笔端的人。我觉得能称得上诗人的人，必有能与诗相融的真性情，必有能与性情相契合的诗艺。而汪抒，无疑是其中一位。

即便是以很高的标准来衡量汪抒，他也是一位相当杰出的诗人。在越发虚假、粗浅、浮躁的当代诗歌写作中，毋庸置疑，汪抒的诗作注入了一道明亮的激流，甚至已渐渐具备了孤峰入云般的特质。汪抒的诗作应算得上是诗艺与人品结合得颇为完美。他的诗作丝毫不见当下流行时尚的俗不可耐，其笔法灵动，不追求表面的工整美观，而能化境界意趣为天地之气，以清澈深邃的语言为云岚流水，以孤高清洁的精神为山岳草木，能信手营造凝重而日趋浩瀚的空间境界，仅此一点，已渐可直追先贤，相信必能给爱好诗歌的读者留下深刻的印象。

二十年前的汪抒，身形清瘦，眼神执着，周身散佚孤寂高贵的气质，回忆起来，还恍如昨日。后来，我所遇的诸多写诗者，绝少有人能再予我这种印象。汪抒对诗歌的挚爱似乎完全发乎天性，他对诗歌创作的痴迷执着在当代诗歌写作者中是极其少见的。

欧阳永叔所谓"诗穷而后工"，是说诗艺与人生密不可分，一切得失荣辱、风光砥砺，尽可囊括诗中，唯历经人生之"穷"，方可写得好诗。但仅一"穷"字尚不能完全道出高质量诗作的奥秘。细究下去，诗必分真伪，而鲜活深刻的生命体验是一切真诗的重要标志。真性情也需最恰当的言说承载，而任何言说均无法绕开技巧。诗艺则是诸多言说艺术中最难把握、最难辨微的一类，不经反复练习，很难真正成熟。我们能看到，汪抒长久以来的诗歌写作实践在他那些质地上乘的作品中留下的深深痕迹。

仅就《午夜后躯体醒来》这本新诗集而言，所选诗作时间跨度大，但均是真性情之作，没有丝毫矫揉造作的成分，大多数诗作手法天成，能以神遇而不以目视地驾驭技法。诚然，诗艺难辨，一本诗集也肯定不足以窥其诗艺全貌。但对汪抒而言，这本诗集还有特殊的意义。

《午夜后躯体醒来》所选诗作可视为汪抒近二十年来生活的一幕幕投影，负载着的是汪抒内心最细腻最疼痛的部分，读者能借此触摸汪抒异常忧伤敏感的内心世界。这些诗作有不少都是写给离世亲人的，弥散怀旧之音，仿佛浮起于高原玛尼堆上方的大明咒，抑或来自遥远天国的一束束圣光，它们穿透层层乌云，穿透浮藻密布的深潭，直抵心灵深处。读这本诗集，我们会发现它其实就是由疼痛凝聚而成的，一点一滴，一丝一缕，犹如平静冰面蛛网一般向八方伸展开来的细长裂纹，表面的达观知命中渐渐释放出诗人无从抵抗的椎心之痛。相信你只要用心阅读，必能激起你灵魂深处的共鸣。

写一首好诗不容易，写出大量好诗则是艰难的。如果从汪抒的创作实践看，我们能够发现一些规律或规则，那就是长年累月苦心孤诣沉浸诗艺的必需，对自身命运众人命运高度敏感高度关注的必需，历经炼狱般写作实践与漫长心灵煎熬的必需……历经了这些必需，诗歌才渐渐与他自身的气质完美地融合起来。

或者可以说，好诗是离不开疼痛的。

诗无止境，是为序，与友人汪抒共勉。

2014 年 4 月 25 日夜

巴尔扎克雕像的手

对爱诗的我们来说，诗歌照亮了我们的人生。

诗歌其实就是个人体验充分隐蔽于世俗场景的思索之花，是划破黑暗山谷的闪电。它在词语表面下的幽暗处闪烁，也照亮诗歌语言自身的神秘。

在尚兵那里，语言是被解放了的新鲜、异质化的材料，词语的张力与趣味可以说是无限的，它统一在一种协调的节奏下，从一处不可知滑向另一处不可知。尚兵的诗歌是对所有传统诗歌写作的颠覆，并与之相应地与僵化的传统诗歌阅读姿态构成难以调和的矛盾冲突。一方面呈现了词语间的一种紧张感，另一方面又具备了看似矛盾却令人惊讶的舒缓与节制。

尚兵诗歌的分行不按单纯的意义，像是那个空置的无人观望的鸟笼。他的诗歌写作更类似于词语的冲浪，犹如露珠无规则地滑落、鸟儿脱笼向不同的方向飞去。尚兵的诗里也保留了一些寓意的蛛丝马迹，分散在广阔的诗行中，宛如夜空中几点微弱的星光，你很难发现它们，除非你足够执着。在更高的某处，尚兵的诗歌已形成一种俯视，当你把所有传统的、陈旧的、自以为是的阅读姿态放下后，你会在表面无意义的上方看到更广阔且更深刻的意义——隐秘的自然主义，温暖的乡村记忆以及对诗艺的孜孜以求，特别是最后一点，它是对诗歌个体化甚至词语个体自由的尊重。

尚兵对诗歌语言的贡献在于，天马行空般的思维跳跃带来意义碎片化的效果以及对词语自身潜力的深入挖掘,这都是尚兵诗歌中与众不同之处。

睿智的罗丹砍去了巴尔扎克雕像的那双近乎完美的手。在寻求完美的艺术家那里,仅仅局部的完美往往意味着整体的失败。在特定也是必经的艺术层面,协调一直是优秀艺术品的鲜明胎记。优秀的艺术家常以独特的视角,致力于把普通的石头雕琢成非凡的艺术品,尚兵正是要成为这样的艺术家。

从某种意义上说,《抛物线》也只是一块小小的基石,因为尚兵要做的是,试图用独特的结构法则筑建一个庞大、扑朔迷离的语言帝国。

尚兵正行在一条漫长的路上,希望诗歌始终会驱散他前方的黑暗。

是为序。

2012 年 2 月 11 日夜

尚兵:安徽枞阳人,现居合肥。作品在多家刊物发表。著有诗集《抛物线》《摸象手册》两部,诗学笔记《诗之伪》《语言观》两部,实验文本《回声记》一部,近年来探索语言模型系列文章数十篇。

近在咫尺的闪电

出于本能的热爱，我时常读诗和诗学随笔。

也许是看得偏多，以致出现审美疲劳，总觉千篇一律、千人一面的居多。时间久了，也就很少再被什么文本打动。可是，每次读到好友尚兵的作品，都会像与故友不期而遇，让我感到无比欣喜并获得很多启示。

夏夜闷热，我打开尚兵发来的诗学随笔《回声记》，这是他近两年写诗之余潜心所作，与很多人的诗学随笔不同，没有一句自以为是的陈腐说教，却又仿佛萦绕于我的书桌咫尺之间的闪电，不断为我照亮我所热爱的世界。

其实，尚兵的每篇诗学随笔都是一首结构奇特的诗作。

我读过许多诗歌文本，大多数在局部闪光，常见于一两句妙言佳语，突如其来地赋予平凡场景以诗性。而诗人尚兵则不同，他不会在一字一句的诗性上做文章，而是在整体的流动变化中保持高度协调一致的诗性。自始至终，完整的现实世界就是他的诗歌，他的诗歌类文本带有超现实主义和超级现实主义的双重色彩。有人觉得，尚兵的诗与随笔文本有些错乱，只觉奇异，看不出精妙所在。确实，乍一读他的作品，似乎都是现实之外的陌生幻象，一眼看去，无法与现实进行对等连线。然而，当我们认真阅读揣摩时又会发现，他的文本中，每个细节都深不可测，都高度自律地忠诚于现实，仿佛来自高清相机的拍摄，只是在选择与时空组合等细节上存在诸多的与众不同。而且，如果拆解细读每一句平白的话，也都如快刀破竹，包含微妙精准的机锋。

　　诗人尚兵会围绕一个微小的场景、一个不足为常人道的细节、一个不够完美的圆点，不断放大与挖掘。他不厌其烦地深挖，直至挖出令我们瞠目结舌的东西。尚兵是真正精善格物致知的诗人，他的文本里渗透了树与蚂蚁的辩证法。仰观漫天星斗，俯察一地落木，每一次细致入微的观察都是一首诗或一篇随笔诞生的契机。或许，也正因格物入境之深，他的文本才会生出一种节奏上灵动自如的力量，一种堪比闪电的快。

　　每个人的语言都是一面镜子，能照见自身，虽然细微处必然存在着变形与扭曲。诗人尚兵用语言构建的是一个多元的空间，从各个方向上看都是明晃晃的平面镜，让我们不知哪个时间点或哪个方向才是我们试图寻找的真实出路。也许都是。像现实一样，只在不断做着整体的变化流动。尚兵具有天才的诗歌智慧，他的语言里有天然的诗性黄金，在他反复锻打之下，他的诗歌文本在各个方向上都呈现出巨大的延展力。或许，尚兵的诗歌文本都是有所围绕的，只不过围绕着我们难以看清的核心（或许就是词语本身，词语本就是意义的附着物），他的语言不间断地做着无规则的电子云运动，在更高的时空维度上遵循着严格的法则。

　　就如相对论或无边界条件猜想一样，天才的作品总不是那么容易接近与把握。如果初读尚兵，会觉得他的语言近于夜半梦呓或祝由的祈祷。这是因为尚兵在他探索的道路上将现实荒谬隐秘的部分呈现出来，让它们成为通往山顶的无数条草木掩蔽的小径。或许他的意图就是如此，他只是用幼童般的视角和随性的语言，建立一套仅属于他的语言体系，又在执着和无意中构建了一个奇异无比的语言体系，一个语言的魔方体，甚至比米洛斯的迷宫更令观者感到困惑不解。那是树的趣味和尚兵内心的语言趣味的共存体，是精细的观察、简约的思辨、迅疾的跳跃和超验直觉产生的共振效应的闪电。

　　从结构上观察，他的众多文本似乎是在原来简单的线性结构基础上进行的复写，如复调音乐的处理法，不断赋予新意，很多影像是对位化的，是似是而非的重叠，看似重现而又不同，就如风被河水一次次地描述，河水又一次次被岸边的水草所描摹，他的诗歌文本中诸多事物在不知不觉中已经面目全非。

其实，面目全非的并不只是诗歌本身。

真正的诗歌始终扎根当下。当代诗歌的难解，首先归因于它与难解的世界的对立与对应。我们的世界早已进入加速跑状态，过去百年的科技成果如今只需一个闪电的时间就已超越，而当代的诗歌语言则相对处于滞后状态。我们深入当下诗歌领域，会发觉传统诗歌美学对深刻呈示这个世界早已力不从心。从某种意义上来说，当下所有停滞于旧有诗歌美学情结的写作都难以具备诗歌语言的前瞻性特征。在不解的时代，易解的诗歌必是浮泛的，是没有真正深入生活本相的，甚至是作伪的、无效的。

优秀诗人需要浸淫于语词，并不断超越现有的词义与逻辑的范畴。然而，突破语法逻辑镣铐的束缚是困难的，优秀诗人所欲表述的往往就带有很大的模糊性，那是现实模糊的影子。就如我们看见了自己，无论是努力避免更坏的状况发生，还是渴望更好的结果出现，都一样面对相似的选择困境。尚兵从看似清晰的纷乱中，窥见世界偶然而模糊的一面。也许，似是而非与偶然性才是世界的真相。

尚兵用极端的方式，同时也是更适合自己的方式，无意间达到诗歌文本的陌生化效果，他不刻意设置语言机关，又不经意间带我们到达了机关重重的秘境。他的诗学随笔《回声记》通过不断深挖，把混沌、晦涩、多义、对位……最终汇聚成镜面的魔方，在现实中不断变幻，像形态各异的闪电一般，无限地伸展着它的丰富性。

每一位卓越的诗人都要逐渐建立自己的独特的语言谱系，该语言谱系应当是前所未有，将来也很难再现的。如果没有这种特殊性，诗人是很难沉淀下来的，也很难为诗歌和语用学的未来发展起革新推动作用。

诗人尚兵的诗歌文本彻底剔除了所有传统诗歌的狭隘趣味，从而成为当下实践与启示意义极强的文本。

我们知道，迎合总出于功利，任何迎合都将在未来带给我们长久的迷茫。写作的目的性正是写作的基石之一，任何功利化的写作都是软弱的，都难以经受漫长时间的严酷考验。而恰恰是不过多考虑受众，只坚持在探索的道路上越走越远，诗人才能真正在流水一般的诗歌史上留下一些轻浅的痕迹（虽然这一点并不重要）。更关键的是，走出独一无二的道路，开辟一片不属前贤只属今我的广阔空间。那么，舍此之外，再无他途。

尚兵沉静执着的特质更适合他这种近乎苦行僧式的写作风格，他已经在孤独的道路上走了很远，已足以成为很多人视野里的背影。

暴雨将至，那些夜云的内部滋生着闪电，它们无中生有地穿破黑夜，伴随绵密低沉的雷声，演绎着简洁至极又明亮至极的跳荡。这一切，仿佛都在不断重现尚兵的《回声记》。

2016 年初夏

写给一切不可预见的诗

　　每个时代都应该有自己独特的诗歌声音，也唯有原创才可能诞生出伟大的诗歌作品。独特意味着痛苦的抉择，意味着推倒后的漫长重构。在任何时代，这无疑都是最艰难的写作。

　　俯瞰当下，也确实有了不少被冠以佳作的诗歌。应当说，这些诗作扎根于诗歌传统的重力场，在诗艺上也比较成熟。但我们从文学史的意义上观察这些诗作的时候，我们常会感到它们原生性的脆弱。这类作品诞生于快餐式阅读背景下，内容上更贴近有审美消费需要的大众，其美感与诗意无异于批量生产的精美玻璃杯，只是类工业化的复制。

　　诗之美似乎渐已堕为遮蔽生活困苦荒谬真实一面的精神麻药，置身这样一个时代，作为诗人的你，该往何处去？

一

　　诗人尚兵的探索给了我们新的启示。如果你是第一次读他的诗，你可能瞠目结舌，觉得匪夷所思。然后，你尝试全身心投入，挑战自己的阅读智慧，那么，一种可能是你成功地接近诗的创作起点，你耳目一新，因为作为读者的你此前绝不可能见过类似的诗作；另一种可能则是，最终，你只能眼睁睁着一只健壮的长臂猿在词语和意义的枝头跳来荡去，你尚未明确它出现的意图，它便一晃消失了。

　　我们来试读一首他的新作《作业练习》：

放心遵从晃眼棉花地/棉花朵朵需遍遍练习/"步步回头"成必备功课/作业一：打喷嚏、捉鱼见生客/作业二：亮脚丫子、午睡敬大人

　　我们或许会从词语的丛林中模糊地捕捉到一些意象——零零碎碎的农村生活记忆，譬如：在棉田地里单调地摘棉花，反复回头看是否有遗漏。午后，棉花纤细的粉尘在空气里飘飞并不断刺激着鼻腔；孩子们捉鱼款待远道而来的客人，在大人的威逼下午睡……但这些在我们想象中呈现的场景，却在具体的词语组合中变得面目全非，你面对"遵从晃眼棉花地""需……练习""亮""敬"这些词句时，内心肯定会动摇。因为，现在我们极有可能面临着一种尴尬的处境：自己根据捕捉到的意象想当然地解读，最后却发现完全不是那么回事！

　　我们早习惯于熟练地推测剧情发展，并沾沾自喜，这仅仅是基于生活逻辑性做出的判断吗？还是我们一贯想当然，无意中走在了愉快的集体媚俗之路上？其实，我们的尴尬正是基于一种可解开一切谜底的盲目自信。让我们一同再来读这首《纸飞机的冲动》："捣衣惜力气但不惜萝卜甜/甜死人了但不可以随心所欲/九点十分不可以我有纸飞机的冲动：乐无忧/支持纸飞机飞呀飞呀讲究整体/多坠落多灰尘不理姐弟见面/除掉'手拉手'还有'一脸茫然'可惦记吗？"我们在这样的诗歌中如何找到自己所需的解释？显然，非常困难！尚兵操持的几乎是一种祝由之语，不得不说，对尚兵诗作表示不解是最正常不过的反应，那些暗藏深意的词语狂欢，足以摧垮读者的阅读信心，而或最终将敲响我们写作和阅读习惯的丧钟。

二

　　面对充满挑战性的尚兵诗作，我们很容易置之不理或是矮人看戏，而把悠长自由之至的诗史抛之墙外。

诗歌史早已告诉我们，任何时代出现的新诗都包含"非诗"成分，几乎没有哪样东西没被作为非诗元素质疑过，也几乎没有什么是诗歌不可具备抑或必不可少的元素。一切过去的非诗元素都不断融入未来新诗的范式中，部分人执着不放的却在路上被悄悄丢弃。

尚兵的诗在神秘诡谲的同时，可贵地呈现出反诗意和意义碎片化的倾向，甚至是反意义的倾向。这些，使他的诗一时间难以找到一般诗学评价的支点。但尚兵的诗歌价值恰好因此展现出来，它们的本能、自发，甚至无理，充分具备着美学意义上的丰富可挖性。

尚兵有很强的宏观结构驾驭能力，诗歌中，他随意地斩断日常语言的联系又重新加以拼接，在词语间进行平衡写作，构建平等的词语关系。那些来自不同时空场景的生活碎片，在读者完全无法预见的前提下，与本源场景有关的一切结构都悄悄发生形变，过去可有可无或可替的词语逐渐变得独一无二，它们之间的"互喻、对立"，在尚兵赋予的前所未有的尊重下向所有方向上都迸溅着耀眼的光芒。没有理所当然的客观存在，只有词语激发出链式反应后，在读者那里产生宽广的诗意与无限时空可能，或许这正是尚兵试图达到的指涉目标。从文本实践观察，那些词语确实打破了常规组合，形成相互指涉的陌生而复杂的"气场"，无限地增加了诗歌的弹性和张力。

其实，尚兵的诗并非简单的词语狂欢，而是有着深刻的自律，思想一直加速度地做着跳跃，又驯服地收拢在规整的形式中，从重构词语关系到关注结构上的来回往复，仿佛高度严谨地服从于某种星空般的秩序。应该是天赋使然，才能写出这种罕见的格律。

三

正如试验田内的秕谷之意义远大于普通田地里成熟的稻穗，尝试的意义永远大于成熟的价值。

诗人尚兵是作为一位坚定的探索者的形象出现在我们之中的。无论以哪个标准来看，他都绝对是一位非常出色的语体实验者，或许他是要倾一生之力，建立新的语言体式与规范。他对诗歌全身心投入，旨在探求语言能抵达的极限。

而所有诗之迷思也是现实本身的迷思。

在我们的阅读经验中，词义与次序似早已约定俗成，这是我们能理解这个世界的基础，但它恰恰也是拘囿我们的牢笼，是难以敲碎的坚硬果壳。尚兵在他的诗学随笔中，清楚地表达出对世界的不解，而认为语言是作为整体而存在的，每个词语都有自己的发展史，不断沿革并被赋予新意……

或许世界只是在无数微不足道的齿轮共同紧扣作用下的钟摆，每一瞬间其实早已决定着未来的必然发生。在《清爽恢复原形》一诗中，诗人再次回到过去熟悉的生活场景中，黎明狗吠，泉水叮咚，树木葱茏，还有父母亲细心耕耘的菜地，以及那无声的池水，相信这些是诗人内心固守的世界。但世界早已改变，物欲横流，只有最纯粹的诗人才坚信诗歌是对冰冷世界的有力对抗。而这种对抗不是避世桃源，诗人的当代意识正是当代诗歌最真实的羊水。

诗歌的当代使命绝不是迎合大众胃口的审美消费品，而是对人类自身存在自身命运的深刻挖掘与呈现，是怀疑与批判、反思与重构的共存。那些立足传统的诗人，不过是词语的考古者。而真正优秀的诗人，则应做新语言的开拓者、词语的命名者。此外，再无其他。

坚持走出自己道路的人是孤独的，尚兵的面前无疑是一条孤独之路。但伟大的诗歌正隐藏于前方的未知之中。

致诗人尚兵，并以此自勉。

2015 年 3 月 21 日晚

灰尘在光线里舞蹈

寒流再度来袭，气温急剧下降。早晨，地面结冰。在量子级的世界，枯枝与青叶的宇宙正在迅速建立一种新秩序。

仰望天空，凝视与我分离已久的那一部分，无比宁静中正酝酿着新的北风和雪夜。它的宁静是真实的吗？我们一次次鸟雀般越过日常生活的头顶，发现空中乱流涌动，到处存在危机。其实，我们的日常生活就是如此，有诸多细小的裂缝，闪烁着黑色难解的光芒。

在每个时代，个人遭际、历史变迁、思想演化和语言嬗变都具有不可避免的偶然性逻辑和必然性荒谬，都在看似平静的表象下暗流翻涌。与此相对应，每个时代的"现代"艺术也大多具有非线性逻辑的特征，那些激进的绘画、音乐、写作、装置、视像……在语言意象层面上，都有着肉眼难以捕捉的乱流。

尚兵的诗就是从这种乱流中诞生的。

一

酒店二楼大厅的开阔平台上，我和尚兵一起凝视一株人造绿萝。我正借此努力描述螺旋式观察写作的无限可能——想象自己成为一只痴迷的虫子，围绕绿萝不断旋转，调整着飞行姿态与角度，永不停歇地发现。而那些周旋于酒店各处的服务员在经过时，没有谁会去多看一眼那株沉默的塑料绿萝，就如哲学家泰勒斯的婢女看不到头顶上星空的存在一样。

对不同的人来说，所见始终是不同的。

在我们蚍蜉一般短暂的生命历程中，诗性其实无处不在。每个瞬间都包含着无数个诗歌言说的契机。我们写诗，只不过把这些被我们发现的诗意加以融合。

尚兵对写作有自己清晰深刻的认知，他认为，诗歌语言不同于一般语言，必须避免陈腐的"言下之意"，因为它会使语言流俗。"我们为了认识世界而发明词语，而非为了发明词语而发明自己或内心。"诗本质上是不断确认语言内部"词语之间的意义联系的边界"，是对"已知的"清除，是对"未知的"回应。我们要把诗写的自觉落实到语言的自觉上。因而，写作的结果和目的必须被悬置，因为它们在诗歌写作中必然会演变成对诗的刻意破坏。而选取什么样的角度来写，变得更为迫切。

知行合一，尚兵的写作实践和他的写作理念是统一的。

他不断减轻词语附着力和意义负重，让词语恢复最初的轻盈灵动。如深空不断发生的裂变，轻盈的气体与尘埃相互碰撞，产生强大的能量。在尚兵的文本里，已变得轻盈的普通词语，不停卷动着直觉的风暴，这些骤起的语言直觉风暴搅碎了带有完整目的性的诗意，却成就了诗歌的整体差异性。

如改变磁极，让其偏转甚至颠倒，尚兵努力颠覆传统写法，也带来语言征候上的一系列变化。他的各类文本铁屑般高度默契地跨越了体裁边界，在一种罕见的语言节奏伴随下，不断地在未知语言的领地滑行。左冲右突的语言在他的这种奇异节奏的约束下，成为一股股不断欢腾碰撞、破碎分裂却又谐调归一的山洪。

二

真正的诗，是来自心眼的发现。它如旋涡般围绕一点触动开始，往往就是突如其来的一个句子甚至一个词语，不断衍生，最后成形。诗的写作在到达一定阶段时，也带有自然生成的特点，如海浪般，每一句向前涌动时，都在呈现出整体。我们期待着的词语裂变也将会应时而生，裂变带来坍缩，坍缩形成引力，牵动更多的词语落入其中。

尚兵的文本带着可贵的随机性，其诗意呈现有节制的涌动。我喻为词语冲浪、露珠无规则滑落、鸟儿脱笼向不同的方向飞去。

> 舒服／束缚以水的形式
> 历险带动波浪异想
> 与晴朗天空统称为变化手段
> 他或她有机会试一试蓝色汹涌运气
>
> ——《水分安全》

立于语言的更高处，尚兵的写作在无意义表象上呈现出诗歌语言的无限广阔和无限深刻的可能性。几乎所有传统题材都可被混沌难分地融入：自然时序的流动、寒意刺骨的记忆、人情的温暖……以及对诗艺的敬畏与追求。我们透过一个个不同比例的镜筒，看到了另一个奇妙的语言世界：一座座大厦轰然倒地，很快，废墟里长出青草，长出蚱蜢绿色的翅膀，发出蛐蛐那有节律的鸣叫。用不了太久，在他的语言领地中，尚兵精心制造出的各种复合语言材料，会建构出更多繁密的动态建筑。

尚兵的写作在意义割裂中呈现着令人惊讶的结构统一，很多文本是在简单线性结构基础上进行的复写，如复调音乐，不断赋加新意，很多意象是对位化的重叠，似是而非，"如风被河水一次次地描述，河水又一次次被岸边的水草所描摹，他的诗歌文本中诸多事物在我们不知不觉中已经面目全非"。或如桉树叶从极高处落下，在不同的水面倒映出有差异的影像，并在某一片水面激出无穷演进的涟漪。

落叶、影子依次孤单起来

由远及近，"情绪化"到底是力气活儿

——《合》

如果没有这些诗意表象，那么他的作品对某些人而言可能便无法辨识为诗。尚兵不断推进的文本实验也证明，他确实已达到忘却的目的，进入"涂抹"，不断清除灰尘，露出自性的明亮。很多时候，就连自性的镜面都不再需要，只有灰尘在置身空室的光线里缓慢舞蹈。

三

诗歌写作必立足于一定的文学理念，也必然包含对语言本身的理解。我一贯认为，对语言缺乏敬畏的人，是无法成为写作者的。对改变语言缺少野心的人，无法成为优秀的作家。

中国新诗肇始，诗人们就一直在做破除限定性牢笼的努力，试图寻找新生语言和催化语言的新生。当下，寻找词语隐秘生长的自然力，依旧是痴迷于语言艺术的作家不断努力进行的重要工作，诗人尚兵坚定地处身于这个行列。

世上本没有两片相同的树叶，这是艺术活力存在的依据。摆脱传统技法的约束，才能进入抒写的自由之境。摆脱目的性诉求，语言活力才可能像山洪般暴发。绝大部分伟大的艺术创意来自这种摆脱，摆脱也卷起了新的感觉风暴。这一过程似乎是不可解的。

不过，又有谁敢说彻底了解这个世界、了解语言潜在的秘密？你每天面对镜中的"我"，持久的凝视也会让那个熟悉的面孔变得陌生，这凝视何尝不包含复杂难言的解构与重构过程呢？

不解似乎是语言探索者的必然宿命，几乎在任何时代，对语言探索的努力都会遭遇不解与质疑。西方现代文学鼻祖卡夫卡的作品在他生前无人问津，同时代人完全无法理解那种近乎彻底颠覆传统的做法，以及跳跃、破碎的表现主义语言形态。而美国诗人艾米莉·狄金森生前仅发表过几首诗，并且那些诗都被贴上了另类标签，但在她去世后，那些诗成为美国 20 世纪诗歌的新经典……

虽然始终有不解的存在，但语言探索正和深入挖掘现实生活一样，是文学语言活力的又一重要源泉，它在不同方向上提供了文学存在的多种可能性。

尚兵在他的一首诗里写道：

那日说它病得不轻的驯兽师应藏于芭蕉林中
而声带开始出血的蛐蛐都该捉回笼子里

——《蛐蛐叫》

现代诗的难解甚至不解，首先应当归因于它是对壁立世界的一种回声。时代难解或不解，易解的诗歌便是可疑的、浮泛的，是未能深入生活本相的。

现实始终就在眼前，它可以被无限书写和解读，包括它隐秘的乱流在内。写作中要尽可能地消解那些肤浅片面的经验言说，唯有如此，认知空间才会无垠伸展。而阅读者的障碍其实基于一个不可改变的事实——受众的审美在客观上是不可能完整的。因此，追求阅读者的全面接受本质上是徒劳的，为阅读而虚饰，必将成为写作上的巨大屏障。另一方面，求异也只是起点，最终，写作者还是应连求异也忘却。因为，那意味着还有观察之眼的存在。

其实，作品一经诞生，便成了他者。而阅读的他者会用经验强制取代写作者的感觉风暴，解读的权力将归属阅读者，解读成为留在空室灰尘上的浅淡脚印。如此，又返回到我曾经多次说过的一句话——诗只为能发现者而现身。

尚兵的新诗歌语言模型还需建立更强的稳定性，才能支撑它正在衍生出的复杂而庞大的语言体系。它还需要带有一些自然的属性，既能自然发生，又能自然消解。

云朵被高空的气流拉扯成碎片或细丝，雾霾不时拒绝天空对大地的凝视。天空之美，本不在于我们是否洞悉了天空存在的意义。

天空之下，诗人的道路还很漫长。

2019 年 12 月 27 日

水面渺茫处有出口

倒春寒，万物在此刻呈现出柔软和冷硬的两面性。

有悖时令的风还很冷。我和孩子在沙坑里走来走去，先前用鞋尖划出的一道道清晰沟壑，又被我们的鞋子慢慢抹去。夜风播撒油菜花若有若无的芬芳，如蝴蝶从眼前不断飞过，粉状尘埃在空气中飘浮。

尚兵的近作《模型》，给我带来许多震撼与思考。作为诗人，到底应该追寻美，还是美背后的真相？

一、康德之外的星空

我们仰望星空之美，知道它在我们自然感知力之外旋转，包含无穷未知，甚至它旋转的内质都始终不能为我们所察。而我们习惯于用规则来廓清混乱，用秩序的星空来试图决定人的行动方向，本质上是因为我们畏惧混乱？

《疼痛记忆》是一部被高度浓缩的语言史，文中的大王，利用权威逻辑统治语言领地，语言的树枝被狭隘地利用作获取痛感记忆的手段，和痛感本身一样沦为工具。痛感的力量最终只是为了赢得胜利，赢得无须承担后果的狂欢。胜利后，还是制定新规则，而树干本身作为弃置的斗争工具被弱化，甚至最终被摧毁。

过于严苛的规则或毫无节制的狂欢一样都能制造更多可怕的混乱。世上几乎所有的规则都是以利害为核心，以评价为表征。那么，有没有某些规则，建立的标准仿佛星空一般，不再以世俗利害为中心呢？

"渺茫是有所不动，成熟是有所不指。"尚兵在他的诗《模型》里的那句话，很巧妙地包含着尚兵诗歌语言的星空法则。在诗歌语言的星空中，总有些东西会成为基准，成为诗之为诗的内核，如茫茫春夜让我们不至于迷途的北斗星。而同样，他的诗歌里也出于本能地舍弃了一些指涉上的滑动，呈现沙子在沙坑里的面孔。

如尚兵所言，时间本身并没有改造事物的抱负，是我们想当然地赋予它因果关系，在畏惧和无聊中赋予它更多的意义，赋予它游戏上的胜负，赋予它反叛与顺从的定义。

苏黎世投机定律告诉我们，不要迷信规则，因为根本没有依赖规则而长久存在的事物。对艺术而言，更是如此。只有在开放辽阔的土壤里，才能长出千姿百态的花草。尚兵写作中最为耀眼的品质是，其语言内部的规则就是不遵循旧有规则，语言逼近自如的境地，他也借助这种方式巧妙地诠释开辟语言新疆域的同时要抛开陈腐之说的至理，这是有别于当下绝大多数写作者的个性标签。

二、无从模仿的趣味

三月，雪花忽然从灰暗的天空中飘落下来。漫天雪花，偏偏没有任何两片是完全一致的。

模仿几乎是绝大部分诗人走过的道路。特别是网络时代的后起之秀们，从古典到西方，从语言风格到技法，甚至心理状态，都习惯于模拟再现。然而，沉湎于模仿，永远不可能成为真正优秀的诗人，因为缺失的是独立思考和语言打磨的炼狱般的过程。

自然法则中，差异是绝对的。写作本就是在流沙一样的表象上塑造那流沙一样的自我。但是简单的复制以往，其实不是对自身的强化，而是意味着淡化，失去更多的写作可能。

很多诗人，包括诗艺成熟的诗人，仍在复制语言的雪花。而尚兵的写作是无从找到那种模仿或复制痕迹的，从一开始就无稽无由，"林中坚果无风也落满一地"。其实，诗歌语言不需要借助于受众的肯定评价，就足以强化自有的存在价值。尚兵在他的《模型》中隐蔽而又巧妙地传递了这种看法。他通过自己的观想，借实体或虚构的无限堆叠，达成对形态结构的深层模拟。这是不限虚实、不限维度，又包含复杂的堆叠技巧的一种关联，时常通过思维概念的某个变化来诱发语言上的雪崩。阅读者的目光往往只能捕捉到其中的一部分，而无法把握整体。

尚兵试图用更密集而又简洁的线条来表达深刻的思考成果，这与索绪尔建立结构主义语言学强调系统关联和混沌原则如出一辙。而尚兵则更倾向于语言的内向性挖掘，倾向对语言进行拆解和分析，以寻求语言内核高度精确化的释放。而遗憾的是，这种精确是极易被误读的，因为我们很多人的阅读逻辑总是顺从我们狭隘的想象和传统的美学规则，使其成为我们的依赖物和障碍物。

三、抽象主义的涂抹

俯身拈起细沙，我对孩子说，这好比我们的星球。我们在其中肉眼无法看见的地方存在着。而沙坑之外还有更多的沙坑，宇宙之外还有更大的宇宙。

我曾见过许多语言天赋很高的人，却极少见到如尚兵那样自始至终永动机般创新求变的诗人。他在语言意象上的繁复却有一种不着相、不着意的简洁，自自然然地涂抹出蕴含深刻趣味的语言学和哲学图案。

尚兵的语流，控制在潜意识的线条内。因而，其语言也无限逼近原始语言的本质，像一只飞虫围绕一株绿萝高速度地飞行并观察。他抛开静态描述，采取动态、多维的方式进行描述，把时间和对存在的思考作为变量嵌入写作中，无限拓宽了写作的可能。其文本的多维意向深度，依赖于尚兵对记忆的抽象处理和想象填补拉伸出的细节。这带来了无限的弹性，也营造出最辽远开阔的诗歌空间。

《发光》涟漪般的描述形式可谓其大无外、其小无内，呈现可见光和不可见光，明暗、无常、人性、个体与集体、情感、权力、生理、磁性、逻辑……似乎都与受伤这一偶然的石子坠落相关联。在环绕"光"的飞行观察中，营造出一个开阔的诗意时空，诗人的意识流动成语言的尼罗河，混沌光影鸟声，蓄含清流与泥沙，似乎刻意表达什么，但又何尝不是什么都在表达之列呢？

从语言的表征来看，尚兵的语体实验更类似抽象表现主义画派的作品，非常接近于波洛克的滴洒涂抹以及罗斯科规整的大块油彩。在尚兵的作品中我们一样能看到丰富的形体和韵律变化，和语言处理上的克制、均匀，没有人为制造的高潮现象，总是从一点展开，形成词语的平缓沙坑或无差别的池塘边小径。如今，尚兵的语言越发开合自如，突破了一般诗人固守的主客体倾向，正在突破最后一层形式主义的障壁，进入另一层语言表现空间。

四、自由选择的悖论

现代人被安置于庞大到无法全视的机器中，作为某个部件存在。被安装时不知不觉，运转后，更会忘记自己其实早已成为庞大机器的一部分。而更可悲的是，我们会主观地放大自我功用，而忘记将迟早被取代的命运。

能从这种认识中觉醒，才算是真实写作的开始。

让-保罗·萨特认为，创作本身就是不断自我否定的过程。写作是一种连续不断地自由地选择的行动。不断否定，在否定之否定中向前发展。这种源自马克思主义的矛盾发展观，渗透于萨特的写作之中。是啊，只要是认真的作家，作品一经问世，便面临着自我否定。这不是单纯教条主义的否定精神，而是面对客观世界进行真实写作的必然。

认真阅读尚兵的文本，其写作的混沌态也并非无所不包，其选择性清晰地存在：雪崩式的语言意象内里是对规则的不顺从和重新确立规则的雄心。尚兵天才般的旋转式语言结构，常使语言处于自然溢出的状态，如音符脱离发声源的束缚，开始从容地在空气里流淌。在《模型》中，尚兵的那些想象与记忆，都是波动交织的离散状态，包含词语微妙难言的瞬间平衡，譬如疼痛成长中经受苛责的记忆、解负的石头……

艺术源于冲动，我们大部分人最难做到的是剔除功利意识在写作时的投影衍射。我们求取逻辑上的完美，因为逻辑似乎支撑了功利实现的可能。然而，事实上，世界是荒谬的，是非逻辑的。一切预设和成见都无助于我们解决忽然涌现出的现实困境。从纯粹艺术追求上而言，追求逻辑上的完美，只会造成底片上的失真。可脱离法则和重建规则是艰难的，就像果子难以逃避携带的气味，难以逃避来自母体深处的呼吸，这是尚兵文本实验中的难点。

尚兵呈游离态的表达，是进入潜意识写作的标志，那是通过超越冥想之类的系统训练才能抵及的语言孤岛状态。压束的记忆被释放，携带真谛式的密语。很多句子本身就足以成为一首好诗的核心，然而尚兵却毫不在意地将之淹没于语言的雪片中，只追求营造一种无主式的漫天大雪的混沌态，他甚至根本不在乎营造了什么。

五、渺茫中的出口

人生活在规则的牢笼中，被重视或被忽略不计，人的心态也因此被左右，人生之苦，正隐蔽在规则和相伴而生的评价后的挫败感中。

经过街道，透过明亮的玻璃窗，我看见端坐网吧正在专注于游戏的成年人，他们通过更强的官能刺激维持着对世界有限的理解和注意力，看起来很好地维系了心理平衡。

然而，有价值的人生却因游戏，降格为无意义的消耗。

诗人对语言的追求也是如此，跳出游戏式的限定状态就是脱离小我的必由之路。跳出人为甚至自我设置的牢笼，其实就是跳出日常的功利思维模式。天空依然保持它本身的深邃，似乎不因我们的探索而发生质的改变，可一切却又因我们的改变而发生着微妙的变化。

诗人本来就该是风语者。能被清晰无误地解读的诗，通常不算好诗。

阅读尚兵，唯有放空自己，将积识如杯中的剩茶倒掉，用心注入新茶，看茶尖低垂下潜，从中发现上升的趋势，直至能最终看清尚兵语言模型的实质。

写诗机器人小冰让我们看到现有诗歌模型的单薄脆弱与游戏化的趋势。而与此相应，当代所有的霸权都正在呈现为语言符号上的霸权，这也许才是诗歌语言面对的深刻危机。而尚兵提供了一条新的道路，他在潜意识支配下形成的写作模型，无疑是他不懈追求诗艺的结果，他在不追求意义与担当的基本立场上，无意间承担了更重要的意义与担当。

尚兵《模型》的特征可粗略归结为几点：

改变传统诗歌的语言观，诗不再是出于符合美学规则的某种预设，而是内心整体流动的载体。他的语言摆脱一般规则的束缚，追求语言内部的极端自由与开放，从而推进了语言的内向型发展。

《模型》系列都有丰富的意象和形式，尚兵却又不屑于借助它们来表现外部，只是隐秘地透露出诗人对语言与存在的思考。

尚兵的描述性语言非常有冲击力，只是用另一种形态的精确来加以表现，组合方式总是异于常人的理解，因而具有无限张力的陌生感。

《模型》试图剔除传统甚至先锋的刻意构建法则，努力消弭时空上的因果联系。采用失重写作，或者说去中心化写作，即无绝对的主题与中心，无主次轻重，写作进入可自由分割的状态。语言呈现出高密度的特征，而每一部分切断，又均可视为一个整体。

令人沉醉的春夜，却让我和孩子连续打出几个带有过敏性质的喷嚏。在今天几乎一切商品化的道德废墟上，我们是否还需要努力去表现虚假的温情？作为诗人的我们是否还在作品中构建所谓的完美生活？艺术的本相到底是不是美？我觉得应该是蕴含自然力量之真。正是它，使人所以为人，艺术所以为艺术，诗所以为诗。

所有的反传统创作都是艰难的，都意味着与旧有关系的切割，类似悬崖上的独舞，但同样，也标志着无限的可能性。

沙坑里有更多的脚印出现又被抹去。在我和孩子的交谈中，它俨然成为广袤无垠宇宙的缩影。它有孩子口中的悬崖与大海，悬崖之下，"水面渺茫处有出口"。

2018 年初春

米沃什的苹果花开放了

诗学是人性之学，同时又带有神学特征。因为它总会指向无法估量的内心和目不可见的虚无，像苹果花的芳香不断散发进春天的空气里。

一直以为，跟诗歌创作一样，诗歌阅读也不应拘囿成规旧习，所有能充分释放阅读想象的诗都是好诗。而好诗似乎有自己的灵魂，会从自己的身躯上立起来，高过阅读者甚至写作者。又因诗阅读是个体化的，所以这世上也就没有尽善尽美的诗，只有能完整打动你的诗。

或许，能完整打动你的，就有丫丫的诗。

读她的"变奏"系列组诗，我会自然地联系到西尔维娅·普拉斯，虽然丫丫还不具备那种剃刀般的思想锋芒，但丫丫具有与普拉斯同样的语言禀赋——细腻敏锐的语言直觉。她对语言节奏的把握能力很强，舒缓却呈现跳跃的姿态，有如舞者跃起时在空中的滞留，又如湖中涟漪，层叠荡进，往往在看似简朴的语句中蕴含强大的节奏力量。丫丫的诗境迷离、纯粹，总体格调偏蓝，几乎就是画意与梦境的臆造或重写，且又浸润深入的思索，因而带来了炫目的反射，她的诗很容易成为他人眼中难以攀登的谜塔。我深知，仅是去描述一场梦境也是难以想象的，更不必说试图还原诸多梦境背后的真实。但出于对诗歌的热爱，对未知的痴迷，我仍做了一些还原梦境的努力。

虽然和丫丫从未谋面，但我对她不算十分陌生，因为她的不少诗作就是自画像。

在《命犯桃花》里，诗人眉目清晰、爱音乐、诗歌，沉浸于宿命论，不乏幽默感。《一个人的酒会》里，诗人清洁、自律、语言机警。

《"他在"主义者》中，诗人为我们描述了广场的奔马，它有着果敢的心、奔腾的愿景，却受制于此，无法跨过"广场无形的/阶梯"。《桉树》一诗颇有汉末建安风骨。诗中的桉树是跃马争锋的战士，更是睥睨天下的雄主，它敢于对抗时光，并"用笔直的躯干/抵抗着脚下的子民"。而视野的日渐辽远，又会使它越发地沉默孤寂。通过此诗，或许可以感受诗人的心志。而自由的秋刀鱼"被一根俗世的竹签整个穿起"，成为"时代的烧烤"。但它隐忍，始终坚持上翘背脊一般骄傲的姿态。《秋刀鱼》《变奏：马达加斯加的企鹅》一诗以企鹅的口吻，表达了一种决绝的勇气。那只向往未知的企鹅，"用浑圆的屁股思考"，但它有着他人少有的"灵""慧""胆"，敢于面对物竞天择的"筛子"，在自己本不熟悉的领域勇敢地生活。在《刺客》一诗中，诗人不甘受束于庸常的生活，借想象中手持利刃的另一个自己表达"不自由，毋宁死"的观点。《某人》中，"我""你""女巫"都代表着自己的不同面目。诗人希望分身有术，她对生活、诗歌的沉思，体现出很强烈的分裂感。包括《肇事者》中一意孤行地以死亡来表达对某些事物迷恋的蝴蝶，《在天堂的火车厢里》中静默吸烟的老妇，《剩女》中不愿长大、不愿被婚姻捆缚，甚至不愿做女人的萝莉，也都是诗人心灵的分身。

但生活又是复杂的，庸常生活正是我们心灵的绞肉机。《隐》是一幅有关镜子与水的风景静物画，诗人希望看到的那匹驰骋的马却始终难以亲见，犹如"灯光一直在寻找的影子，已销声匿迹"，所苦苦追寻的隐在不可见处。《陷》写的是身陷生活的磨盘，盲目的快乐和深邃的无力感。《午安》一诗中，诗人从宿醉中醒来，再度被孤独包围，面对与自己年龄相若的钟，一遍遍地说"午安"，诗人醒悟：在永远不变的"匀速的钟摆"面前，人的"野心"其实微不足道。在《天平》中，阅读、音乐、舞蹈、电脑写作似乎是丫丫生活的全部，当然还有那沉重的灵魂，但加在一起，还是无法抵抗命运的轻轻一拂，这或许都是诗人无力感的根源。

活着，交往总少不了，在丫丫眼中，这些交往大多呈现着"伪"。《伪，读诗会或纪念日》中有热闹的解读，有被遗忘的失落，有对自杀的不以为然，以"伪"为题的用意不言自明。《乌合，或伪上流》《信，不完整构想》《5月3日，小记事》等诗作更是让我们看到，各类聚会中沸腾的虚荣，名片上苍蝇一般恶心的印刷字，到处是可疑的头衔和嘴脸……这类聚会，给诗人带来的更多是碰杯背后的强烈孤独与厌倦。一方面，丫丫在人群中纵声大笑，另一方面则是躲在人群中的尖锐的孤独。丫丫看到所谓的上流，也只剩下了下流的灵与肉。

《乌龙》就是自相矛盾的处世标准所带来的窘境。还有在《瓦楞上烤土豆的麻雀》一诗里，诗人把自己喻作一只空想主义的小麻雀，在瓦楞上烘烤诗歌语言的"土豆"，历经焦虑甚至令人感到受伤的等待，还是充满希望，"她始终相信：这顿晚餐，一定很美味"。她被那些抱持偏见的现实主义者讥为荒诞跋扈，反过来，她认为"嘲讽者的五脏并不见得比一只小麻雀俱全"。是的，只要有耐心，"土豆"终会熟的，你看它，"已准备好，为真理献身"。

像瓦楞上将熟的土豆一样，向死而生，是我们宿命的必然。在丫丫的《变奏》中，有不少就是安魂曲。《每一条牙缝都种植着一盏灯》一诗立足佛家四谛。牙齿被视为成长的年轮，一颗颗牙齿代表着人生一段段经历。诗人说，生活总会有前车灯一样的东西照亮着我们的前路。同味蕾一样，我们的心灵必将沉浸一生的酸甜苦辣。而历经时间洗礼，那些情感、理想与信念的前车灯也必会开花结果。不过这首诗的结尾却有着揶揄的意味，诗人认为，无论如何努力，在疾病与死亡面前，都微不足道。《容器》一诗更是写出人生经历温热最终冰冷的必然，从胎儿到备受衰老和疾病的折磨，直至成为棺椁内的骨灰。《祖屋》也从蜘蛛的视角书写人世无常，它静静隐藏在祖屋一角，它谙熟灰尘、杂草与那些依稀活着的灵魂，还有节日前来拜祭却终将成为被拜祭者的人们。

无论你愿意与否，或如何努力摆脱，你终将直面死亡。

《某一天》笼罩着终极思考的阴影，沉重琐碎而不失严谨。诗人说自己"租期已满，该走了"。她虚构自己的远行，而且终于可以坦然，终于可以不再被麻木折磨，而可以疼痛如新。是啊，与死亡相比，一切"只是幻影"。《火盒子》或许是想象了一次焚化炉中的死亡，想象死亡之后随之消失的刻骨铭心，相对应的，则是依旧年年苍翠蓊郁的群山。其实，刻骨铭心的爱又怎会那么容易消失？

爱正是丫丫《变奏》中的又一组和弦。

《露娜，露娜》构思巧妙，把母爱表现得独特而深沉。创作灵感应是某首歌曲里连串的发音，它把妈妈与月亮女神联系在一起，月白色的乳房，海水般凝视着你的眼……童年会活过来，从那橡皮泥、棉花糖里。《试图说出爱》也是一首充溢明亮色调的小诗，滨江长廊上孤立的木棉并不觉得孤独，韩江涌动的波澜也饱蕴温情，因为有爱——这世间最纯净无私的母爱。《后来》叙述了一个含蓄隽永的爱情故事，两只小蚂蚁黄昏时在树下再度相遇，它们的恋情曾经"盘根交错"，青涩纯美，而如今艾草青青，时光匆匆，"尘土茂盛"。旧日的手札、书信之类时间的浮尘，也同样是情感的触发器。在灯光下，感伤的丫丫试图给过去的自己写信，"我给你写的信/邮资不足。收件人不详/并被确认——丢失了旧址"。那旧时明月也早已变成信笺落款中的日期，夜阑，读着这些手札或旧信，总会不禁让人怅然若失。

成年后的每个人都想找到最初的自己，但哪里才是那个最初呢？《日记。8月20日》就似乎想说些什么。沉重的心灵在清晨打开，遁世的重重丛林变得遥远……其实真正的般若智慧从来就不在经卷中，有时它就闪烁在一缕晨光中，融化在一碗温暖幸福的粳米粥里。

正是如此，丫丫诗歌里并不缺少生活情趣，它们有时也是那样的喧闹，并盎然于纸上。

在丫丫的诗歌中，《星期天》写得比较幽默：大快朵颐的快感是危险的，原因是诗人觉得有时快乐就是对他人的残忍——对螃蟹而言，休闲的星期天危机重重，身价提高的代价就是性命难保，而且最后窒息自己的竟然就是那养肥自己的朝夕相伴的"水"。《沐》一诗中，诗人独坐阳台，漫天飘落的月光犹如银白的盐灰，诗人又由灰烬联想到火热，或是相反，由肌肤的滚烫联想到灰烬——那需要一场咸雪来冷却。物象、意象交织，丝线般串联成一首精致的小诗……

假日里，诗人终于可以抛开城市的压抑和污浊，不过，眼前如画的山水也正在被污染，像物欲熏染下的人心。不妨用相机来定格它的美，或者用诗吧！"与他们不同，我，不是来数马的。"昂首石壁的骏马，多少人会关注它们的思考？只有孩子般的诗人才与它们用心交谈。凤尾竹与江水在马达声中摇曳震颤，还有深受马的灵魂震颤的诗人内心。

诗人热爱生活，热爱自然，心中的大自然当然会充满画意。《清晨》中密林间浮动晨曦，屋檐上的雨滴蓄势将坠。还有梳妆台、天然的矮木凳，还有想象中的"我""从井里舀出冒着热气的时光"，"一个扛着梯子的人／从门前匆匆走过"，这些即景多么洁净和遥远，没落上一点世俗的灰尘。《缘由之外》抒写了对月光的钟爱，因月色失眠的诗人，与月光相对而坐，自在裸呈着身心，最后，与那月光相融，只剩下玻璃杯中缓缓伸展的绿茶和窗外微风婆娑的树影……即便是《雄螳螂之死》这样主题似乎很沉重的诗，大自然的瞬息也可以在笔下无比明亮——阳光穿过一片树叶，照着两只正在交尾的螳螂。再如《薄暮》这样的一轴画卷：傍晚归来的农夫、草叶上温暖的斜阳，还有不远处的教堂的钟声……

《变奏》里不少的诗作深蕴着哲思，透着清凉的禅意。譬如一粒纽扣，同样也可以是一只蝴蝶，混沌之中，它"无意中牵动着整个世界／而它却，浑然不知"。（《由一粒纽扣说起》）"虚有"是子虚乌有，还是虚无与存在的简化？我不得而知。但不管哪种起点，终点还是一致的，因为虚无就是存在的秘密啊。（《虚有年代》）还有的诗居然是从一段俗语开挖下去，深入隐在我们内心的明与暗的欲望，令我们直面畏惧。诗人说，原来真正畏惧的就是我们自己。（《蛇和绳》）

《幻象》是一首构建巧妙，场景似幻实真的小诗，诗的核心立意是"纳须弥于芥子"。诗作取材于真实的生活体验：近距离凝视一粒露珠，一瞬间，诗人和周遭的世界也被收拢缩化其中，一切均变得弯曲圆润如珠，不免引人向更深远处思索。诗中有如珠的妙语——"露中之核，都是球体 / 但已无分大小。"

丫丫对欲望做了完美的诠释，《陀螺》一诗告诉我们，人心会产生欲望，而欲望反过来又会支配主宰人心，最后成为人们匍匐以向的神灵……想一想，这是人类多么荒诞的真实啊！

正因为复杂的欲望，丫丫笔下才有时代之殇。《周末，或生活的电子哲学》用隐语表达了一个比较成熟的社会学观点：生活的稳定感必须建立在一个真正稳定的结构中，对社会系统而言尤其如此。对时代的认识，有时又要基于历史。但历史，丫丫认为它们"来路不明"。晨雾中古老的潮州城、韩江边的长廊、沉默的康济桥头、浮起的参差不齐的涛声，也正如那些永难澄明的历史真相。在《阳痿者》一诗中，诗人并没有去描写一具被情欲砍伐的身体，却着眼于一座城池乃至一个时代，诗人看到所谓的历史并不在书本上，城墙四下探首的野草也不能掩盖油漆的气味——遮蔽掩饰或许才是历史的实质。看似伟大的历史究竟是什么？它"是执政者的绝缘体 / 无弹性 / 不透气"，是强者密不透风的粉饰与虚构。其实，丫丫更想告诉你，我们眼下的这座城就是一个"坚挺的理想溃败于疲软的时代"的缩影。

历史以这种面目出现，一方面是因为钳子和鞭子的力量，《马戏场》里的狮子、老虎和蟒蛇都变成了安全可靠的道具，像不再锋利的思想，像屈从于强权的顺民；另一方面，则是出于欲望，出于"不安宁的人心"。《之外》里自然之外，挣扎骚动的人性欲念、时代人心，与自然界袒露的树蛙爱情一同呈现，你会意识到"一步步恶化的，并不是/事物本身"。《木偶》一诗告诉我们，光阴就是最伟大的魔术师，我们不过是他手指牵引下的木偶，一切美景与假象归根结底只是木偶戏的一部分；也提醒我们，没有什么黄金时代，更多的只是木质时代，换而言之，是更易腐朽的时代。诗人呢？诗人"却偏偏/长着一颗/火做的心"。这匆匆的时代，其实早已暮气沉沉，大多数人包括少年人已放弃理想与信念的追求，诗人说"恢宏的理想，只是年少时的某次梦遗"（《变奏：梦遗者说》）。

现实着实令人悲哀，因为周遭有那么多冰冷的事实。

《残卷之一，吧女》一诗描摹了城市的灯红酒绿，还有它繁华的背后。在城市酒吧的"水泥盒子"里，那些精通化妆术的吧女，在重低音、尖笑、惊叫中努力应酬，她们已长于掩蔽自己的思考。也还是她们，"脚步都织得很密很急/她们一边东张西望拦着的士/一边想着家里没有父亲的孩子/而喂奶的时间，已过多时"，诗在收束处，陡然化为极深极沉重的叹息。类似的诗还有《变奏：107号当铺》，那些放弃自己的贞节、婚姻、青春的人，交换物欲享受的人，还有什么没有被放弃交换？《七月的诗人，你在干吗》一诗表露了对动车追尾事故等社会问题的高度关注，因为那些逝去的生命，七月变得无比悲凉。那么，在这样的时代，诗人何为？丫丫在这首诗中流露了自责，她说："关键时刻，我的喉带/又一次，打了死结。"诗同样也指斥了许多人的冷漠。《靠右，靠右》是一首比较长而隐晦的诗，灾难年年，干旱与洪涝，还有强权与秩序，让我们隐忍，那么我们依靠什么来被拯救？在《预感》中，一场暴雨改变世界，使"我"患上热感冒，而且是"空前的"。那么城市呢？庸俗的城市醉心于"发"，世情呈现"气喘吁吁"的病态热，它能否从一场大雨中苏醒呢？

《重感冒》里，诗人耳中所闻是时代凝重和谐却昏沉的弥撒曲，心中则是强烈的无力感。《非命名，第六天》热烈却又饱浸忧伤，诗用主线抒写情欲，穿插在世界的背景内，表达了诗人对当下的深深忧虑。这是类似《圣经·启示录》的表现法，节奏保持着高度的协调一致，语义做着极端的跳跃，时空被坍缩成短短一周，这个已被物欲彻底改变的末世呈现出来，爱无所搁置，大地荒凉、寒冷、空旷。

丫丫的诗告诉我们，我们生活在一个物欲如此强横的时代，对物质的追求正在模糊大部分人生存的尊严与意义。这也说明了一个事实：我们其实生活在一个远不够体面光洁的时代。

对现实的失望，往往是我们艺术创作的神秘源泉。《致黑暗书》一诗中，光"疯狂地，追赶影子"，却永远无法追上，黑暗是灯火存在的意义。诗歌也一样，如果没有眼前的黑暗，何必需要燃烧的诗歌？诗无止境，我们诗人啊，要做的岂不就是"舍了命地挥霍——毕生的才情和炽烈"？

如丫丫这样的诗人，她（他）们对语言艺术的追求是无止境的。

《白月亮》里，明月如梦孤悬，但"哀伤的"月却有着"汹涌的沉默"。她从不曾熄灭纯洁内心的火焰。可在当下，城市的夜晚总是"光影错叠"，复杂浑浊，再难以见到月亮纯净的沉默与哀伤，纵然得见，也自然成为他人眼中的"无解的谜语"。丫丫希望自己的诗歌也能如这月亮一般保持它纯粹的本质，成为自己"发光的墓碑"。夏的浓荫与自由的气息使丫丫迷醉。那么诗带来的快乐在哪里？在于敏感的心灵和敏感的语言都能一同自由地跳跃飞翔。在《说到风，风便停了》一诗中，丫丫希望自己"灵魅般，幽幻而跳跃"，获得进退随心的话语力量，"说到风，风便停了"。

探求诗歌语言艺术的路途无疑是遥远且孤独的。《失语》中她认为自己在别人眼里是"衣着古怪""腔调生疏滞涩"的蜜蜂，当然"叽里咕噜的蜂语""无人听懂"，在表达对母亲的爱时也近乎失语。《伪写真》中也传达了诗人的敏感——那些貌似合理但显得过于尖锐的诗评会"砸伤"真正的诗性。《片段》中诗人本能地掩饰内心，却又要面对镜子背后种种莫名的拆解凌迟，被诠释后的诗句又会是什么？《日记。6月15日晚读诗会》中，众人热烈地读诗、解诗，仿佛面对元宵节的灯谜，丫丫对种种解读致以不失亲切的戏谑。是啊，茫茫之中，有人喜欢你的写作，使你遮蔽的内心有向某些人开放的可能，这是多么幸运！但另一方面，这首诗中新长出的"鳍"，和在《伪写真》中受伤的"鳍"一样，暗示了丫丫在找不到真正的解读者后，已不再喜欢固定意义或意象，也不再喜欢固定解读，那些已经变成心灵的"牢笼"。一方面词语拼接是自由的，另一方面则是巧妙的隐喻，层层掩饰使得他者的"试探"变得近于徒劳。丫丫把自己的诗歌喻为一座谜塔，它是词语的，"你可以试着用常理或非常理随意搭配／反正我是厌倦了打比方"。那只蜘蛛固执地不愿与其余事物、词语发生任何意义上的关联，而旧日气息、灰尘暗影等一切都可以成为它的食物，它存在的特殊性在于单向吸纳，自得圆满。

"秋之回旋曲"系列组诗可以看作一块路碑，是丫丫创作转向的一组留照，凝固了一种毫无畏惧的尝试姿态。在这一组诗中，诗的立意与方向已不重要，"刚刚锁住了目的地，马上／又放逐了起点"。在这些诗中，丫丫极度放大了词语的作用，她"拆解，粘连／裸呈，掩蔽"着词语，诗歌里卷起纯词语层面的飒飒秋风，她则向着自己诗歌湖水的更深远处下潜，再也不愿意让人看清意图，看清呈现意图的手法。

纵观丫丫的诗艺演进，有个较明显的过程——从沉浸于意义的伸展与掩饰，发展到醉心于词语的发掘与组合。从诗歌的技法处理上来看，可以模糊地发现丫丫的诗有几个闪亮之处：其一是诗歌中的人称指向互通，特别是第一、第二人称之间常常做着置换；其二是本体和喻体之间会互换位置；其三是陌生词语的大胆使用，看似僵硬，细细品味却生出极佳的质感；其四是结构高于意义，虚构高过事实……

或许，丫丫是想告诉你，"伟大的事物并不见得比平凡之物／更好辨认"。她已不在意是否被正确还原，"被击破的镜子并非不完整／平躺着的碎片，有着各自独立的世界"。显然，她的诗歌追求正在转变为自性的苏醒与自给自足。

虽然创作时间不长，但毫无疑问，丫丫是我迄今为止所见不多的天分非常高的诗人。

夏季离去，丫丫的诗歌面容却已渐渐模糊。她的诗转变很快，原先意义的层面被大幅度地弱化了，词语组合的自由度则被大幅度释放出来，词语的原动力被逐步释放，以至于她的诗歌有了更深更隐秘的扩张力量。

诗歌创作其实不必过分在意写什么和怎么写，从根本上讲，主题和技法其实都不重要，重要的是我们对诗歌的态度，这是我们从事诗歌创作的一个基点。在钟爱它的人那里，诗歌是无条件皈依、至死而不渝的信仰，是我们心灵永远的养分。

丫丫喜欢米沃什，而那位伟大诗人也畏惧读者，因为他总是担心自己的作品会遭到曲解。可是，误读又怎么可能避免呢？我对丫丫"变奏"系列组诗的用心解读或许也正在落入这种吊诡的逻辑中，我所体味到的或许也只是词语表面释放出的一部分神秘力量，可能远没有触及那颗层层掩蔽下的内心。你看，丫丫正微笑着从解读的场景中悠然退出。

在我的想象中，秋千架轻轻摇荡，沉浸于米沃什诗句的丫丫，她的内心正绽放在漫天的苹果花香气中……

2011 年 10 月 29 日

丫丫：本名陆燕姜，中国作家协会会员，一级作家，广东省作协诗歌委员会副主任，广东文学院签约作家，广东省作协理事。出版《变奏》《骨瓷的暗语》《静物在舞蹈》《空日历》《世间的一切完美如谜》《不规则叙述》《寓言旧址》等多部个人诗集。曾参加第 34 届青春诗会。

百水归一城

寿县曾为帝王之都。先秦时，楚国在此建立新都。三国时，袁术在此称帝。千年以降，人才辈出，可谓物华天宝，人杰地灵。

我的老朋友诗人高峰祖籍在肥西，却视他工作和生活的寿县为第二故乡。他的诗集《水泊寿州》便寄寓了这种深厚的乡土情怀。

高峰掬水为诗，以水言志。寿州纵横的水系既是滋养这一方土地的永恒清源，也是诗人才思情志的不尽血脉。寿州之水或奔腾或深流，尽归于古墙高立的城垣之下。他的这部诗集是诗歌版的《山海经》《徐霞客游记》《水经注》《清明上河图》……诗人登山临水，抚古思今，描摹寿州自然万化的山川风貌，抒写百代不易的世态人情。那香草美人的古楚国，百水交汇的正阳关，天下无双的安丰塘，鸡鸣霜晨的板桥镇，风声鹤唳的八公山，荒草斜阳中的廉颇墓，白日飞升的淮南王，盛满传说的护城河……这些都在诗人高峰的笔下变成一卷锦绣寿州的导览图志。

他的诗格调很高，色彩绚烂明朗。他的诗像他本人一样，没有阴暗晦涩。他的诗隔代传承了晚唐杜牧咏史述怀的遗风，能钩沉历史而又发出时代新声。

他看到，每一个不起眼的小镇上空其实都一样翻卷着时代的变幻风云，一切看似寻常的烟火生活中都暗藏不计其数难以言表的悲欢离合。这是高峰诗歌写作无限可能性的重要起点。高峰的很多诗作是在回眸历史中，对当下平常生活进行穿插写生。更有一些诗作，寥寥数语就能把时代变迁与人心离合勾画得纤毫毕现。他的这部诗集，还大量引用了方志内容，以及前贤诗歌与小品文，兼具史学与文学的双重视角与艺术价值。

高峰的诗语言有着温润醇厚的突出特征，如泉如醴，发之有节；如磬如玉，叩之有声。节奏有散文化的舒缓，慢条斯理中尽显诗人的睿智与厚重。锤炼语言上，高峰能入微传神而又不显得做作，率性天然而又毫无粗粝之感。写诗要达到这种境界是很难的，由此可见其语言功力的深厚。他的遣词造句常有连珠妙语，言人所未言，不炫技而自成技巧。精妙的语言具有极强的艺术感染力，如这珍珠泉水做出的豆浆，经卤水轻点便成了驰名天下的美味佳肴。在高峰诗歌中，我们总是能看见这样的神奇卤水。常在数言之际成就胜景，数行之间便构设出大境界。

从整个诗集的体例结构上，我们也可看出这部诗集来自一个有序展开的写作计划，蕴含着强大的写作内驱力与信心。正如这众多水脉归于一座城池之下，这百首波光潋滟的诗作也汇成了一部极有代表性的新时代佳作。

生当有为，为国为民应是读书人最基本的良知。至情至性，但使愿无违，这应该是诗人最突出的标签。

现代人写诗存在的最大障碍其实不是语言技术，而是如何做到作品与自身高度统一。如只求表面功夫，则趋众媚俗、哗众取宠。譬如语言上烟尘不染，而内里则沉溺于追名逐利，那无论如何都不能算得上真正的好诗人。

儒家强调身体力行、知行合一。而我所了解的高峰，与他的作品已达到了这种真正的契合。

《水泊寿州》中，诗人高峰将高超的诗歌艺术表现力与厚重的思想、深切的人文关怀铸为一座青铜炉鼎。读者可见其心有灵犀点铁成金的语言智慧，更可窥见诗人有一颗家国天下的儒者仁心。

最深的乡土情怀其实是与更悠远的历史发生的深刻关联，这是高峰写作的起点，也是他写作永无止境的终点。而这种情怀，最终能让诗人的人生画出一个较为完满的圆。

诗人的双足和内心行走在这苍茫人世间，他游目骋怀，最终是要去往他的心灵故乡。

高峰：诗人，1965 年生，安徽省肥西县人，现居寿州，公职人员。系中国作协会员，淮南市作家协会副主席"寿州诗群"发起人，曾在《诗刊》《星星诗刊》《诗歌月刊》《绿风》《扬子江诗刊》《青年文学》等刊物发表诗歌，有诗入选中国年度诗选，出版诗集《水泊寿州》。

我宁愿落叶是一枚尖锐的铁蒺藜

不久前，在一次诗友小聚时，一位朋友说，我们有不少诗人写出的诗，无法做到诗人合一，往往是分裂，甚至是对立的。

这话有道理。

我最近在集中阅读朋友许洁的作品，就想到了这话。而许洁，正是一位人如其诗的写作者，是以努力表达自我和探索人生为写作使命的真诗人。他的诗敦厚而简约，如其待人接物，自然流露出敦厚率真的一面，高度契合言近而意远的特质。

通观许洁近年来的诗歌作品，他的诗多用简洁白描的手法来表达丰富的内涵。他的诗多以自然景象、人物和事物为切入点，通过意象和情感交融加以呈现。善用象征之类的手法，使作品内质透彻，而外呈简练。他的诗歌结构总体看来并不算复杂，但这种简单的结构具有内在的乐感，或者说有强烈的韵律感。加之其文本多以自然为题，以天地万物变化喻人生悲欢离合，表现生命的脆弱与美好，并散发出独有的地域气息，更易激发读者的想象与共鸣。

许洁的诗，语言凝练而深邃，多抒发感悟，情感表现较直接，往往短短数十行，就能折射丰富乃至庞杂的内心世界。仅就我读到的这一组诗来看，其诗多以亲身经历的事件为基础，有些铭刻于内的暗场记忆会不时从字里行间跳出来，让读者感受到诗人所遭逢的情志裂变，并自然地关注许洁由此伸展开的观察与思考触须。

《我宁愿落叶是一枚尖锐的铁蒺藜》就是一首有代表性的作品。它以看似简单的语言和细节生动的情境来表达感怀。"我宁愿它们都是从树上摔下来的",这是写路遇落叶而心生怜悯,想到这落叶与平凡的人们多相似。那些离土的人与物,总是这样孤独地死去,悄无声息地湮灭,仿佛从未存在过。它们从枝头的故园或故园的枝头坠落远去,有一些甚至不能归根。那么,不妨做一枚尖锐的铁蒺藜吧。"我宁愿它们叮叮当当,伤痕累累","我宁愿它们能在林荫道上/认真拦住我们的路/我宁愿你踩上去时/能把一半的尖叫声分给它们"。这些句子铿锵有力,诗人希望落叶"都能大哭一场",希望这些生命不甘命运的摆布,要能努力证明自己曾活过、爱过、恨过、对抗过、呐喊过,然后壮烈地死去,像那些远在历史尘烟深处里的嵇中散。

《雷声让我想到哑巴店》一诗流露人生的不安、彷徨和挣扎。哑巴店是安徽长丰岗集镇的一个小地方,在当地有一定名气。当然,在广袤的中国,叫哑巴店的地方很多,这里的哑巴店只是其中微不足道的一个。然而,这个词语在许洁的诗中频繁地出现,寄寓了某种难言的情感。

"秋天的雷声向原野发出问候/闪电把枝头上的留恋照白了",这是非常精彩的句子,枝头残留的果子或树叶被闪电照白。而"窗外聚雨如箭,尘埃和眺望纷纷坠落","聚雨如箭"与纷纷坠落的"眺望"相照应,"眺望"本是动词,在这里被灵活地用作名词,这是古汉语常见的文法习惯,现代汉语中很少见到。以"尘埃和眺望纷纷坠落"来写雨之密集,足以遮掩远眺的视线。人生岂不就像这样,时而有密雨带来视域里的忽明忽暗?哑巴店,在恍惚的秋雷和骤雨中再度浮现:那是一个人守护一个农庄、一大片的林田,那是一个人在入夜后独自饮酒。四围草木也具备守林人同样的情愫,或是疼痛,或是愤怒。我们可以合理想象,那是怎样一段步履艰难、磕磕绊绊的人生经历,一段挖掘机哐当哐当巨响试图拆除的往事。

《两个柿子携手坠落》以柿子为主角,影射生活的起伏与坚持。"坚强也有累的时候,譬如荷花/譬如荷。"此刻,虫鸣声如涨潮,而闲情如昔,依旧是悲哉秋之为气,有无边落木萧萧下的壮阔与悲凉,也有通红柿子坠落时的细腻哀婉。是啊,有什么事物真能对抗时间的侵蚀?

"寒露来临之前,月光被黑吃掉了","整栋整栋的灯火也在骤然渐灭"。黑,是因为月光,是因为夜深,可又不仅因为这些。限电后,被城市霓虹改写过的湖水又迅速恢复到老样子,夜晚的一切光与影都在衰变,最后只剩下"潮湿的雷声"。"潮湿"一词精妙,我们可以由此管窥诗人的炼字功夫之深。诗到这里,笔锋又一转,哑巴店再度出现,"哑巴店的镰刀已经开始生锈了",这里的文本中,多出一把锈蚀的镰刀。此一句,会令很多读者困惑。这其实就是提醒我们,要解读一位诗人的作品,绝不能孤立地面对其某一首作品,而要与其前后作品关联起来展开阅读,这是知人论世的朴素道理。正如我们去观察一片树叶,时常要注意它寄存的枝头是否在风中晃动,看它依存的硕大树干和时而翻卷的浓密的树叶之海。

2016年,许洁在哑巴店投资的吉蔓农庄正式开业。诗人欣喜之余写下一组诗,其中就有"镰刀"一词在闪光。我们或可理解为,这缘于诗人对少年时田园生活的追忆或试图实现重新拥抱农耕时代的梦想。然而,寒露已降,林田将芜胡不归?"我担心没有镰刀的哑巴,他的笑容/将随亢奋的梦境一起坍塌",此句产生三重指向:一是自己从哑巴店吉蔓农庄依依不舍地离别,带着破碎的梦。二是离土后的农民是否还是农民,其命运将决定于什么?三是诗人自己也就是哑巴的化身,面对着草木世界,他已无话可说。由此观之,这就有了深远的况味。

《在五谷庙》是以稻子和庙宇为意象,让读者深切感受到安宁、静谧和虔诚。这首诗起笔描写五谷庙周遭的稻谷,明喻成熟稻子的谦逊品质与自己的父老乡亲具备很高的相似度。诗人对流亡的那颗星铭刻于内,也是对自身生活的反思。通过对星星的描绘,显现愧怍之意,并突显当下无可言说的孤独。"无须辨识谁的车辆停驻庙前，三分钟的静默／灯光吸引了一群又一群带有稻香的喜庆飞虫。"庙前车辆和灯光吸引带稻香的飞虫，记忆里的庙会是欢腾的。而自己则是一棵长坏了的稗子，立于稻林中，又侥幸获得众神的宽恕。这里表达的是感恩，而这感恩，其实与神佛并无多少关系，一切归因于蒲团上虔诚跪拜的母亲。她时常这样跪地祈福，为自己的孩子，为自己的家庭，而这种爱和虔诚，本身就像照进庙堂的夕阳，会给她镀上一层不会褪色的神圣金辉。

《稗子》抒写对做人保持真诚的肯定与坚持。诗人忆及父亲教他如何拔掉稗子，走进稻禾的海，稻禾会缠绕住他，"每移动一步／都会留下一些悲壮的花絮"。在海一样的包围中，要识别一株稗草很难。识稗难，而在茫茫人海，识别真假更难。这是由对稗子思考而切进，暗示人与稗子间的相似。稗草，有与其外在不相称的巨大根系，而人类何尝不是有瞬息万变无从捉摸的复杂内心？诗人想到父亲的做法，发现一株稗草，果决地将其抛到岸上，任由落地的泥浆四下飞溅。这首诗结尾，表达一种信念——不做被父亲拔漏掉的稗子，而要做一颗稻，并保持本来就有的淡淡稻香。

《但愿人长久》以月亮为线索，表达对远方的思念和对爱的渴慕。首句照应"千里共婵娟"。用"高山上的月亮照亮高山，流水中的月亮／追逐流水"一句缠绕着表达，值得细加揣摩。月亮神秘，不可捉摸。诗人又对窗外的景致展开描述，还要偷听火车的声音。与后文相关联，应该是想表达对远方的向往。"风太轻了，难以载动远方的消息。"远方是遥远的，是不可抵达的。饮过几杯桂花酒，月亮开始在诗人心头晃动。广寒宫里的嫦娥，仰望星空的后羿，这些都是可以让我们联想到的传说。诗人"痴痴地盯着她，像盯一件久违的瓷器"，这时，瓷器之哑光与月光重叠，也与远方的爱人重合。这首诗语言简洁，用词清新，唯美抒情中，内里的层次是比较丰富的。

《我确信我照亮了一个人》颇有禅意。诗人欲将心事打成蝴蝶结，希望心事彻底消失，可心事像蝴蝶一样不断飞回，且沾上潮湿，带着苦难和孤独，它沉重，难以摆脱。不过，好在还有月亮，月亮会照亮这些潮湿、苦难、孤独，她具备神奇的愈合力量。"她照亮了我，照亮了那些平常难以深入的迷途"，这是感激与依赖。月亮照亮我，而我也应借着这圣洁之光，去照亮周围，"照亮泪痕，照亮疾病，照亮那些悬浮人世的虚空繁华"。全诗语言流畅晓白，抒情性很强而又深蓄哲思，闪现出人文主义光彩。

《不相信》一诗通过列举一系列看似不可思议的事，表达对世界的怀疑和对人性的探究。语言有反讽意味，幽默而富有想象力，也展示出诗人看世界时偶尔冷峻的一面。《间隙之二》同样简洁明了，用词精准，充满哲理和思辨气息，通过描述不同场景与感受，表达对生命、对世界的思索。《间隙之四》回忆妈妈的故事，表达对生活的感悟和对亲情的珍视。诗语言平实朴素，有细节有深情，包含诗人对家庭和生活的深刻理解。

总的说来，许洁的诗充满独特的感性力量，扎根于自身的深刻体验，演化出一首首质量上佳的诗作。其诗生动鲜活地传达出苦闷、挣扎和无奈，同时，也传递出更多的美好与期许。

简洁的语言，却能抒发大部分普通人拥有而又被隐藏的深沉情感，这就是诗。

让我们重新读他的句子——"我宁愿落叶是一枚尖锐的铁蒺藜"。我相信，他的诗会引起更多读者内心的共鸣与游思。

许洁：安徽宿松人，常居合肥、泉州两地。媒体广告人。主编民刊《翼象》《安徽诗歌》。著有诗集《玻璃那边的风》《哑巴店》。

明月印在我们心底

　　自收到皖西诗人凡墨的诗稿，一晃已月余。其间，我一直受琐务纠缠，心有羁绊，总不能沉心细读，就更不敢轻易下笔，直至这中秋在恍恍惚惚间过去。

一

　　一贯以为，所有恶俗中，最大的恶俗就是装模作样，那是写作者的第一大忌。写作务必率性真诚，于天然中得趣着意，于执着中求索守道。传统诗学就存在太多的矫饰虚伪成分，一直阻碍诗歌的进一步飞跃。没有赤裸裸的人生直露、本真率意的流淌，就算形式上再前卫再华美，也不可能写出真实的诗歌，其作者更不会成为真正意义上的诗人。而没有执着，就不会在本真的道路上走向远方，不能进入古往今来优秀诗人的行列。

　　观凡墨诗作，我觉得其诗已得本真和执着的要义。

　　凡墨的诗给我的印象是极有灵气，有过人的才情，情感饱满细腻，时而柔肠百转缠绵悱恻，时而热烈如火奔放自如，簪花妙笔能生出大片的桃之夭夭，又或一池莲花忽开，那铅华洗净，呈现端庄宁静之意。语言给人总的印象是清新纯美，轻盈自在，色彩鲜明。我确信，凡墨对真善美的本真追求，使得她与诗作正逐渐统一起来。凡墨的诗大多为短制，我也觉得，诗还是应当从简、瘦入手，无论何种见解感悟，到笔下均应变成天然之趣。

二

  凡墨的这本诗集共录诗 101 首，分四部分归辑，各为"雅歌""素心""微雪""烟火"，听琴声而知雅意，听这四辑的名称便大体可以揣测内容与情感倾向之一二。

  "无花果树的果子渐渐成熟，葡萄树开花放香。我的佳偶，我的美人，起来，与我同去。"这是出自《圣经·旧约》的句子，传说所罗门王曾借动植物谱写赞美诗《雅歌》，试图借此来表达爱的真意——它囊括万类，是短暂与永恒的共存，是欢欣与痛苦的交织，是深蓄至理的神示。凡墨的"雅歌"也取材于大自然的水陆草木之花，许多诗作堪称情理兼备的咏物佳作，诸如春睡未醒的海棠、带着淡淡愁怨的丁香、欺霜胜雪的满树梨花、亭亭净植的绿荷……大部分诗作清新、小巧，善于一咏三叹，能在狭小空间里回旋自如，作飞燕掌上舞，其诗意跳荡，修辞灵活多变，语言细腻敏锐。有时候，简单的一个词就能把一个场景激活，譬如《春天来访》中的"慌乱"，把夜来风雨一地落英的美好写得颇为到位。自然之物在凡墨笔下似乎都被赋予丰富的情味，当我们潜心去读凡墨的"雅歌"时，仿佛立身于微风中的深谷，那里开满了各色的花朵。

  江淹在他的一首拟古作中写道："素心正如此，开径望三益。"这是借元亮先生闭门南山，来写自己的日常交友。凡墨诗集的第二部分几乎都是怀人佳作，或亲人朋友，或消逝于岁潮的古人，或时下俊彦。本真之诗，少有掩饰。素心如水，可照人心，故取"素心"二字为名。在凡墨笔下，炽烈的亲情、友情、爱情被近乎完美地加以诠释抒发，从《与父书》中丧父的椎心之痛，到《母亲的白发》中对鬓染秋霜的母亲深深的愧疚，再到《爱》里带有浓烈自白色彩的感怀伤时、《情话》等诗作的相思刻骨，均让人倍感浮世造化弄人，这浮生不如意之事常八九！在"素心"中，凡墨极富深情的语句仿佛不是经过精雕细琢，而是本就在那里，而今不过是从心底缓缓地流淌出来罢了。当然，这一部分中也有少数应景之作，只是技法与语言让人不觉俗气，甚至有耳目一新之感，尤为难得。诗必有情，有至情至性，用心专一，才可能写出伟大的诗作。

"微雪"一辑更见纯粹，禅悟静修，多为孤独宁静之作。取意纷飞之细雪，浮落于万物之上，又迅速消融，化为心中一片空明清凉之意。譬如《繁花不惊》中"穿越繁花，我遇到了另一个 / 纯粹的我"，是本我与超我的重逢；而《避开喧嚣》中，"在逆风的塘心，我避开所有喧嚣 / 站成一株安静的荷"，则写出自己希望远离是非纷扰，保持自省与独立的态度；《空》一诗中，化身为一株小草，写出心灵的涅槃，对肉身之欲的剔除，那是"欲望越来越淡，时光越来越轻"。诗若有思，必具世间最深邃的光芒，必具最强的穿透黑夜的神力。"微雪"一辑中随处可见这样优雅而富有智性之光的诗作，这些细小微物中透出的真意，最能呈现诗人清洁内心世界的微雪光芒，那也是《静》中"苔藓深深，阳光细细"的无限美好。

"烟火"一辑语言优雅可人，情感体验更微妙细腻。烟火在诗人这里意味着瞬间的闪烁，在夜空中明亮变幻，它们是那般美好。那黯淡的青春是烟火，涉水而来的背影是烟火，草丛里蛰伏的蛙鸣是烟火，在天空飞来飞去的那只灰鸟同样是烟火……在《谈一场朴素的恋爱》中，诗人写自己的诗与梦想之爱；在《扁舟》一诗中，通感手法运用自如，构思也巧妙，取义扁舟与月亮的相似，看月光缓缓钩沉往事，仿佛扁舟之楫划破宁静的水面。"烟火"中，还有诗人对皖西大地的诚挚深情，她笔下的河流山川都富有人情味。

三

东坡有语："天真烂漫是吾师。"这话说的既是书法，也是诗词。

凡墨向往纯真，爱一切美好的事物，仿佛她麻花辫下的栀子花，这完全出于一种天真烂漫之心。我确信她在尘俗间只希望得一知心人，能一直被呵护被理解。同时，凡墨的诗中又流露出一种畏，那是《我越来越像一株无根植物》中对孤独的畏、对人群的畏，这使她的诗作往往散佚着"淡淡忧伤，淡淡的紫丁香的芬芳"。

我相信，诗歌只是人生探求终极意义的道路之一，在此道前行，唯有极尽虔诚，方能窥知天道玄微。诗向来有道器之争、体用之辩。其实仔细想想，都不那么重要，重要的还是我们的心境，是我们能否顺乎本心地选择诗意地生活。就如，即便有雨，明月也必自东南浮起，皎皎然、淡淡然，虽生于尘世、朗照尘世，却又全非尘世凡物。

诗歌，就是我们的明月，必将永印我们心底，远比摩崖上的石刻更清晰动人。

是为序。

2015 年 10 月 1 日

凡墨：女，中国诗歌学会会员、中国诗词协会会员、安徽省作家协会会员。作品散见于《中国艺术报》《中国文学》《星星》《诗歌月刊》《中国诗歌》《绿风》《诗潮》《诗选刊》《安徽日报》《湖南日报》《安徽文学》《南飞燕》等报刊，作品入选国内外多种选本，多次荣获全国原创诗赛大奖。著有个人诗集《紫笺上的呼吸》《半指月光》《一笑如禅》，散文集《繁花不惊》等。

春在乱花深处鸟声中

　　我们一路沿缓坡前行，途经山间一块凹地时，农家麦苗已是青葱秀拔，麦粒鼓绽。诗人沈光兵说，你们看，多么美好！这些麦苗恰似少女在跳舞啊。

　　身为公职人员的沈光兵语速平稳舒缓，但无疑是个性情中人，举手投足间能感受到他待友之诚以及内蓄的诗歌气质。沈光兵业余时间从事编辑工作，因为经常接触诗歌，最后竟一发不可收拾地喜欢上了诗歌。近几年，光兵先后在各级各类报刊发表诗作50余首，当然更重要的是，他的诗艺正不断走向纯熟。

　　诗集《行进与幻灭》就是沈光兵十年读诗写诗结成的一枚丹果，收录其诗作130余首。诗集分四个板块，分别为"光阴的重量""青春的记忆""乡村的怀想""沉落的夕阳"。其题材广泛，大多取于日常生活，思想内蕴深刻，主题多元，从技法上看，精擅于传统手法的运用，往往不设门槛，作品气脉贯通，有浓郁的抒情色彩。

　　《站在东武村的农家别墅上》一诗可媲美何其芳的《秋天》，缓缓流淌的溪涧、金色的稻谷、夕阳余晖中的果园、熟落的瓜果、收割机的犁头，还有农家妇女以及思恋中的少女，由此又忆及春天明澈的溪水、老水井、那些旋舞的燕子和妩媚的柳枝……这些景物组合成一幅幅静谧的乡村画卷。《初夏的黄昏雨》则颇有徐志摩《再别康桥》的风格，在描写抒情上层叠累进。《春，如杨树般茂盛》，则取义《雨巷》，收放自然。

　　除大量灵活运用铺排手法外，不少诗作能注意巧妙运用对比与博喻的修辞手法。《飞向南岸（外一首）》中，诗人抵达南岸，眼中一轮皓月，但他无法忘记那北岸乡村院落里红熟的柿子。《车前子颂》则告诉我们不可以貌取物，最普通不过的车前草却是治疗痛风顽疾的良药……沈光兵的诗不乏机敏，《二月牧歌》委婉表达了诗人对执着的追求，路遥也要惜马力。《改变》中，诗人说"我不再说些什么，变得更加神闲／我知道已经没有任何事物／能够改变我的气息／那些与你一样栀子花般幽微的气息"。

　　总体来说，其诗作给我强烈的油画印象，金色与玫红交错，唯美色彩异常鲜明。其语言在精雕细琢中闪烁着细腻、婉约的光芒，并在细腻中透着奔放，婉约中透出深沉，显然都早已渗透进了沈光兵独特的生命体验，饱蘸着生活的激情，就如山间缓坡一般承载了他眼中的无限美景和盈盈满怀的诗意。我确信，翻开《行进与幻灭》这部诗集后，你肯定能找到自己喜欢的作品。

　　沈光兵诗歌之路虽行之未久，却如四顶山林间的山道渐行渐远、渐行渐深，其作品的诗意趣味日显纯粹。

　　前方道路分岔，一条通向林木深秀的山巅，另一条则直抵湖边的卵石滩，最终，我们还是选择了向湖滩而去的沙石小径，它幽静曲折但并不漫长。忽而想到世间纷纭，分歧难免，但往往又殊途同归。诗道邈远，当然更是如此，在我们面前就有着许多条林中路。沈光兵认为诗歌应当简洁明了，不宜隐晦，且应具备闻一多等人所提倡的节奏韵律之美，这无疑是不少诗歌先贤选择过的道路，相信光兵应该可以坚定地走下去。

　　遥想李唐王朝数百年，上自帝王将相，下至贩夫走卒，均不乏率性吟咏成句之辈。一个所谓的诗歌大国，关键还是应看芸芸大众心中是否还广泛留存诗意。只要心存一点诗意，即便在俗世间蝇营狗苟，也离道不远。如果能不离诗心地读诗、写诗，甚至以诗之心处事做人，最终也可以将自身写成一首佳作。

　　暮霞流散，晚潮跃金，层层叠叠，似永无穷尽地从时间里涌来。看这云霞变幻湖水动荡殊无常形，也想到诗文也无定法。追思唐人诗写，他们极重意趣，认为意趣生则境界出则法相无穷。其实，诗从不缺乏意趣，就如这四顶山下的北岸，唐以前就早已是每日里云卷云舒、潮起潮落，我们眼前的几点沙鸥、一片轻帆，或许都是传自古远的佳句吧。

　　读到诗人沈光兵的一句"我无法用长绳系日把春天留住／就像无法阻止渐渐丛生的白发"，举首窗外，春在乱花深处鸟声中……

2013 年暮春

　　沈光兵：安徽省作家协会会员，肥东县作协副主席，肥东县残联副理事长。著有诗集《行进与幻灭》。

你站在何处，你就深深地挖掘

围墙和办公楼之间，是鹅卵石铺就的小径。琐务之余，我时常在这落叶与树影统治的世界里独自散步。尼采、海德格尔、梭罗等前贤都曾借助这种散步之径，踏入永无止境的思辨之河。

月色蒙尘，轻如无物。而日常经验却总是指向一点：世界极度复杂，生活荒谬难解，无限沉重，在平静的表象下始终潜藏着暗流。譬如，健全的身体随时会遭遇不测。引以为豪的坚韧，在外部作用力下表现出脆弱。这也决定了每个人都是潜在的伤者，都是显性或潜在的身体心灵的残缺不全者。如何消解这种沉重，抵消个体的无力？写作，无疑是一种方式。

一

田晓华喜欢散步，喜欢写作。穿过广场舞喧闹的小区，漫步于长风鼓荡的海岸，在喧腾的河边吸烟，在宁静的道旁小憩。诗人在行走间不断观察、思考、提炼，留下《乌鸦布阵》《马达加斯加 34 号公路》这样轻盈而独特的足印。

《乌鸦布阵》是田晓华习诗十年的路标。有工作剪影，有形而上学的追问，有面向物质世界的沉思，有自性孤独的闪光，有师法俳句在形式上的努力。将个人情感历程、对人生激流中个体浪花的速写、对人与自然复杂关系的解读，熔铸一体，构成诗集《乌鸦布阵》的丰富。

　　田晓华最具特色的诗作与他的职业有着密切关联。生活中的田晓华是一位出色的骨外科专家，每天闻到的多是福尔马林溶液的气味，所见的多是血淋淋的伤口、繁密如枝的骨骼造影。有人会认为，诗的一个目的是表现美，而手术台上的冰冷、精密运作的机械……一群人被各种规则限制着，小心翼翼窥探着身体的秘密，甚至一定程度上决定着他人的命运，那么，这种工作有美可言吗？显然，田晓华没有把对美的理解局限在传统审美的范围内，没有视身体为不可解读的秘密。他认为自己的工作就是美的，自己的职业其实就是园林工匠、塑形师，是给果树修枝剪丫。手术台上，血肉分离后露出脉管，露出折断甚至粉碎的骨头。他用细如游丝的刀锋、闪烁寒气的锉骨锯、反复计算后选择的接骨材料，对身体进行精确的校正，使之修复还原。这就是美的塑造过程。

　　《乌鸦布阵》有手术般的节奏，时快时慢，在词语的繁简、堆叠与消减上做出了自己的努力。智性语言通过有节制的表达，获取了如手术刀般贯通日常生活肌理的穿透力。诗人的个人体验独特鲜明，令人震撼，在入微传神的描摹中渗透了思辨反刍的力量，使髓浆涌出也灿烂如花。同时，他的作品还能跳出简单的个人经验层面，将境界上升至可激起心灵波澜的集体共鸣。

　　田晓华在擦拭浸上脚背鲜血的手术刀时，无意中流露了鲁迅式的写作理想。身体有疾，不得已需借助锋利的手术刀来祛除病灶。时代有疾，思考与写作在一定程度上可以适当医治时代的恶疾。写作者如有使命在身的话，解剖生活现象、探求存在真相或许能归为其一。

　　《马达加斯加 34 号公路》是诗人远游非洲后写下的长诗，以游记体方式展开，意象近于闪念。这是田晓华的见闻与内心瞬间触动的融合，在细腻处足以打动读者，是田晓华的又一代表作。其语言精雕细琢，在浓郁的异域风情中透射出我们熟悉的人性闪光，那是苦难世界不断涌现的挣扎与无可奈何。如淘金者短章写出对当地人未来命运的关切，那些努力求活的人不得不以牺牲健康、牺牲肥沃的土地、牺牲原始生态为代价来换取生存的筹码。诗人深入非洲之旅，切开大地的肌理，再次洞见生活真实的筋骨，发现其中蕴藏着巨大史诗般的悲情矿藏。

如磁力线，无形边界客观存在。特殊、另类、异质的体验，会构成写作与阅读的黑洞力量，将我们从同质化阅读的疲惫中吸引过去。田晓华的诗辨识度较高，这与题材的独特新颖是分不开的，他的手术室题材填补了当代汉语诗歌的一个空白。事实上，题材的选择完全取决于我们对诗的理解程度。从某种程度来说，题材是个无限存量概念，大到浩渺宇宙，小到微尘，都可入诗，都可诞生好诗。世界复杂混沌，表象之下又有着难以分割的联系。通常，那些点上存在的问题也会在面上展开。如一滴水，洇在纸上，开始毛细运动，慢慢演化为神秘的斑点。荷尔蒙、内啡肽作用下的身体，何尝不是斑斓驳杂的宇宙中一个秘密的意象群体呢？

客观世界是否协调完美，始终是个无从论辩的话题。但田晓华的诗歌写出了一种不协调感，手术台上的血淋淋，悬挂油画的墙体隔壁正进行的豪赌，悬挂于路边的手工艺品无人问津，灰尘一样被逐一扬起。而这些，同样是我们无法回避的生活真实面。田晓华的诗色调斑斓，稍显驳杂，或与趣味有关，内有鸟雀振翅之音，也有林木静谧的垂影，心灵空间很广阔，揳入了知性、忏悔、孤独和对自由的渴求。我们可以在他的诗里找到复杂矛盾的有机成分：简约与丰富、冷静与激烈、调侃与虔诚、虚无与皈依、执拗与超脱、冷漠与悲悯、细微与宏大。

诗歌也有它的骨骼，那就是结构，好诗的结构浑然天成，刻意中达到微妙和谐统一。诗人努力的目标之一就是要接近这唯一。而骨与骨之间的连接，是天成设计，也是不断适应外部选择的结果。同时，也包含着稳定性和可变性的矛盾。借助严谨的观察和实践，给神秘的运行赋予一套言说系统，我们可以将两种模式融合起来，引入对诗结构的理解。

田晓华的作品大多结构处理巧妙，甚至夹杂了一些新小说的结构处理技巧。终能使看似不具美感之物，无所用心地呈现出崭新的美。

其实，诗歌最触动人的地方往往不是什么主题或情怀，而是那些不经意的多义化的小细节，它们无意间担当着一首诗的关节。

现代生活高度的复杂性，题材的无限拓展，思辨的无限深入，决定了现代诗不必也不能受制于简单的表音节律。而内在的情思自然涌动必然形成诗歌的节奏，如胸腔以下的跳动，脉搏之间的潮汐，骨骼间自然完成的运转。田晓华的诗节奏缓慢，有散文化倾向。如旷野漫步，荒草寒塘、炊烟落日移步成景，他凝视树木，也如凝视身体内的骨骼。其实，这就是诗人的心灵图景。

二

窗帘上一滴墨汁，年深日久，已经变成一只振翅疾飞的鹰。

语言洗练是一种技术，需时间积累而臻于完善，正如医生要做到随心所欲地控制手中的刀来祛除病灶，必经漫长的习练过程。精确是技艺习练的必由之路，但手熟只是第一步。技艺还必须追随精神专注力和理解力的增长而不断提升境界。其实，写作真正的局限在于思想的局限。这山道万千，尽指巅顶。那诸般技艺研磨到极致，也诸法相通。用刀而至人器合一、目无全牛。诗亦然，诗写的方向也在于和人最终达成高度的一致。

写诗者，要反复审视一个简单的日常语词及借之描述的情境，借感觉分析来重构现实。日常语言附加的经验，让人类对内外世界的基本认知经验最后都沉淀于日常语言的内部，它们微妙、芜乱，藕断丝连，附着力强大。在诗歌场域的语言不能视精准为表达的实用目标，我们有时会发现精准、优美的语言往往没有一把止血钳更有效。最终，精确反而不及模糊，如晨雾中汇集江水、修竹、泳者……以及立于江边彻夜无眠的观者内心的波澜，这些日常丰富的元素都汇聚于模糊的晨雾，在芜乱中达到多义。

诗一方面来自坚持不懈的习得，另一方面也包含自然天成的印记。这印记，是人对诗歌本能的热爱。人到中年开始习诗，需要极大的勇气和热情。田晓华的写作里涌动着发自内心地对诗歌的巨大热忱、对文字的恒久情结，这才是他写作的最重要动力。虽说学诗宜早，但老来学诗有成的人也不在少数。我更相信，一颗诗心要经时光淬炼始终保持赤诚才更可贵。只要一颗心活泼，不被世俗所影响，那每个人都可成为真正的诗人。真正具备诗心的人，才能与诗天然契合，万事万物都可入诗，黄发之期不改初衷。而田晓华应该就有这样一颗虔诚的诗心。

光影、鹅卵石小径、路篱的包围，构成属于"我"的道路。而雾气消散后突然迸发的月光惊得广玉兰树丛中栖息的鸟雀纷纷飞起，树叶密密响动和无声的鸟雀拍击翅膀的喧哗是如此之轻。

三

生活如这雾气流动，时快时慢，时清时浊。流动的光影，流动的知识、爱好、情绪……如此驳杂丰富的新旧力量交错，无疑是每个人和每个普通语词所面对的真实处境。

不以信仰为钙质的时代，人的精神容易骨折。面向纷乱世界的写作秩序应如何建立？诗歌具备了建立各种复杂秩序的充分可能。譬如，我们可以将现实危机悬置为镜，转而成为克服困境的力量。诗歌的价值在于星空浩瀚，流星轻快而灿烂地划破死寂。

小说家卡尔维诺提出以写作之"轻"来解决现实的沉重，米兰·昆德拉也在他的《小说的艺术》和《不能承受的生命之轻》中曲折地阐述了这种理念。任何写作者，如不能将生活转换为无限深究也不可完成的对象，那便难以深入这种"轻"。从某种意义上，也只有虔诚的写作者才能无限接近这"轻"。以写作减少外在的负重，遵从内心和自然的秩序，如散步者的随遇而安。

和骨外科一样，诗歌是严谨的事业。一个诗人成就的高低，并不是靠是否频繁参与活动或发表作品来评判。涵养内心，有对诗歌的虔诚，能不断提升心灵境界、拓展心灵容量才是最重要的。保持对世界的好奇，对一切可能性的触碰（可能性是写作诞生的契机，没有可能性的悬置，就没有深度写作的充分展开），这些是优秀诗人的共同特质。

对田晓华的写作，我还有一些期望。部分诗作沉淀周期较短，近乎随意的冲动。写作就是要尽力围绕自己熟悉的生活，围绕自己的独特体验建立一套言说体系，强指上可以做得更开阔。要重视滋养骨力，骨力是判断书法高下的标杆之一，能否力透纸背，能否起承转合自如间保持气息贯通，同时也可作为好诗的内在标准。精致的语言，必须灌注灵气，正如接骨木连接起来的断骨需血脉滋养才能融为身体的一部分。

总之，于术，趋向精微绝妙；于境，逐渐混沌涵容，从刻意为之走向自然天成。我相信，经过勤奋努力，诗人田晓华必将无限趋近或最终达到这个境界。

近处的水杉和鸟雀的翅膀在夜晚融为一体，远处，每棵杨树的枝丫都带着仅属自己的天然形态，难以模仿。鸟雀正在高飞，它们轻快地存在于这个沉重的世界。尼采在一首轻灵的哲理诗中，概括了我用烦冗文字勉力表述的意思——"你站在何处，你就深深地挖掘"。

田晓华：安徽人。生于 1960 年。主任医师，教授。合肥市专业技术人员拔尖人才。出版有诗集《乌鸦布阵》《田晓华短诗选》。

群山怀抱中的湖水

今夏南方大雨，洪水肆虐，皖南太平湖的水位也达到历史高点。上一次见它，是去桃花潭途中，道左低矮的山丘间，它惊鸿一瞥地向我闪光。再早些，便是黄山诗人汪朝晖陪我及诸友专程前往太平湖。朝晖兄亲自驾车，面包车穿过晨雾与山岚，在起伏盘旋的山道上奔行许久，一路抵及太平湖岸。随后，他悉心安排好渡轮载我们纵穿太平湖浩渺的水面，自己则驾车绕山道至北岸等候。回想起来，这种深情厚谊绝不亚于踏歌古岸的汪伦。那次相聚甚欢，我和朝晖同住一室，谈诗论艺直至翌日凌晨。如今忆起，恍如昨日。

一别数年，各自奔忙，除约稿或逢年过节外彼此少有联系。不久前，朝晖兄再次联系我，言及一家刊物要为他出个专版，特嘱我为他的新作写一篇简评。我素知自己文笔拙钝，近年来受公务俗事困扰，写作精力常有不济，词不达意的情况屡有发生。而朝晖兄要我写评，实是出自兄弟间的由衷信任。

读汪朝晖的诗，第一首《春景》便让我感觉眼前一亮。

春天在一个人的身后

他转过来，昙花开过了

他转过去，青草长了三尺高

他满肚子的话，是春天未说出的谎言

他把所谓的谎言，抛向平静的水面

这使水鸟飞起

群鱼"哗"地一下向四周散去

《春景》这首诗的主题并不复杂,抒发的是春天走远,诗人的伤逝。他转过身,看见美好的岁月与情怀如昙花般凋谢。而年年草木,依然从旧处生出,无情地稠密生长着。诗人的春天难再,那些未曾脱口说出的内心悸动,已成为缓慢积淀下来的沉重。他对着平静的湖面,试图喊出来,释放这些沉重,却惊散了近处的水鸟和鱼群。我从《春景》一诗能清晰地看见,汪朝晖的诗较以前有很大变化。诗艺上有了质的飞跃,一改早先稍显浮泛唯美的线性描述和警语随感式诗体,在语言表达上更为随性自如,逐渐触及一种微妙深刻的混沌。而他在无意间,也引发了我对一些诗学基本问题的思考。

每个人都只能活他自己,而好的并且让人耳目一新的诗歌文本也是这样,须有鲜明的个体色彩。没有个人体验的写作看似外壳精致,其实只是流水线上的工业品,或装腔作势的赝品。而个人的体验即便是粗糙的,也会因它的真实而抵消艺术层面上的少数瑕疵。

汪朝晖所有的选诗都有他个人体验的独特烙印,也因为他的独特性,如今想全面剖析他的诗歌是很难的。在这里,我仍然采取传统的方式,仅从题材内容角度选取他的部分诗作,强行归类,并做些粗略解析,以便不熟悉当代诗歌的读者能有一个进入其诗的柴门。

汪朝晖的体验来自他单调的工作、日常生活、情感记忆、宗教情结等诸多方面,包含他对生命意义的追问、对现代文明与生活方式的反思和对理想的追求。而这些,如同多角度射入的光线,增添了汪朝晖作品的丰富性。

一

汪朝晖这一组作品中,与《春景》类似的感怀追思,表现自然人情之美的作品数量很多，让人印象深刻。

《四月梨花》是诗人在兴村观赏梨花后的感触。诗人眼里的梨花是“高阔宁静”的，开车的城里人来此与梨花留影，就是期望从梨花中获得短暂的安宁。诗人由梨花想到梨花带雨，并进而追问雨水与河水的前世今生，这也是问他自己。他回忆幼年时看到的四月梨花，在村口“点亮”，照亮了马路。那“白净净的”梨花会让自己“束手无策地”腼腆着。诗到这里收束，该是暗含更深的某种隐喻。

《记忆》一诗的开始两句都是神来之笔，有超然尘俗的气息。“山中的我们只是依然在卷动着绿波 / 向上，有时会露出 / 绳索一样的小路 / 一直牵着下面的村庄，一直要把它 / 丈量至山顶云深处。”诗人看见山崖上摇曳的映山红，古旧的摩崖石刻或斑斑苍苔的碑石，觉得这些仿佛就是过去的自己留下的痕迹。这首诗里的“我们”，有广泛指代的模糊趣味。

清明时节，鸽子在晨光里飞动，蒙蒙雨雾在花瓣上聚集成雨滴，滑落在阴阳两隔的墓碑上。这雨滴何尝不是泪水！那些曾鲜活存在的人，如今已永远消失，而“他”又曾有过很多启示自己的“金子般的思想”。生者在默默吸烟中追念，想象那个再也无法见到的亲人也在“界碑”的另一方吸着烟，这种想象让“他”的内心充满悲伤。（《清明》）

汪朝晖对怀人题材把握得极其到位。《湖边》就是一首典型的怀人诗，写给朋友诗人管党生，那是一位敏感率真、急躁易怒的诗人，他来皖南做客，便爱上这里的湖水，甚至希望能葬身湖底，哪怕是被鱼吃掉。他吃鱼时的笑是天真的，也包含自我揶揄的意味。不过，人间冷暖变迁，一位诗人并没有什么改变物质世界的力量。湖水的水位、波浪线、空气质量都没有因他离开而发生任何变化，所有的一切都在周而复始地循环，如同睿智的古希腊历史学家希罗多德所言：太阳底下，本就没有新鲜事。

《可遇》如题，或许暗喻可遇而不可求的一段邂逅。“她”的纤纤玉指如立于水中的十只仙鹤，在诗人的蒙眬睡意里会幻化而出，但又最终在现实的空气、光、人群里消失。对诗人而言，那双手如木偶般没有情感的气息，只能努力忘却。与此相似的诗作还有《蝴蝶》，它的美留在诗人的透明玻璃中，它与桃花都属于已经逝去的季节，都属于转瞬即逝的美，如今只剩下诗人的惘然和"空空的追忆"。

节日会钩沉我们的记忆，《我们》一诗写自己在端午前与老兄弟们聚会，他们有着劳作带来的朴实而衰老的面孔。推杯换盏面带酡红中，往事复现，兄弟旧情如又一年潮汛来临，江水般汹涌。

诗人的历史视野很广阔，览物之情中包含自己的特殊思考。

《无字可书》里那座老房子曾经是个衙门，而如今，旧时衙门已只剩下衰朽的空楼，曾在这里存在过的贵人富翁、漂亮女人，如今都已杳然无迹，只剩楼侧光秃秃的枝丫伸向苍茫的天空。是啊！没有新的历史，当然也就无字可书。

《圆明园》一诗，诗人用戏谑的口吻，写自己游览圆明园，感受着断石上滚烫的余火，也感悟到圆明园的"故事很冷"。这座清朝皇家最为庞大的离宫，修建时耗费巨大的财力物力，却在潭水也无法扑灭的一场大火中化为断壁残垣。诗人觉得，这一切与皇帝的昏聩无能和当道小人阿谀奉承密切相关。

《万寿山下》一诗语言极为优雅，如起句"烟波于心，垂柳在眉，我遵一条长廊能回到江南／松柏长出凤凰相，凤凰远去"，寥寥几语，便把万寿山的四季长廊美景描摹得如一幅画卷，这是诗人写作功力的自然呈现。此诗的巧妙在于，诗人还拟了一段场景，那是慈禧太后对李莲英的问话，颇有情趣，也把这个颇具争议的历史人物侧影给勾画了出来。

《画梅》中，诗人心生怀古幽情，那青山倒映于江面，没有驶过的轻帆，江面平静如桌，只有偶尔跳出水面的鱼，而那画中之梅也是他视野中的屋外之梅。

二

汪朝晖心存慈悲，有佛性慧根，经常纳自然旨趣和禅理入诗。

《为了春天》是写诗人开车过路卡，下车专为道旁正在萌芽的春天驻足片刻。草木伸展，竹笋拔尖，溪水汇成绿潭，还有恍惚间来自旧年夏季的虫鸣。有人在木桩上打扑克，闲情超然。这些生活即景很有韵味，耐得住咀嚼。

《听潮》则写诗人在初春饮酒至微醺，听潮于古桥头。获得宁静的诗人，其快意如水中细鱼，满眼都是诗句。河滩乱石、桥洞的白草，似乎一切都在静候一场繁花的盛开。

《寻问》一诗，虚构与虚"无"是该诗趣味所在。诗人的寻问有寻路和求示之意。诗人在俗世走了很远，只为靠近一座寺门紧闭的小庙。见到"一位健壮的和尚一边锄地，一边从围墙上浮起身体"，这位僧人在世俗之外，却用最世俗的方式来回应诗人，询问来由。诗在此处没有继续纠缠，而是笔锋一转，写自己屋顶上的灰尘和归途上经不起大风的旧桥。这难免让人联想到晋人王质的烂柯典故，而纹丝不动的江水或许暗示了时间在记忆里的滞留。

《空》一诗谈万物归寂，诸法皆空。诗人在寺院看见祈愿香火缭绕中的竹子，洞悉世人的面壁与焚烧，不过为了满足世俗欲望而已，不由得希望获得佛家随念搬动的大神通，将生于俗世的竹子悬置虚空，让世人看到竹之虚空、叶之虚空、影之虚空、偶像之虚空，让人深省欲念、祈愿和物质的虚无。

《大雪花》一诗中，大雪缓慢飘落，诗人想到灼灼桃花，想到这种缓慢飘落如应在桃花身上，世人必然对桃花无限痴迷，仿佛惊世的红颜难以衰老。而诗人在这里欲说的其实是"相"，他认为慢只是假象，用心观雪的你可以凭迅速厚积起来的雪堆勘破慢的假象。而诗人每日的诵经声也是这样，看似缓慢，实际上迅速地累积着功德。在快速流逝的时间里，诗人的身子"在雪花中游移不定"。而天空低矮，离诗人总是很近。

《谋》是一首混沌有趣的诗，似乎写的是蝴蝶效应、肌肤、皮球、云，以及开始萌芽的树木，这些看似互不关联的事物，在诗人强指下产生了一种神秘的聚合效应。可以说，这是一首非常值得研究的诗。

《习性》一诗围绕着缘，诗人自言深知江水的习性，却不知桃花与桂花的习性，只因它们随时会撤走，两相不可知下，还不如没有那种缘起。

《我看见的树》中，本喻体互相指涉滑动，树的分枝与左右手的指头形成互喻，与此一致的还有绿叶红花与脸及微笑之间的自然关联。诗的第三节中的"他"，应该也是指诗人自身，与滚滚而去的江水是否也存在某种互喻关系，这就显得颇为模糊了，而禅意，何尝没有模糊的一面？也许，这一点恰恰是如今汪朝晖诗歌的趣味性之所在。

三

他的不少诗作也是对现代文明与生活方式的反省。

《秋风堤岸》这首诗如同秋风一样轻盈，古老的秋风无影无形，它"比典故轻"。这世界不断变迁，诗人站在江堤，眺望江水苍茫，鸟雀纷飞像同样无影无形的电波，远处缓慢移动的捞沙船、寺庙里的塔，让诗人试图从口中吐出秋风一样恒久的诗句。

《公园里》是一幅清晨掠影，年轻母亲，两个孩子，钓鱼者，集市方向走来的人，长椅上的黑手套……诗人似乎要诠释什么。或许，在诗人眼中，世界早已丧尸遍布，世人存在着普遍的怨怼情绪。"冷而硬"的不是湖岸，而是一张张写满抱怨的冷漠的脸，世人所追求的只不过是垂钓效果的最大化。

《这个下午》是卡夫卡小说作品的诗歌化，诗人觉得自己在这个物欲横流的世界被工具化、被高度异化了，而周围的亲友同事又何尝不是如此！一个活生生的人已被简化至有用或者无用，这无疑就是泛滥无节制的实用主义！诗人是那个能忽然停滞下来的机器，"我放空自己／放空整个赖以生活的皖南。虚怀。入谷"。他希望脱离樊笼回到旧林，看鸟雀虎狼在山野里自在，一颗心能像云朵一样自在飘浮。

《我用勺子舀起的》一诗机智，诗人打捞这些沉浸于黑色的事物，他用银质的勺子，一点一点亮出。这是诗人自己腌制酸菜的过程中，对这果腹的酸菜和填不满腌菜坛心生感慨。是啊，人的欲望是物质填补不了的，就仿佛这个"世界却是它们填不了的坛子"。

诗歌是一种自救。而汪朝晖的诗有一种达观，总能将他自己从难言的忧伤中拯救出来。《乐器手》中，月色如琴，诗人试图给世俗生活优雅定调，把诸多欲念传达得更加诗意，"做一名沉默的乐器手"，忘却一些旧的羁绊，"他表演，终于引来围观者"，而围观者是另一个"我"。

《去看雪松》是写给黄山松的赞美诗，万壑之上，临崖而生的雪松。大雪压住它们的绿枝，而它们无惧于此。诗人见到这些不由得惊叹，并想向它们倾诉自己的郁闷烦恼。诗人在诗中赋雪松以神明的通透，它们要诗人像"一只珍稀大鸟"一样飞起来，解除禁锢，忽略那些习惯窥视的世俗眼光。

《发现》一诗写作者内心的祈愿，他希望能成为一堵长长的墙壁，长至让树的影子能始终在墙壁上不断移动，山风吹过它们，哗啦啦作响。但诗人又是谦卑的，认为自己的经历、伤痛、曾经的情感体验、阅历、才智还没能达到这种高度。他只有寄望于人世所有一切，寄望过去、现在或未来。

《丢掉的》写出一种无奈。出租屋内，有厚积的尘灰，空空的啤酒瓶，散落的瓜子壳，墙上的痰斑。这出租屋是借喻肉身吗？诗人身体里有着

"铁"，这"铁"是一种执着的力量，但是现在已经丢掉。"铁"已经开始生锈，被拾荒者默默地捡去。而作为读者的我，是否也是这众多拾荒者之一呢？

《节气》，大暑日，急雨，狂风，台风来袭。诗人的生活中一直有偷窥者，只有劫难到来，他们才忙着自闭家门。这时的大海在狂风中应该激起层层叠叠的白花，这也暗喻，生命如此，不断迎接死亡与新生。诗人希望获取台风一样的力量，能不再畏惧讥谗诽谤。

《无》，哲理诗，通过天坛上的灯杆，表达孤独的意味。灯杆高高在上又空无一物，没有照亮它的，也没有膜拜它的，更没有慰藉它的，仿佛它的存在没有任何意义。

细雨中的聚秀湖，如同一面安静的镜子，照着一棵树、一位诗人。这片湖似乎没有过去，唯有秋叶缓慢坠落于湖面，湖水中的鱼早已厌烦湖的牢笼，却无法跳出这片湖水，只能围绕落叶吐出积压心底的气泡。它们在极静中寻求改变，不愿听从命运的摆布。（《聚秀湖》）

站台前瞬间，缓慢下来的我与火车，身体与空气摩擦，感受晨雾的微凉。诗人有自己坚持的方向——古城墙内外。（《站台前》）

四

当代汉诗大量吸收了其他语种及当代艺术美学观的营养，其外延、内涵都在不断拓展。诗歌语言在与外部世界的联系上出现更多更复杂的关系结构，旧有的传统诗学观的牢笼正在被破除拆解，一种更加自由混沌、无可无不可的诗写形态进入我们的视野。诗人汪朝晖所做的努力正是循着这个方向而去，且已踩出一些深深浅浅的脚印。

汪朝晖如今的诗能顾左右而言他，不滞于一点，总在不停做着跳跃。他也通过细节，来传达他内心的压抑感，以及对现实隐蔽与纠缠的思考。

这些处理方法，带来了虚实难辨的模糊性，笼罩着汪朝晖的诗歌。我确信这些年，诗人汪朝晖必然倾注心力于诗艺，在诗学领域一直潜心深挖，并通过禅修念经的一些特殊法门迅速达至写作上的某种顿悟。

离开记忆中的太平湖水已很久，我曾和等候着的诗人汪朝晖一同站在湖的北岸，看夕阳如羽箭，纷纷穿过西侧山峰的密林，密集地射进微微晃动的湖水，激起无数明亮的水花。

2016 年夏，大暑日

汪朝晖：1968 年出生，祖籍安徽歙县，现居黄山太平湖畔。安徽省作协会员，安徽省诗词协会现代诗工作委员会副主任。20 世纪 90 年代初习诗发诗，在《诗生活年选》《安徽文学》《鸭绿江》《华夏诗歌》《中国诗歌》等几十家报刊发表作品 200 多首，作品入选《安徽诗歌地理》，曾主编民刊《黄山诗学》。

成为一棵有思想的芦苇

书中无甲子。

冰解水散，一晃间，春日迟迟，河湾又已是蒹葭萋萋。前不久，收到友人刘应姣的散文集《低处的灯盏》，并受命作序。昼夜潜读之下，受益匪浅。作为爱读书的人，读到文采飞扬的作品，心中自然会有难以言明的快乐。

刘应姣，笔名翦婳，毛南族作家，祖籍黔南，现居安徽。

在中国少数民族中，毛南族总人口偏少，其族系可追溯至南方沿海的百越族群。一提百越，很多人就会想到"蛮夷""断发文身"。其实，百越族群自远古时就已有了自己的文明形态，且足以与黄河流域文明、长江流域文明并肩。毛南族人祖先在灾荒战乱中迁徙流变，后来散居于西南十万大山之中。今天，我们对这个民族的历史仍知之甚少，只能通过口头流传的神话传说、民间故事以及歌谣诗赋来猜度。但有一点可以确定，毛南族人似乎天生就有文艺禀赋，能歌善舞，且有不少散文诗歌传世。这应是刘应姣文学基因的重要来源。

刘应姣给我最突出的印象是散发着西南女子独特而弥足珍贵的精神气息——开朗、乐观、自信、真诚，在任何逆境中似乎都能倔强成长，如《诗经·周南》里摇曳于砾石淤泥间的芦苇，且又安然于水中汕上。

一

散文集《低处的灯盏》由九部分构成，分别是书影留痕、世象杂谈、旧喜新欢、放箸盘空、行旅见闻、黔山贵水、育儿手记、嗟我怀人、人间闲话。

顾名而思义。

刘应姣爱读书爱看电影，"书影留痕"一章是她读书观影的随感集。刘应姣读书深入，薄薄一本《诗经》，也能读出丰富的况味。《诗经》自汉以来有今文和古文的学派分歧，或偏重文学，或偏重文本。刘应姣的文本解读不仅充满感性，同时，一双慧眼还能发现《诗经》里深藏的悲欢离合，这就有了伦理学和现实意义。刘应姣读书注重细节，也关注思想要旨、关注人世冷暖，深有所感后成文。相比之下，我读书浮泛，经常求趣离旨、挂一漏万，确实落了下乘。刘应姣写的电影观感，也不是平面图解。譬如《樱桃》，是借以问天下儿女，有多少人真懂母爱，并能将反哺之意付诸行动。在噙泪看完电影《唐山大地震》后，她写出对灾难的辩证理解："虽然灾难不可避免，该承受的还得承受，但是，灾难也是人的老师……没有灾难，我们不会了解人性……"看完电影《生死朗读》，她写了《二战阴影中的畸恋悲歌》一文，从电影手法到电影的内涵、外延，都做了既个性又专业的评价，还提出了立意高远的命题：当个体命运与国家命运交织到一起的时候，个体应该如何看待"善与恶""罪与罚"。汉娜·阿伦特有"平庸之恶"的观点，其实，不论世界多么复杂，不论个体命运如何与利益纠缠不清，善良都应是人性的最后坚守……可以说，这些文章都是立体全息的心灵展示。

世象杂谈，记述身边小事，几乎都"小题大做"，以小见大。那近乡的情怯，平凡而又有力的野草的心跳，马路两旁树的幸福生活，以及生活在密码时代的焦虑困惑，简单日子平常心和优雅地老去的感悟，家乡的人和事、婆家琐事，都隐含着对现象的剖析与反刍……《近乡》一文，书写经历急遽变革发出撕裂阵痛的中国乡村：平静的田园生活被遗弃，肥沃的土地撂荒，喧闹的村庄凋敝，作者用饱含深情的笔触写出近乎失乐园的感伤迷茫："……一个村庄，说空就空了。许多仪式，说变就变了。很多熟识的人，说没就没了。剩一个空壳，立在那里，装着我很多念想、很多回忆。"她以悲天悯人之情为基调，以女性视角审视身边的草、身边的树，以细腻的笔触写出它们的灵性。《小草的心跳》一文，作者从路边的草、奶奶的草编，写到割草的姑姑的爱情，将自然的野草与童年的生活联系在一起，道出人与自然的和谐关系。对路边的狗尾巴草被割掉，作者也表现出深邃的悲悯，作者写道："傍晚时分，我看到行道树下，只剩光秃秃的草根。死亡、速朽、残败……无名的伤感侵袭心头，但是我只能将这些方块字，拼凑在此，希望这些文字能够化成《安魂曲》，献给它们。"从这样的文章里，我们能感受到作者强烈的自然主义倾向：对人类任意破坏和干预自然，并以自然的主宰自居的傲慢自大，她心有愧怍。在《树的幸福生活》一文中，当芜湖路上的梧桐树被过度保护，裹上草褥、绳索，披上红绸缎时，作者发出感慨："我想，作为梧桐树，能在充足的阳光里、在温暖的气候下、在肥沃湿润的土壤中完成生长的使命，这才是它本身需要的幸福。至于给树穿衣、缠绳、整容等等荒唐之举，无异于揠苗助长，扼杀生命。"这显然是对当下的急功近利和形式主义的强烈批判。

旧喜新欢，则是写与自己有关的物件，都以物为线，穿插往事，并由此阐发对生活的思考。譬如在《物件里的影迹和温暖》一文里，作者写了上学时丢过的两个书包。还有中考前夕，父亲把表脱下给她掌握时间以及考上学校后帮她买了一块上海牌手表等几件琐碎小事。在细节支撑和情感灌注下，写得细腻、真诚、感人。作者通过对这些物件的回忆，给我们展现了作者所经历的生活，似乎在告诉读者，我们舍不得丢弃过去的物件，并不是因为物件本身的价格，而是物件承载了无价的情感记忆。

民以食为天，"放箸盘空"一章着眼美食百味。作者和汪曾祺先生相似，对吃乐此不疲，走到哪儿吃到哪儿，且都记下了吃的细节和心得。在路边吃河粉、土豆粉，在饭店吃吴山贡鹅……在风波庄、在古井酒店……她都吃得津津有味，大有吃遍天下美食的架势。作者善吃，更善于写吃。《吃在风波庄》一文，潇洒万千，妙趣横生。这是一顿江湖气息浓郁的饭：菜单美其名曰"独门秘籍"，新菜品冠之为"风波新招"，吃饭成了"练功"，加菜也变成了"再来一招"。看邻桌情侣吃饭，变成"对面华山派下，早有一男一女两位大侠在那儿对着拆招，一会儿情意绵绵刀，一会儿眉来眼去剑，看了几招，别无新意"。一顿饭，吃的是刀光剑影、快意恩仇，实在是新鲜有趣。看了之后，连对吃没有什么兴趣的我也生出想要去一趟"风波庄"的念头，想体验一下这饮食的江湖。《砂锅土豆粉》一文，作者把寻常的土豆粉也写出了韵味："那小小的砂锅里，色彩可谓七彩斑斓：白嫩嫩圆滚滚的土豆粉，绿莹莹纤细细的香菜，浅黄黄薄丝丝的千张，红褐泛黑的海带，粉红椭圆的火腿肠，身材苗条的豆芽，小巧玲珑的鹌鹑蛋，配上大骨鸡炖的汤，掺上麻油和油辣椒，仅仅这么一看，满目春光乍现，嘴便馋得不行。"《吴山贡鹅》里，作者写道："看那鹅膀子，两寸有余、焦黄油亮、色泽清爽，未及入口，浓郁的香味早已在眼前婆娑迷离，撩人心旌。一口咬上去，肉质鲜嫩，细细咀嚼，味美醇厚，口舌留香，回味无穷，我当即大加赞赏。"

这些文章还有另一个共性，就是能让读者想到家乡。所谓一方水土养一方人，或许一个人可以走遍四方，吃遍天下美食，但家乡的味道永远是最难忘的。

"行旅见闻"一章，人文气息浓郁。文人一般都喜欢周游天下，游踪通常也会在文字中留下痕迹。作者身为女子，对阴柔的水乡情有独钟。作者游江浙较多，在她的文章里，看山不是山，看水不是水，睹物而思人，明心而见性。游莫愁湖，她写下《莫愁湖走笔》，从莫愁景观写到传说中那女子的坚贞和刚烈，然后得出人生莫愁的感悟。游厦门，留下

《厦门印象》，其中《环岛路的白鹭女神》一节，记叙清晰，从环岛路上《鼓浪屿之波》的雕塑，写到白鹭女神雕像，连缀两个代表性景点："环岛路是厦门最抢眼的一条路，有'五彩路'的美称。顾名思义，环岛路自然一边是陆地，一边是大海。陆地一边的主色调是绿色的，有鲜红的人行道；路的另一边，有蔚蓝的大海，海上有不紧不慢的行船，有高远的天空和金色的沙滩。"几笔点染，就让读者领略到这条路的独特风韵。作者也写身边景，她写《花样陶楼》一文，将一个寻常小镇写出另外一番景象。桃花盛开的季节，"趟过一年中最冷的季节，陶楼的田畴上，各种花儿都开了，像是铺上了花毯。粉嫩嫩的桃花、金灿灿的油菜花、绿莹莹的小麦，仿佛受画家指使似的，在眼前铺展开来。放眼望去，三千多亩桃林，粉色主宰着田畴，淡粉、深粉、紫粉、杏白，像一群群少女，在田间伫立，让人赏心悦目"。由此可见，这篇文章语言十分精致。《水湖三题》记载了作者眼中的水湖镇。刘应姣在水湖镇工作多年，眼中的水家湖公园很美："……的确，水家湖是有灵性的，她的灵性全在一个公园里，而公园的灵性全在那湖水里。有趣的是，这湖的名字就叫水湖——果然如我所想，水家湖真的有湖！而且水湖公园与水湖紧紧相拥着，不知道是水湖抱着公园，还是公园躺在水湖里，反正她们是难舍难分地粘在一起……"

"黔山贵水"一章写宛如画卷的故乡山水。"育儿手记"则写了养育子女的酸甜苦辣。"嗟我怀人"，抒写深沉的思念。"人间闲话"，是对众人关注的人生话题阐发自己独到的见解。这些内容我不再赘述，但当你打开这本书，必然会从这些章节中收获惊喜。

《低处的灯盏》一书，在章节数量上取象九。而九之为数，乃中国文化史上带有特殊印记的符号。先民造字计数，起于一而极于九，周易用六九诀阴阳，皇帝用九以示统率四海。我想，《低处的灯盏》也许就有着涵纳万象的心志吧。

二

散文渊溯久远。

早在公元前 6 世纪，古希腊平民阶层的趣味促生了散文，平民偏爱混合汗味和烟火气息的生活，喜欢口耳相传的故事。因此，承载日常传奇、历史逸闻的散文得以出现并迅速流行。中国散文大抵发端于先秦，早期散文因实用价值和美学价值（彼时二者并无本质矛盾），迅速比肩诗歌，成为文学体裁又一主力。民国以降，郁达夫先生出于比较研究的需要，曾对中国古代文赋进行过深入探究，得出被广为认同的结论："……从此可以知道，中国古来的文章一向就以散文为主要的文体……"从文学史角度观察，也确实如此：后世一说为文，几乎都是指散文，一说八大家，稍有常识的人也不至于错把"李杜"归入其中。

古之善文者，如大河两岸的芦苇，苍苍茫茫，远接天际。

然而，文非以古为佳。

所谓江山代有才人出，唐宋名篇、五四佳作，今人再读已褪色很多，这不仅仅包含语言本身发展演进的内因，更有时移世易的外力。散文发展必然是与社会发展、时代进步、文化繁荣程度紧密关联的，并随人们对世界认知准确度和体悟深度的提高而不断丰茂，并渐趋成熟。正如这河湾新生的芦苇恣意蔓生，并迅速高过那些衰朽的同类。

刘应娭的散文正是契合当下、追思久远的一类。

她的散文不是井水生活的实录，而是尺水波澜的艺术。其散文以爱憎为线，从熟悉的人与事落笔，不尚清谈，而是立足烟火现实，展开广阔而真实的时代画卷。她敢于正视阴暗与不公，探析复杂根源。能以文为器，呼唤社会正义，作品中不乏新素材新视点，多采用复合交叉结构，通过事件组合和矛盾冲突，多层次多侧面地展示生活的复杂。行文进退腾挪自如，擅作掌上舞。能引经据典而又弥合自然，融古今文气英华于自身气场。其文多旁逸斜出，技法已日显成熟，小题大做或大题小做，多见铺垫烘托、移情入理、以景衬人、虚实相间等手法，不乏留白、多觉感或蒙太奇之类的综合艺术手法。运笔上，她精善白描刻画，放言遣词，文理常有惊艳处。

三

散文好写。晚清黄遵宪诗云"我手写我口，古岂能拘牵"。这是把诗文写作标准放置于几乎人人可为的地步，与盛唐诗歌低门槛的道理大体一脉相通。然而，在速食阅读与泡沫写作盛行的年代，我认为很有必要说一说散文之难。

散文确实难写。可以说，写好散文要身有博古通今之才，手具抽丝剥茧之力。从量与质的对比来看，写散文的人多如牛毛，然而写得好的却凤毛麟角。散文之难，体现于出新难、率性难。

出新，是言人所未言，是闪电划破沉寂，是竹树环合中另开溪流。余光中先生提出的解决散文出新难的"三要"，其中有材质一说，我是不大赞同的。语言固然要强调天然材质的重要，但我们知道，同是一团黄泥，在泥人张手中，便可成为传世的艺术品。而语言正如这泥巴，要创的是新物新思，而不是泥巴本身。化腐朽为神奇，是制俑塑形不囿于高级材料，不受制于熟练套路，呈现出某种前所未有的巧思。朱自清的《背影》是个好例子，刘应娇的一些散文同样也是好例子。当然，这匠心独运是要做好准备的。这准备，谓之格物。大儒王阳明便认为，思的深广度和理性力量的强弱，取决于格物的透彻程度。这一看法可谓中肯。只有做到格物的剀切入微，才可能更生动更有新意地表现、表达。至于格物，也绝非生活的相片式还原，或暴力拆除，或图解，而是情理交织中呈螺旋形态上升的认知重构。

出新难，率性更难。

非以情动人之作不足以垂世行远。散文和诗歌一样，是缘情艺术。作家的感情是否真挚深厚，表达是否成功，是散文成败的关键。从无古今才，却常有真伪文。这真伪必取决于性情。散文有了俯仰随心的真性情，有贯通肢体的经脉，大体就已有了生命，可初步列入好文范畴了。

文章要有真性情，就不能一味模仿，而是要写出自己。因为个体成长是不可复制的，由此带来性情上的千差万别，进而带来文章风格气韵的万千变化。风格同是淡泊，丰子恺的文章就有佛性，有山水写意般的淡然，林语堂的文章有通达幽默的淡泊，周作人的文章平淡中凝聚着沉郁哀伤，而周国平的文章兼具儒道的中庸与冲淡……细加比较，就能看到内质的不同。而这内质，源于生活经历的不同、学养差异和观念分野。苏辙在他的《上枢密韩太尉书》中所言"文不可学而能，气可以养而致"，便指出写作者只能在生活历练中不断求索思考，修炼心性，达至"养气"的目的，进而才有可能无限贴近率性自我的真味。

我说率性难，还因为率性在当今社会其实很奢侈。当下，精神危机雾霾弥漫，追名逐利、浮躁暴戾的世风很大程度上影响着写作者。沽名钓誉而文本拙劣不堪的人比比皆是。有些人沉不下来心、静不下来气，舍本逐末、屈己从人以换取露脸率，并以赢得名人名家标签为荣。这当然远离写作的纯粹，甚至彻底背离写作的本质，实在是一种深重至极的悲哀！此类人所谓的率性，不过是小标签带来的陶醉或恣睢罢了，一旦嗅出利益的气味，摧眉折腰的事必然会抢着去做的。

孟子提出"兼济天下"，王安石提出文章要能"有补于世"，我觉得可以作为散文的主要使命来看待。其实，写作者的抱负志趣一直是写作最深层次的根基。刘应姣想借诗文来实现济世理想，希望写出更好的文章，这是可贵而纯粹的文学抱负，是无数代以来文学最纯正的血脉。

明儒顾炎武有云"人之患，在好为人序"。我是没有这种"好"的，写序总是不得已。回想多年来，陆陆续续为不少文友写序或评，因才情驽钝，总觉得自己写下的东西意不称文、文不逮意的情况居多。不过，仅就阅读而言，殚精竭虑虽谈不上，一颗诚惶诚恐之心始终是有的。

时间是一种错觉。当我们沉浸于某种情愫时，时间就会凝固。而历史，不过就是当下，逝去的人也未湮灭。只要有心，他们的影子会从潜心书写的文字中浮现并眉眼清晰起来。

一本好书，便如青青芦苇，朝露晨曦也能化作自身的闪亮。

是为序。

2019 年 3 月 22 日

刘应娇：毛南族，贵州平塘人，现居合肥。中国少数民族作家学会会员，安徽省作协会员，诗作散见《诗刊》《民族文学》《诗歌月刊》《扬子江诗刊》《安徽文学》等，著有文集《低处的灯盏》。曾获首届安徽诗歌奖、中国曹植诗歌奖、甘嫫阿妞全国少数民族女性文学征文奖、第五届全国打工文学奖等。鲁迅文学院第 31 期少数民族文学创作高级研修班学员。

何处是归程，长亭接短亭

我习惯于阅读60后、70后作家的作品，这与集体记忆接近、生命体验契合有关。成见中，总觉得90后诗人思想太单薄，多仰赖火花似的感觉来写作。我一贯反对偏见，却也难免陷入这种观念旋涡中。而读许无咎的诗却让我有耳目一新之感，也意识到以往的代系观念是多么粗泛、无理。无咎发来的这一组诗，曾引起不少诗歌阅读者的关注。对于诗歌语言之外的现象，我无法作评述，只从文本角度努力作些诠释，并就写作呈现出的可能性做一次短程的眺望。

一

许无咎的这一组诗都很有特色，格调空虚、渺茫、广大，语言艰涩的同时不失玄妙的多义，很有语言和思辨上的张力。

生命，终究是要消亡的。《裹玉》似写生死、变迁和模糊难明的信仰。死亡到底是不是终极？是不是唯一结果？可未知生焉知死？人间腐草为萤，花叶成泥，而泥土也四海为家，随行人脚步来去。登上空无的山顶，却也有凡尘间一切酒香的汇集，那被拆毁的房屋袒露于神明垂照之下。这首《裹玉》语言开合，即兴所致，留下不少阅读上的暗影，而我觉得，这类异质正是诗的趣味所在。

《捕蛇者说》有卡夫卡式的细节渲染，以致虚实难辨。这首诗，用"似非而是"的警语开篇，几近寓言：只有身处危机四伏的迷雾中，才会心生警觉、心生洞悉的意念。危机随时会爆发,捕蛇者身陷随风流变的雾气,务必学会细致观察,譬如黄土里时刻透露着的紧张感……一切微的变化都必将不可逆地决定未来。这首诗有部分语言几近不可解。仔细想想,生活何尝不是迷雾?生活何曾可解?这首诗指向上的模糊,也是它的可贵之处。

诗人的另一身份应是命名者。"木者"一词不知出于何典,却在许无咎诗中郑重出现。我们把想象的目光投之于诗人少年时生活的泗洲村,那或许就是《菩萨蛮》里的漠漠平林、寒山碧水。这里的人有原始逻辑,迷信朴素的因果,在混乱的症状中试图寻找答案。村中流水汇入长江,隔壁村落趣闻逸事……都能形成他们思维逻辑上的密切关联。暝色将至,灰色的鸟雀群栖于灌木,在斜阳中的坟茔阴影笼罩之下,这一写景的尾句中隐藏着象征或多个暗喻的组合,意味很丰富。那些普通的树在无咎眼里已如千百年生活于此的乡人,它们似乎无须凭借什么,就能看见遥远的未来。

《再去投子寺》一诗写邑中投子寺。作为桐城八景之首,投子寺仿佛千百年深山面壁的老僧。山道曲折,梧桐、白杨、木棉相伴。壁碑之上随处可见前贤留诗,更有禅宗话头和神秘偈语。这些带着生命气息的"疑问或断句",无疑给醉心诗歌的许无咎留下深刻的印象,甚至让他为之迷醉。而故地重游,多出了一些记忆与传说,书信、西风、胡马、大关镇,这些只有如今置身"世"外的诗人才能说出它们之间神秘的联系,仿佛诗中的"你",恍惚难明。

游六朝古都南京,桨声灯影里的秦淮河是不可不去的。《夜行秦淮河》是一首记游诗。或许,刻骨铭心的景物记忆总伴随着爱恨。"我们潜行于夜间的秦淮河岸,烟火正浓。"璀璨夜秦淮,栏外的流水在丝竹管弦声里流淌,仿佛遥远的隋唐五代。可旧日秦淮早已不再,"蹩脚的"吴语里充斥着商业味,默契的夫妇不语,而随处可见的多是盲从盲目之人。

栖霞山静谧，江南贡院有缺角的天空……短暂的相见之后，伊人终将离去，诗人怅惘之意不免溢于纸面。与祭器甚至天地相比，人的一生多么短暂，多么渺小。作为诗人，只能在纸上不断留下存在的痕迹。而《在乌衣巷》一诗，更是写出这种寂寥。晋人"乌衣长袖""小谢又清发"的风流已不可复现，唯见翻倒的石碑，以及颓败的屋檐上蔓生的青苔。这是"微波荡漾的忧愁"。时间总在摧枯拉朽，灯光消失的地方，秦淮上的桥在隐没，附着其上的青苔也在隐没。

　　"人生如逆旅，我亦是行人。"许无咎一句"天地自是天地的家"，无理而有趣，反衬出无家可归的流浪者的窘境。穹顶之上，星斗密布，也无异于人间烟火。可这与"我"无关，"我"只是一个流浪者。风过处，藤枝震颤。泗洲村在遥远处，春雨膏润万物，苔藓吐绿，均归于滋养之功。可唇齿间的誓言，如今已变得虚弱无力。"而万物。多么紧实，多么容易被悲伤耗尽。"万物因悲伤而成熟，因悲伤而呈现消亡之态。在这首诗中，诗人视自身如尘埃，无目的地在人间流浪。《流浪的尘土》充溢着自卑与伤怀。而古往今来，这自卑与伤怀正是诗人的一个识别码。"云是云的影子，山是山的爱人"（《我们终会消失不见》）也有无理之趣，云山终究见情一处，而终生不渝的爱在人间最难寻觅。有人说时间只是错觉，东坡慨叹悲欢离合、阴晴圆缺，其实这时间是空白，也是留白。爱与不爱的界限，似乎与时间并没有实质性关系。"不见面便没有思念的火，灼痛脸庞。"这是发自肺腑的疼痛感，足以让人侧目。今夕何夕？明月依旧。

　　《青春志》是一首少年游记，诗人觉得，春天是从草丛里开始的，草深过人头，露珠的闪亮来自垂落天宇的一束微光。少年往事，是十三道河湾和遭受非议的女人。人心如此狭窄，琐碎的飞短流长让人厌倦，让少年生出远游之心。而人生或如庄周之梦，难以分辨真实还是虚幻。失意其实只是一种无稽的感觉，那江河水不废不羁，自远处流淌而至，跨越时空。何处是故乡？心之所系，便是故乡。

《孤旅》同是少年游记，而少年足迹只限于满目碎石的河滩，还有想象中的"山无棱，江水为竭"的爱情。可闭塞的乡村，鸡犬相闻，风沿着梯形的阡陌纵横来去，暖风吹拂下，稻谷微微起伏，千百年却无一改变。诗人无法忍受这些，宁愿于天地间作孤旅，见有生有死、有情有义的人生。

二

宿松江边，少年无咎常见的是万古江水滚滚而去，秀美山峦绵延而随。有激流，有乱石，才有卷起千堆雪的壮阔。这绝色山水和它的闭塞落后，构成他文本深处的矛盾，也赋予其文本特有的思辨光彩。

许无咎的诗歌题材与主题围绕天地苍茫、人生行旅，一个人努力寻找存在的意义，寻求自我价值的实现等展开。从他的诗里能读出害羞、孤独、敏感、忧郁和敬畏……这在当代或颓废或极度自信的年轻人中是罕有的。因罕有，而变得尤其可贵，这也正是诗歌写作血脉里所需要的真正天赋。无咎的诗情感真挚，穿透力强。诗虽不完全靠情感取胜，但情感毕竟是诗元素中难以抹去的星光，而年轻时的情感往往最为耀眼。现代诗中，复杂的情感流会形成多个指向，很大程度上可以增加诗的张力。我相信，这在许无咎未来的诗歌里是可期的。

现代诗本质上很自由，特别是当代汉语具备示意性的天然优势。从某种程度说，怎么写都是可以的。不过，唯一需要注意的原则是遵循内心，否则花团锦簇也是伪诗。要不断剔除写作中的他者存在，包括阅读者之眼。一切来自外部秩序的力量，带来的只是教条与形式。历史上和正在形成的历史中，那些传世的作品固然可吸引我们的目光，但我们的目光何尝不具备一切伟大的属性呢？

有意义的思考又必源自本心，非书本或他人传授可得。无咎的又一可贵之处在于遵循本心，作品绝少模仿痕迹，在对终极问题的思索上，有自己的独特见解。也基于此，他的语言很随意、驳杂，古典与现代意象交织，流动于纸上，难以分割，在分行间，构建出山水曲折回环的姿态。也正因此，其诗具备向多个方向拓展的可能性，具备了恣意和随时断裂的新生代语言特点，如晨光初现，映照着残垣断壁、废石瓦砾。

三

对写诗未久的年轻人来说，保持持续创作很有必要，因为纯语感会在这种重复劳动中得到强化。毕竟，伟大的艺术都经历过被技艺驯化的过程。有时，新路就是在这种语感的重复体验中敞现出来的。写作最需克服的难点其实还是惰性，天才的力量也只在于聚焦。写作者唯有潜心，才可能窥见枝枝叶叶下隐蔽的花朵。

诗歌写作不应以领时代之先为最高标准，对时代，适当的疏离是必要的。对写作者而言，现实的作用务必小于语言的效力，否则他的写作终将沦为无效。思想自由，才能让语言恢复自由之身。又因时间还在流动，其本质之思从未改变。写作者必须努力减少写作上的才智依凭，如沉醉其间，会变成真正的牢笼。换而言之，这些都是一个优秀诗人在写作行旅中渐行渐轻的部分。不能太相信烈焰一样的燃烧，而应相信湿木的缓慢干燥，不断散逸出的袅袅青烟。写作者应逐渐剔除过多的才华依赖，回归到专注与精心之中。聚焦越专注，混沌的思索越深入，才越有可能到达另一个阶段：每写下一行句子，都在无限趋于完整，语言的力量在聚焦中自由开阔地伸展……

写作不是成功的道路，而是独自面对心灵的一种漫长修行。诗人就是要以写作的方式来思考，如能从写作中获取快乐，将一如从泥层之下掘出煤块，欣喜地看着那黑暗中迸发出的火焰之舞。

从根本上来说，诗歌的创作也只是一种发现，发现的，其实也从来不是未来的康庄大道，而是归去的小径。

何处是归程，长亭接短亭。

2019 年 12 月

许无咎：1993 年生于安徽安庆，安徽省作家协会会员。民刊《翼象》副主编。曾参加第二届长三角新青年诗会、安徽首届青年诗人改稿会。作品入选《2017 年中国青年诗人作品选》《21 世纪两岸诗歌鉴赏》《中国诗歌·2019 年度诗歌精选》《中国 90 后诗选》等。

迷雾中的人最容易洞悉

许无咎是我非常看好的青年诗人。

我和他接触次数较多，他待人接物中所体现出的真挚与朴实，聚会时从没有自以为是的傲慢，始终凝神倾听的表现，以及需要表达时的从容谨慎和多角度分析问题的能力，都给我留下了很好的印象。其实，这些都是写诗不可或缺的品质。

此前我曾给无咎写过一篇短评，因此还记得他作品里萦绕不散的唯美、人文的气息。后来，我曾和他同车聊天，知道他热衷诗歌并对诗歌有体系化的认知。这次，我读到他的新作时，确实有些吃惊，因为他的诗有了明显的变化——更开阔、更丰富，且关注点发生较明显的转移，从生活的局部细节已延伸至更广阔的存在。现在，我试以他的两组作品为例，作简要的印象描述，由于种种原因，无法深入展开，留待读者细读原作并为此文纠偏。

一

《横渡琴岛七首》是许无咎诗歌创作的一个标签。琴岛是一个小岛，说是小岛也不是很恰当，因为它只是湖水中的一小块陆地，就像一张邮票贴在翡翠湖的一角。而许无咎对这张窄窄的"邮票"进行了大量的观察，并给予了它丰富与浩瀚。

《横渡琴岛七首·其一》开篇先说琴岛名称，然后叙述小岛仅有几棵松树，只能满足湖水过继和月光映照，但不失美丽宁静。无咎在这里写下许多句子，更经历过朝雾暮晴的美妙。这些誊抄下来的记忆在时间长河中逐渐被忽略，诗转而朝向远处的爱人。隔明净的湖面，只能送上清澈而长久的思念。这首诗凝练而深沉，在对遗忘的探究中，表现小岛的安宁和秋景的波动，达到动静虚实交错的和谐，在主客间构筑一种平衡，呈现宿命、缺陷、希望与未知的复杂相关性。

《横渡琴岛七首·其二》彰显对路的求索与失落，文字简练却描摹生动、寓意深刻。词句交错间构建了随心流转变化的图景。诗中描写琴岛、翡翠湖和南艳湖，也写出立身此间的感受——青春的追逐和洪流中的挣扎、迷惘，以及渴求更好地表达自我，却不得不背负现实重压的无奈。写实和蹈虚的融合，呈现出对存在的困惑。从第一句"横渡琴岛，秋天正快速重合安大的扉页"及后文中对彩虹桥、翡翠湖和南艳湖的描述可看出，诗人试图找到突破困局的办法，却不断遇到枷锁。他深感自身如孤舟般随处漂泊，渴望拥有真正的自由和勇气，从旋涡中挣扎而出。

时光载流。《横渡琴岛七首·其三》通过清新淡雅的用词、细致入微的描写及真情实感的抒写，让读者感知诗人对自然和人生的基本态度，其意境构建具有一定的先锋色彩。"种它们的人不知去了哪里"和"每天夜里，跑步的人络绎不绝"，揭示生命无常。而对环境的描述透露出生命随沙漏而不断变换延续中置身的困境，也包含对生命脆弱性的认知。岁月如刃，生命的确切意义和真正的价值在哪儿？这首诗是探索，也隐藏了答案。

《横渡琴岛七首·其四》是诗人在琴岛散步时的心路历程，格调上蒙有灰度，倾向于感伤。诗以质朴的语言、浅显直观的方式，传递对物与情的尘埃的感性理解。比如"行人间的对话轻声若谧""月季会不会老去掉落在膝盖上开花"，这些措辞具有鲜明的视觉效果和心理暗示。意境往往凝聚作品的情感核心，诗通过景物描写表达生活无常及逝者不可追的慨叹。其中"燕子归去，烟柳满晴川""人群涌入繁复新的沉默"等诗句隐含离别和悸动的哀怨，直击内心。无咎试图对自然和人生作高维推演，将情感内涵推向更深的层次。而思辨实现了对意境变换的精确呈现，使语言具备了较强的张力。

《横渡琴岛七首·其五》画面缓慢而鲜明，反映抗争、劳动、疫情带来的挣扎与焦虑。如"失去担架而倾斜""一个与风筝瞭望的姿势、保持飞行的人"等语言具有视觉化效果，诠释抗争和逆境下的人生价值，具有不容忽视的力度。诗以菖蒲、翡翠湖等自然风光为背景，书写自然表象意义之间产生的交错、联结。无咎观察和描绘每片湖面的形成，并将之升华，使这首诗具备了多重内涵。对芦苇、稻田和人生经历的柔软细节描写，也展现了时空的交错和对命运的反思。"消失的还有一个从棉花地里走出来的人""一个杀羊的人"，具有隐喻特征。作为诗人，在探索生命的过程中必然会承受各种更加复杂的压力，但也唯有如此，才有发现存在价值的可能，并坚定写作的信念。

《横渡琴岛七首·其六》中有"遮住丹霞路，松林路，环翠路""在新的脸庞看来，如此迷人"等。诗以冬天给琴岛带来的白雪为背景，以芦苇、湖畔、蓝色等为元素，描绘岛上出现的夹杂泡沫、滞留树叶等异质事象，并进行交织连接，来展示自然与人类互动、对峙的深层内涵。这首诗格调偏于灰暗，溢出寂寞和孤独。好在，同时传达了生命的顽强和信仰之力。其中"服从无计可施的端倪""掉进柳树的窘境里可以等到来年发芽，掉进湖心亭的却只能孤零零"等句子，具有较强的生命哲学意义。

《横渡琴岛七首·其七》轻快，更富现代感和亲和力。琴岛、全红桥等地理标签被集中使用，隐含诗人对城市的热爱和敬畏，而名词模糊等特殊的处理手法体现诗人对时空变化的关注和反思——城市和自然间存在深刻的关联，而城市生存也会带来精神疏离感。城市生活过久了容易失掉对自然的探求欲，都市人在自然认知经验上可能出现的局限，会在给人诸多闲适的琴岛上得到补偿与超越，它提供了彼岸生活的可能性。无咎在此展示出可贵的前卫意识，希望读者能从中受到一些启发。

二

明末清初政治家、文学家施闰章(安徽宣城人)曾有《宿黄栀铺》一诗，其中有两句"积雨暗千山，阴云催日暮"，拟杜甫之风，有哀古伤今、期待未来的意味。或许，"阴云催日暮"是无咎创作《日暮催云七首》的出发点之一吧。

《日暮催云七首·其一》简洁而凝练，富有情感的韵律和谨严的美学秩序。通过对常见的香料"豆蔻"的描写赞美，将认知世界的局限与存在的广阔性相结合，达到传递深层意义的目的。诗巧妙地运用声音、视觉等多重感官，吸引读者投入诗所呈现的生活中，目睹生活与自然互动关系的内在机制。豆蔻作为象征物，折射出城市化进程对认知模式和生活方式的冲击。"如今平淡无奇，群物无主/蟾蜍声在草丛里传得更远。"人虽被现实阻碍，但仍会从桎梏中细致地发掘生命的闪光点。这个过程不同于求解或发明的单纯，而是一个深植现实的思辨，包含时代发展与个体生命之间产生的矛盾冲突，以及对当代城市文化、对生命经验态度带来影响的观照。因此，尽管语言简洁，却具有多重含义。

《日暮催云七首·其二》通过对方兴大道、高架桥和夜色等元素的显性与隐喻表达，反映诗人对局限性和超越的理解。诗流畅变幻，意象丰富，具有一些神秘感。诗句"单一的爬行是脊椎动物最后的尊严/是上弦月的种子，不相往来"，是诗人对自然和人类认知的追问，多维度嵌入以及复杂的隐喻会将读者拉回对现代文化与自身身份的关注及诗人对存在的迷惘。当然，诗也提供了个体反抗或借由哲学方式逃离的可能。

因此，尽管语言朴实，却玄妙深奥，呈现出一种开放性。

《日暮催云七首·其三》写湖水、星辰和居留地，描写、叙事与隐喻缠绕在一起，多维度隐喻消弭了单调解读的可能。语言有一定深度，有空山新雨的气息和雨落竹叶的节奏美感，有充满神秘色彩的意象和视觉叙述。整体结构紧凑、平衡而有机，展示时间、生存与个体经验中的困境。"只有像古人一样活着，逃脱黑夜带来的器官剥削"，这样的句子很巧妙。诗人对"存在"真实感等方面进行体验和追寻，并从历史层面进行回溯，在诗人情感语境下获取一种恒久力量。这首诗的价值在于试图呈现存在与文化历史间交织互动的无尽纠缠，以及从具有悖论性的多重意义中解构存在内涵的努力。

《日暮催云七首·其四》具有复杂、唯美的特性，用字少而精，句简而不失深度，展示了许无咎的炼字功底和敏锐的观察力。诗通过排列与隔断等方式，有了鲜明的节奏感。诗关注时空与人际的距离和错位，将城市景观、自然元素和人类情感糅合在一起，折射出对消逝的怅惘之情。阁楼里未能寄出的信件和翡翠湖的秋天及老照片等细节，表达出诗人的失落和对常态存在质疑的瞩目。诗中涉及诸多现实问题，压力和焦虑不免从中溢出，在多重矛盾中描绘难以言说却又如香随风至的东西。因而，就算它留给我们的仅是些碎片，仍值得细致地揣摩。

《日暮催云七首·其五》通过对生命意义、个人情感以及语言本身的思考和道白，把诗凝聚成具有高度象征性和创造力的形态。这首诗有层次感，采用不寻常的措辞及大量比喻，运用多重思考，围绕"孤独""思念""流浪"等存在主义核心词，展现对存在的反思与盘询，并借助映射，在大量符号和虚构中达至理性和美学的协调感。《日暮催云七首·其五》呈现的情感错乱和脆弱性，有丰富的寓意。

《日暮催云七首·其六》象征化了一个多元发展的时代。诗唯美而通透，多用直喻，在句式处理、格式上颇为用心。这首诗试图描绘现实生活中的混沌与不确定性，展示历史演进中的现象杂陈和个体的内心挣扎。诗通过图景化的语言，描述生命的多重苦楚和曲折，其中包括流变、认同与身份跨越。

《日暮催云七首·其七》以旅行、记忆和梦想等元素塑造内核，表达作者对社会与生命中许多悬而未决的问题的看法和态度。音韵重复、比喻、比拟等手法的运用，突显了诗歌语言的魅力。这首诗隐含的主张是，面对变迁要有明确的价值取向，传达个体与历史虚无感，失去与积极和最关键的反复状态等因素相互嵌入，然后融解的可能性。

三

我们回溯美国 20 世纪 60 年代的垮掉派，诸如艾伦·金斯堡等人的作品，发现其总体格调晦暗，呈现价值观的流变和精神世界的陷落，有颓废、挣扎与迷茫的共性倾向。压抑催生出呐喊和号叫，这与大时代变迁直接相关。所以这些作品依旧是反映现实的，有长久的存在价值。

我们再来观察新中国 20 世纪五六十年代出生的一大批诗人，他们至今仍是中国诗坛的中坚力量甚至开路先锋。原因是什么？我以为，任何写作，不仅仅是语言层面的问题。语言只是可变的皮相，决定作品价值的关键在于，写作者是否存在较为稳定的思想体系，写作是否扎根于身体力行的实践。

写诗如盖房子，用材会影响其稳定性、耐久性、美观性，这里的材料既包括词语元素，也包含从潜意识中筛选出的场景。除材料外，还必须有设计内核：一是精气神，即诗人体系化三观的外立面；二是结构，即词语和句式的空间组合形态，组合形态必然影响词语间复杂意义的表达甚至力量场域的产生。诗人总要在语言上求新求变，但写作中最难把握的就是度。如偏离量过大，容易产生"隔"，难以获得阅读认同。

就许无咎的诗歌写作来说，上述问题要少许多。他的写作水平提高很快，并迅速走向成熟和风格化，这是写作与生活更紧密融合带来的必然结果。因此，我对他的作品越发期待。

无咎觉得自己身处迷雾之中。其实，伟大的作品字里行间总是涌动着迷雾，并隐含着深刻而迷茫的追问。而每个时代能称得上优秀的写作者也总是置身于此种处境——前方是无法清晰呈现的人类道路，身后则是一片混沌模糊的历史。

然而，我们能继续走下去，因为"迷雾中的人最容易洞悉"。

2023 年 4 月

灰烬之下的灼热

　　人到中年的徐晓明，生活沉闷孤寂，偶然见到一位令他心动的女子，他为这女子所倾倒，不断热烈追求，由此留下了一段真挚难忘的恋情。

　　我不清楚这场恋情究竟持续了多久，我只知道好友徐晓明内心的火焰至今还在燃烧。新诗集《岸上草原》，正是徐晓明对这段恋情的真实记录，充满深情地抒写了那团温暖过他的火焰从熊熊燃起到黯淡下去的整个过程。

　　徐晓明的《岸上草原》，本是一块仅仅属于诗人的领地，现在，他却慷慨地向世人敞开。那里水清坡缓，草叶繁密，有无数不断开放和凋零的花朵。对徐晓明而言，这些历经的细节都是甜蜜浪漫而又令人无限感伤的。岸上草原的每一处花开花谢，都深深地触动他的心灵。

　　爱是无法依赖世俗伦理逻辑来推导的，没有谁能解释清楚两个人为何会相爱。徐晓明爱上的是一个与他年岁相差颇大的女孩，她美貌可人而又古灵精怪，喜欢爱情小游戏。诚然，她也爱诗人，只是她的爱里包含更多复杂的成分，因而总显得那么犹疑不定。诗人的情感也因此起伏跌宕。在《摩天轮》一诗里，徐晓明就借摩天轮喻指爱的波折，一颗脆弱的心时常会快乐地升离地面，又绝望地跌入谷底。

　　一架喷气式飞机拉出天空之痕，诗人忆及小时候在群山环抱的故乡所见之情景，他追忆那时的自己仰望复杂的外部世界时内心涌起的渺小卑微感。既而，又巧妙宕开一笔，写自己如今也是如此，在完美无瑕的爱人面前总会显得卑渺、微不足道。

在起霜的早晨，他们发动车辆，看着薄霜在不断消失，而世人带有偏见的眼光霜一样掠过诗人，这些都唤醒诗人，让他怀疑自身的爱是否真的那样无私无畏。其实，真爱永远是纯洁的，而污浊的，永远只是物质世界狭隘的规则定律。

徐晓明的爱始终就在这种患得患失中徘徊，生怕她离去，生怕她离去后从此永别，天各一方。可是人们要是不曾别离，不曾受伤，又怎会懂得爱的可贵？他将爱人说出的决绝话语喻为飓风，诗人心灵的海岸线总是不断承受这种冲击，他所能做到的仅仅是"咬紧牙关"，"把一阵紧似一阵的疼和坚韧 / 付与恶浪滔天"。

其实，只要我们学会珍惜，每一个在一起度过的日子，就都会从普通而变得流光溢彩，所有紧促匆忙的庸常生活也会充溢着幸福感。而只要用心去爱，爱就可以成为一个人的宗教。《蓬莱路，耕耘路》一诗的构思比较巧妙，由一条马路的名称联想到信仰。诗人在寒冷的马路边，等候爱人的归来，在诗人心中，她才是可以取代佛陀的存在。

爱的醇香里可能都会有苦味。《苦菊》一诗中，诗人由凉菜苦菊的被喜爱，而名字易被遗忘，联想到人生；由苦菊的气味想到她的清新，曾闪电一般在黑暗中给自己带来微明。

春天，岸上草原的花儿绽放了。徐晓明将她比作漫山遍野烂漫的山花，她的微笑就是她自身带起的风吹绽的。随后，又想象和她一起，凭空出现在南方更为广阔的山野，自由自在地呼吸。这种惊喜，就像她偶尔忽然走进房间，给诗人所带来的。

面临重重世俗压力的诗人，只希望能和她活在遥远的唐宋，有一次撞个满怀的美丽邂逅，然后在偏远的边城做一对平凡的小民，相爱相守；能在大雪飘飞的日子里，牵握她微微冰凉的手，在雪地里踩出一条深深浅浅的道路。

徐晓明的《岸上草原》是质朴感人的，有无法化开的甜蜜与忧伤。

挚爱一个人到无法忘怀，无法真正远离，然而又再也不能靠近，只能将这些共同走过的日子，点点滴滴的细节，收藏在自己写下的诗歌里，又小心翼翼地融入《岸上草原》。

徐晓明的诗叙事凝练，写景状物简洁传神，让人一睹难忘：鼓浪屿翻卷的白沫、彩虹瀑布的闪光、滨湖贴着水面飞翔的鹭鸟……许多这样的瞬间都被他的诗歌凝固住，成为读者心中的一幅幅美好画卷。他的诗集《岸上草原》最鲜明突出的特点是始终笼罩一层淡淡的忧伤，在轻缓抒写中有了越来越凝重的质地。他的语言优美而率真，节奏轻缓自在，如清水芙蕖亭亭净植，尽可能地贴近读者，并微妙而精准地传达他丰富而独特的个人体验。徐晓明熟悉当代诗歌的诸多技法，但他几乎从不故弄玄虚，在抒情上能自然如水赋形，且又能有所节制，不是一味浑浊倾泻。这一点，展示了徐晓明出色的语言直觉以及他日趋成熟的诗艺。

徐晓明诗歌的魅力来自真切体验的意象以及飘浮其上的独特况味，他的诗已经具备自身的特色和风格，他的爱情诗不事雕琢，却有了浓郁的抒情色彩。诗的意象简约，语言清澈灵动，而最重要的内核就是深刻而细微的爱。这种深刻细微，也是诗人徐晓明在纸上写下的分行文字，它们如刻刀之痕，一钩一画了了入目。

题材无高下，诗意无贵贱。世上本无完美的诗歌，因为从来没有真正完美的心灵。但在人生灰暗沧桑的图景里，也许只有爱才是最明亮的部分吧。每一份真诚的爱，本质上都是独一无二的，像岸上草原上开出的每一朵具体的小花，在阳光下闪闪烁烁。由爱凝聚而成的诗，也是这样。

似水的柔情难敌似水的流年，如梦的佳期也要面对梦醒的幻灭。在这个物欲横流的世界一起走远并不容易，这对恋人最终还是由于某些难以说清的原因松开了彼此相握的手，或许是价值观的差异，抑或是漫长等待中的厌倦，炽烈的火焰最终黯淡下去。

爱一个人不容易，那需要一种绝对执着的力量。执着到像巴尔扎克的手杖一样粉碎一切障碍，执着到像元好问《雁丘词》里两只大雁一样生死相许，至死不渝。可是，在今天的物质世界里，这样有真爱的人越来越少，希望徐晓明是为数不多者中的一个。

历经一段刻骨铭心的爱，晓明留下一部诗集。我能模糊觉察晓明的动机之一，应该是希望有一天她也能读到这个集子，读的时候，能想起有一个人曾那么深地爱着她，想起两个人一起走过的平凡而又浪漫的时光。

昔日的同林鸟，如今已成分飞燕。徐晓明能记住的，或者说我们这些读者能记住的，就是那些在一起的日子里急促的心跳和灼伤肌肤的火苗。读完这本诗集，读者会触摸到烈焰中余下的灰烬，清晰无比地感受到那足以灼伤我们的余温。

2016 年盛夏

徐晓明：诗人，国家一级播音员，安徽广播电视台故事广播主持人。《中华文学》杂志签约作家。作品散见于《安徽文学》《诗歌月刊》等国内外期刊。著有诗集《闪亮或泛黄》《岸上草原》，散文集《隐的蓝》。

聆听来自深处的歌声

"……而一朵紫荆花 / 正在招引整个山谷 / 走出蛰伏……"

徐晓明是又一位引你凝神倾听的诗歌写作者。

对徐晓明的第一印象是从诗集题目开始的，还未打开他邮来的诗集草稿，便被题目所吸引——《饲养一座岛》：那是女贞、红叶李点缀的小岛，树林荫翳，小径曲折……

像徐晓明笔下那个有蝴蝶幻觉的女孩，诗歌的阅读与创作，或多或少也带有一定的暗示或自欺成分，像背上正在生长出斑斓的翅膀。很多时候，读者是在曲折分岔的小径间夜行，试图回到一首诗的本来容易变成一种徒劳。而初读晓明，从情感到内容都更加贴近阅读者，这种贴近使人倍感轻松，而这种轻松又绝非肤浅，只是他不爱绕弯子，不把文字当拼图，不故弄玄虚，不刻意制造写作的难度，并总能以呼吸般的节奏贴近读者，唤起读者语言上的直觉，进而感受到他独特的人生体悟。一切在徐晓明那里似乎总可以娓娓道来，使你可能在"旋涡里沉静 / 想要聆听来自深处的歌声"。

徐晓明的诗作给人优雅从容的印象，其作品展示了天然的诗歌禀赋，机敏而不媚俗，不急不缓，温文尔雅，张弛有度，像古庐州绕城而过的南淝河，挟细小微物平静地流淌。它们可以"从又一页空白后浮起 / 海潮般漫过脚踝"，呈现出一种略带忧伤的舒缓。在这种舒缓中，诗歌涂抹出色调浓重的沧桑：那是凌乱芜杂的生活、困窘的经济状况、波澜起伏的情感——那些无从逃避迫在眉睫的生存危机、个体命运的飘浮不定，都使得这部诗集在轻松贴近之余给人带来凝重的质感。

像屠格涅夫笔下的罗亭，诗人在现实生活中总会显得力有不逮，甚至多余，总在无可奈何中找寻生活的真谛、存在的趣味，在出世与入世之间苦苦挣扎。诗人的目光是冷峻的，洞观着小市民阶层低级庸俗、贪婪短浅的劣根性。诗人的内心又是火热的，他总能从自身的困境中挣脱，以深沉的悲悯关注弱者的命运。《秘密》中诗人诉说着一个秘密，"我真的希望／拥有整整一楼道的生活／而且不愿与人分享／这鲜有人知的秘密"；《冬日情绪》中感叹"谁能冲破冬的围困／虎在深山／鱼在潜渊／人在层层的包裹里"；旧日生活的小镇，在记忆中，温暖隐"在站摊老人随意袖起的／袖管里"（《温暖》）……

他的很多反映现实的诗具有口语化和片段写作的特征，换句话说，是在用活的语言进行写作，而这些片段往往并不短。寓言般的《晨鸟》中，诗人出差早起，睡眼惺忪，一只小鸟"突入视野"，引发了诗人的感慨。诗中有对荒地保持着记忆的小鸟，也有在人海中背着沉重的包裹的打工妹、羞愧于成绩低头赶路的学生、担心失业的白领、痛悔轻薄的失节者，这些构成一幅难描的众生图。又譬如《列车的后半夜》就是大时代的剪影，"一个声势浩大的编队／不断突破夜的防线"，他看似漫不经心却不失精心：午夜不眠的诗人，在列车上无目的地观察，那过道旁托腮沉思的少女、旁若无人地缠绵的情侣、狠命吸烟的失意者。在诗人的想象中，还有 20 世纪早些时候和自己一样不眠或早醒的灵魂，20 世纪晚些时候南下的淘金者……这些想象使得诗人"和你一样莫名忧伤"，在反复追问下，仿佛可以听见诗人的叹息：时代或人生的这一段与那一段是否真的存在质的差异呢？我与他人是否真的存在根本的不同呢？

徐晓明的大部分诗歌是有关浪漫爱情的雪泥鸿爪——那些浪漫而令人无限忧伤的爱恋。诗人在《大钟楼》一诗中这样写道："那钟声曾让我记起／闻声而起的鸟儿／收起木剑结束晨练的老人／加西莫多可怜而痉挛的爱情。"《原点》里，"冬日的十字街头 / 黑铁炉重新确立了 / 城市的原点"，"从这里出发 / 我们赶往不同的方向 / 谁将瞥见楼道口 / 你最后的背影"。红薯慢慢变凉，"而我的心 / 从未冷却"。记忆中，多年前的那个女孩聪明到有些古灵精怪，纯真到不羁，活泼到顽皮，她像依人的小鸟，懂得浪漫，喜欢做一些微妙的爱情小游戏。不过日子毕竟渐行渐远，人也渐行渐远，能记住的只是那急促的心跳。"可是有一日 / 你的心跳突然盖过市声 / 刚刚擦过的一个身影 / 多像忘记的那个人"，诗句把作者内心的情感表现得很微妙细腻。《嗫嚅》描写了沉寂已久已经显得平常甚至有些冷却的情感生活："多年后 / 当你倾诉满腹的忧郁 / 我又该说点什么 / 生活就像小时候 / 你在小河边搁下的纸船 / 别再一次次转身 / 看它走了多远。"《芜湖路咖啡店》，"一盏射灯映在窗户上 / 若隐若现 / 窗外北风淫雨 / 透过玻璃 / 射灯又在一片欲坠的树叶间摇曳"，仿佛昔日的重现。还有四牌楼、银河公园、大钟楼、南影剧院等地方都不免让诗人记起曾深刻犹如一生的旧日，如今却如水面上的浮萍一样飘忽。可是，除去记忆，我们还能有什么？

在城市繁荣的灯火背后，诗人尚须有足够的心灵高度，飞离自己的庸常生活，像那只飞进众神居第的晨鸟，俯瞰包括自己在内的下界。《夜航》中写道："一次蓄积的超重 / 我们脱离了俗世 / 一次又一次的失重 / 又回到凡尘……"你在读诗时清晰地想象着，徐晓明在云层上呼啸而过或在高楼顶层饮茶，不断逼近寂寥的天空，在远眺俯瞰中，用觉醒的锐利刀锋把自我与难分难解的外部世界毫不留情地划割开。"玻璃归玻璃 / 世界归世界 / 我归我……"是啊，很多人就是不明白，揭去标签，我们除了是我们自己，还能是什么？

我们的一生只是被偶尔放大的瞬息，置身于茫茫的时间之流，随时会被轻松带走。徐晓明闲庭信步式的写作姿态中，深藏无可奈何。"而生命在延续 / 如茶水 / 斟满一杯又一杯 / 灵魂不息 / 如短短的一根烟 / 救赎唯有自身的毁灭。"(《冬日情绪》)《渡口》等诗描述生活的即景，"夜风越过山岭 / 悄然登临你的窗台 / 何必分辨 / 它来自哪个旷野"，以及《车过平原》中"一切经过 / 都是偶然"，这些都是耐人咀嚼的句子。而通常，世俗的一帆风顺与优秀的诗人没有多少联系。

《洗礼》等诗则是道德观念上的一次次撞击："腿脚上溅洒的斑斑泥迹 / 仿佛不洁之症的体征 / 使我惭愧地一次次 / 低下头去。"《窗外，割草机开足了马力》中写道："曾经的一些念头 / 在心底盘踞 / 生长 / 最终折断或被连根拔起。"事实上，人只是在重重外加于身的规则下低头，正如作为阅读者的你。徐晓明也倾心于书写欲念，《静物》等诗如缓缓打开的折扇，把情欲表现得如此优雅，就如清水中"耀眼的彩石"，令人赞叹。《春野》一诗试用女性的视角去表现欲望的春野，春天她饱满的胴体被抒写得极尽优美。到《街景》中，压力和束缚得到缓解，快步越过红灯的女孩，她穿过如树丛中垃圾一样的目光，轻提裙摆，展示着欲望的线条，引起大家庸俗而不失幽默俏皮的遐想。以志诗人有时也会萌生"飞轮"式的幽默——做一个没有束缚的轮子，自由地躺在大街上……

就诗歌的纯语言感觉而言，《一个字》较余光中的《等你在雨中》要好，它能把爱的情感体验写得如此含蓄隽永、平淡悠远，甚而上升至通悟的境界，实在是一首难得的佳作，让你觉得这是一首失传已久的唐人绝句或宋人的小令。而《无题》也很细腻，本身就像"一句没说完的话 / 一朵飘忽不定的云 / 一个从未平静的旋涡"，意义的表达也是如此，"也是一朵朵云"。

《被否定的小说句子》则引发了我对纯语言的思考，实在没有什么比发掘诗的语言更为纯粹更为艰难的文字事务了。我们的使命是什么？是否该去回归一种无限质朴的汉语，还原诗歌的本来面目呢？从这一意义上讲，世上没有完美的诗人，也没有完美的诗歌，我们只是在不断努力逼近心灵的圣殿。

　　你明白，无论是抒情还是反抒情，知性还是智性，其实都不必在意，因为诗歌从来不仰赖于任何后至。就诗歌语言而言，完全不需要依附于任何，它自备独立存在之价值，如俱胝禅师竖起的一指。因为后至的那一切终究不及树隙间自在散落的零碎光影，不及夏深时"渐鸣渐远的一只云雀"。诗歌技法或因入室有先后而存在生熟之分，诗歌境界或因心灵层次高低有高下之别，而诗意无贵贱可言，诗意的留存或许才应是写诗者和读诗者最初以及最终的追求吧。

　　徐晓明的岛屿是诗人隔绝密闭却又极其广大、看似穷匮却又极为丰富的诗意世界，纵然有时与外部一样也存在流言和夜袭。又或许，是诗人正努力让自身的写作逐步成为遗世独立的繁密岛屿。

　　在你的想象中，徐晓明总能以稍带疲惫的磁性嗓音或微呈忧伤的平淡笔调去触动黑暗中忧郁的心灵。读他的诗，像进行一次彻夜的促膝长谈。到你怅然起身时，已是晨光熹微，两只夏鸟相继消失在窗外香樟树的浓荫里。那些香樟在晨风中散逸着清芬，记忆中，似乎总是这样树影婆娑……

2009 年初夏

大块假我以文章

　　春日迟迟，有风徐来，你站在溪边，看流水缓去，裹挟碎冰和浮云的光芒。事实上，你现在正坐在窗前，对着电脑屏幕，安静地读着《隐的蓝》。

　　《隐的蓝》是诗人徐晓明的第一本散文集，是他多年来散文创作的一次集中展示。我与晓明相识已久，平日因各自工作繁忙极少见面，但莫逆于心，他更是视我为生平知己。晓明曾嘱我为他写一篇诗评，我在走进他的诗歌的同时，也走近了他，对他有了更多的了解。生活中的徐晓明，是个温和寡言的人，一旦张口却又妙语连珠，诙谐幽默逗人捧腹。他是安徽省广播电台非常优秀的播音员，能即兴用诗化语言去诠释人生，几乎每天都会用充满磁性的低沉浑厚的嗓音给人带去慰藉。

　　客观地说，收到《隐的蓝》之前，我只知他的诗写得好，却不知他也写散文，且写得也如此之好。回想近几年，偶见他日志中记述的琐事，潜意识里应早已觉察他是叙事议论方面的好手。乍一看到这部散文集，倒也不是十分意外。

一

　　徐晓明的文学创作起步应该很早，当可追溯至高中阶段，我相信他当年的语文老师看到他的作文肯定会眼睛为之一亮。徐晓明是个极为执着的人，多年如一日，从未放弃过写作理想，在悠长而又短暂的时光里，创作了不少好作品。

我一贯认为，从事小说、散文写作，阅世要深，行文要实，用笔要活，不深不足以开辟闪转腾挪的空间，不实不能引发心灵共鸣，不活无法开合自如，左右逢源。徐晓明勤于观察，善于思考，交友人于满天之下，辨物理于细微之间，写出的文章自然合情合理合趣，深具隽永的情味。

《隐的蓝》这本集子里所选散文勾勒出作者思想的成长史，同时又雪泥鸿爪，从一个侧面描绘了时代和社会的前行轨迹。全书体例井然，逻辑性很强，结构上分五个部分：第一辑主要写早年的人生经历，以及为数不多的外出记游；第二辑以"隐的蓝"为题，旨在怀人记往，掺杂了不少另类的感慨，譬如非常有趣的夜半私语小段子；第三辑"完中"岁月，写的是一个人难忘的初心和没有结局的故事；第四辑是谈文论艺；第五辑则是写对节目嘉宾的印象，是人物速写与素描。我们现在可以随机选取几篇作简要解读，以窥豹斑。

《一个人的航行》中，徐晓明记述了自己在三峡大坝蓄水前的一次游历。诗人忙里偷闲来到古人笔下壮丽奇险的三峡，从诗人的视角去观察四周，发现一些比外部景物更丰富有味的世态人情。文章征引自如，精彩的句子信手拈来，读者很容易看出他读书的驳杂、思想的丰富。他在文中试图传达的意味也是深长的，从卒章显志角度去看，晓明似乎更想突显一种感触，那就是——生活在别处（米兰·昆德拉有同名小说）。从修辞角度来看，我一贯重视的用喻，徐晓明把握得非常机敏灵活，譬如"甲板上的我们里一层外一层，像是整团的俘虏"，这类准确而有趣的用喻为数不少。当然，最令我赞许的地方是他对博喻的使用："迎面的上水游船，仿佛一幢移动的大楼房，而远远近近在急浪中吃着水的货船，便是大楼附近的民居，看，裸露的货舱又像紧连着的长长的院落……"这段话由连续喻体结构而成，喻体间有清晰的关联性，就如一地散落的珍珠攒成的一串发光的项链。在表情达意上，徐晓明控制得也十分到位，

"每一刻都是精彩的，却无法仔细分辨前一分钟后一分钟景物的不同"，"这有点像握手后分开，只有回味掌心的余温，才能找回一点适才那个人的感觉"。不少句子精致巧妙，非情感丰富细腻之人不能写出。

《九华是一个愿》一文琐细，色块斑斓，试图告诉读者什么。譬如，人的旅行是否只是在寻找自我？人的还愿是否仅仅出于一种对未知的敬畏？当然，在这里已不再重要。我读此文时，觉得有两个突出的特点。其一是文章的时空跨度大，采取了小说技法，文章内容在记忆的时间轴上跳动不止，不断从当下转入记忆，从一段记忆滑向另一段记忆。其二，嵌套式布局的处理手法很巧妙，让我想到莎士比亚的《仲夏夜之梦》，晓明在此文中局部采用嵌套式结构，把 1990 年的随笔《九华一日》放入文中，实在是别开生面。《九华是一个愿》一文的细节刻画很是出色，"阳光洒向满山的葱翠，也留下一些照不到的角落""秋风拂面，树草的簌簌响声"，这些句子古典精美，仿佛出自展子虔的久远画卷。作者对九华秋日和九华街的描写非常精准贴切，让人如临其境。而文章中流露的对爱人的思念，更易让有情人感同身受。

与散文集同题的文章《隐的蓝》篇幅短小却意味深长，丰富而跳跃，近于诗歌，是"蓝"的一次自由放飞。那视野中偶然呈现的蓝，又与性格中的多愁善感，与自幼年以来的成长经历重合。随后，作者笔锋一转，再度由颜色展开联想，与海天之蓝、思想之蓝相关联，并由此过渡到写人，写所推崇的诗人博尔赫斯，赞美他蓝色底色的思想，也巧妙阐述了自身的写作趣味与追求。

《一个男人的离去》话题很敏感，因为触及人们往往回避的对生命价值的思考。所有与终极问题有关的思考都是沉重的，譬如自杀。徐晓明对牌友老张的自杀离世感到震惊和不解，很自然地对自杀动机做了很多猜测，"关起门来，世界就是小小房间的微缩景观，他毫无留恋，死亡提供了唯一的高峰体验，因此他行动了"。这令徐晓明最终醒悟"死的决心才是问题的根本"。他忆及堂姊服药自杀的场面，流露出伤感无奈而迷茫的心情。诗人想要阐明的，是每个人都应"善待生命保有健康，否则无从实现人生理想和社会价值"。

二

散文创作方面，我比较推崇余光中先生的看法，余先生认为好散文要兼具弹性、质料和密度三要素。现在我们不妨以此为尺，初窥徐晓明散文的门径，以及了解一些他持续努力下所取得的艺术成就。

徐晓明的散文富有弹性，有发散，也有收敛的力量。首先体现于主旨的多义性上。他的文章通常看似浅白，实则内涵丰富，能指在可控范围内不断向各个方向滑动，给人以多向度的思考空间。其次是徐晓明的笔法轻盈多变，收放自如，如鸟雀清晨时飞出树丛，而日暮时盘旋归巢。他的想象力也是如此，像奔腾的马，纵意驰骋于草原，但总会一缰在手。这些富有弹性的力量，为他的散文增添了不少迷人的美感。

徐晓明散文的质料也是闪光的，这一点与他的诗人身份是一致的。他的诗歌创作功底使他在体裁驾驭上有了语言层面的"先天"优势。他的散文语言多为诗化、随性的，具有很强的指涉扩张力。徐晓明长期锤炼语言，写出的文章既可丰赡华美，也可素面朝天，或满园融融春色，或秀色一枝旁逸斜出。短短一文常会涌出许多出人意料的连珠妙语，这些可视为他散文语言的重要特征。

徐晓明的散文有着很高的密度，主要体现在结构的严谨致密、信息承载量的丰富庞杂以及细节表现力的强大上。首先是结构安排上的精心。我素来视结构为第一语言，而徐晓明在线索设置、语段衔接过渡、呼应与文眼处理、详略安排上总会从容不迫，变化随心，不时有跳跃、重组、打乱时序的做法，却又难能可贵地将首尾环合，保持结构的稳定性，处理十分老练纯熟，文段内在的关系逻辑很强，起始句通常也很醒目。其次表现在信息量上。他的散文在叙事议论上，常常杂糅很多成分，可以看出徐晓明的阅读体系很驳杂，他的视点在不同领域扫描，从自然到社会、人生，从诗歌到音乐、电影，切换跳荡自如，其时空跨度和信息承载量总是很大。徐晓明的文章在细节的表现力上也很强。我一贯认为，文学作品是不能离开细节支撑的，对一位作家而言，精准的细节记忆力几乎就是才华高的主要标志。因为，我们的生活总是具体而微，如果没有细节记忆，我们的生活就是空白或简单的墨迹线条，将难以追溯。而细节上不具体，很难产生感人的力量，甚至让人质疑是否真实可信。徐晓明的散文很多是回忆性质的，从细节上我们能读出的就是两个字：精准。

个体再现是我们当下深度写作的重要目标之一，而徐晓明的散文非常突出的价值也体现在这里。换而言之，他的散文的重要意义在于对个人历史细致入微的抒写与观照。

三

中国的散文写作有着漫长而光辉的历史，早在先秦，诸子百家的立言都是以散文的面貌呈现，而经史子集之中洋洋大观者多为散文。

我曾尝试过多种文学体裁，对诗歌、小说可谓情有独钟，而对散文却一直心怀敬畏，总觉得，要想达到周作人、朱自清那些大家的层次境界，是很难的。若是人人觉得好写，往往出新出彩者就很少。以炒菜为喻，一盘炒青菜，在我手中做出来的和经一位高厨之手做出来的，那很可能就有霄壤之别。然而，要做一个好厨师，功力恰恰就在这寻常的炒青菜中。

一切文学艺术都应该是理念先行。晓明曾跟我谈及他的创作主张，他崇尚向阳采耳、清水洗头的恬淡自然的心境；在思想意趣上不求壮怀激烈、大开大合，唯愿入情入理、自圆其说，着力营造令人屏息凝神的视听情境；语言表达追求干净朴素，生趣，去陈言，冲淡而不冲散，放达而不放任。

他这么思考，显然也是这么实践的。

散文可谓才情趣味最能集中呈现的文学体裁。徐晓明是性情中人，读书求学所历艰辛，行旅所闻所见都化为作品中历历在目、点点在心的细节。《隐的蓝》算得上是徐晓明在行旅中孤寂时排忧遣兴的旷达之作，是多年探索与思考的结晶。其文聚散开阖之间，渐出大气象，格调高雅，放射着人文主义光辉，每一篇都像露珠般晶莹，如钻石般闪光，很容易让人产生强烈的艺术美感。或社会自然万象，或人生百态，内容丰富驳杂，语言质地近于诗歌，叙述方式、表现技法灵活多变，艺术性与哲理性兼备。那些往昔生活片段，或偶尔泛起的内心微澜，一入笔下，就变得光彩夺目、与众不同起来。不仅如此，还会激活读者更多的记忆来丰富它，引出更多的情感体验来充实它。

当然，我们仅仅读少量散文，是难以把握作者旨趣所在的，我们只有通读徐晓明的散文集《隐的蓝》，才能看到他日积月累的写作功力，他深长清晰的思想脉络，以及他笔下时代变迁的暗流涌动。

四

事物往往近到一定程度就会密不可分，再不能简单地从名相上加以割裂，就如草地也是草本身一样，徐晓明的散文也正是他内心小宇宙的延伸拓展。

我喜欢晓明的作品，一方面因为他的文字如溪水般清浅地流淌，没有矫揉造作，另一方面则是因为几乎每个作品里都有细腻而深沉的东西打动我，让我读来安静自在，又莫名感伤。

人生确如逆旅，无论你愿不愿意，均在此中挣扎，很少有人能明了意义何在，而我们引以为傲的写作，充其量是一种指向而已。

在围墙边散步，透过改建的铁栅栏，我看到分别很久的河湾，栅栏的矛头密密地指向天空，近处的墙角散落着一些断砖。河湾的树木在春末显得格外自在、匀称。万物之存自有其道，自循其理。今夜，青翠浓郁之中虫子叫得会更细切。或许，月色也会从林深处飘浮而出，一切都干净得像徐晓明散文中的一些隐喻。

阳春召我以烟景，大块假我以文章。或许，万法归一，这浩然天地才是我们写作的真正不竭之源。

是为序。

于独自的灯光下

阅读丰富着我们的人生。

我少年时便喜欢阅读，并与谈资功名之类无关。阅读带来的愉悦感是不可取代的，仿佛逆风溯水而上，游离出眼下的生活。当然最喜欢的还是诗，或许个性使然，它的坦率和隐秘一起对我形成永久的吸引。

《分水岭》这次选取生于或寓居合肥的诗人的一部分作品，并汇编成集。好友汪抒花了很多心力来选稿、定版，并嘱我写一短评。我自知文笔拙钝，但实在盛情难却，只好勉力为之。通观电邮到手的这些作品，质量大多很高，且较前几年，相互间的差异更加明显了，折射出不同的美学观念和创作取向。而我们深知：只有存在差异性，才有丰富和多样可言。由于时间与篇幅所限，我仅就部分诗作浅谈一些模糊的印象。

所选陈先发三首，《秋风辞》是"傲慢并肆无忌惮"的，如怀素短制，飞白恣肆。《器中器》内有两个声音，少年的锐利和暮年的迟钝。所置身的壮年如被切割的直角每日减少，无从改变。诗人明白，若因果不昧就不必再谈……《新割草机》总体节奏急促怪异，收束则舒缓自然。割草于夏日庭院内，炎热与事务催促，杀身成仁的徒劳，暴力与性的联想，在灌木枝叶与草末纷飞中达到和谐。模糊悖谬的自言自语，或许揭开被遮蔽的真相：如诗人言，树或草或仁乃至一切事物理念都非它本身，只因我们有自己的理解。

许泽夫先生的诗在立意、构思、文法上都有很多值得学习的地方，它们更贴近多数人的生活。《分手后我做了铁匠》和《幻听》都是余音绕梁的动人情歌。第一首在构思上更精巧些，后一首在表达上显得更为细腻。琵琶的弦音无改，梦境里肩头的细声软语，使醒来的江州司马青衫尽湿……《锁匠》则描述了现代生活中人与人的距离随着生活节奏的加快不断拉远，人心加锁，冷漠与提防成为我们最易触到的平常目光。

用纵跃的机智与精致的趣味，何冰凌构建了词语和意义的迷宫。她的亲切温柔却像晨雾，同她的《法罗岛》一样遥远，谜底是纯净的鲸鱼、孩子，还是电影大师的爱情？我们无从得知。《博物馆》里有毒的滴水观音，融于环境的枯叶蝶，它们缓慢优雅，但却像那些旧式婚姻，虽适应了，偶尔，内心泛起的焦躁不安也会一不小心或故意地溢出来，让人陡生遐想。更喜欢《木樨地》，月桂一样的暗香，让我回想起很久以前看过的越南散文体电影，一个拒绝誓言的爱情游戏。

细心的罗亮，诗里有许多有趣的细节：《复议》中大家惊讶于孩童的智慧。《记要》里一天中的生活场景从公司切换到酒楼，从一起吸烟喝茶策划的同僚转到一起读书饮酒且歌且泣的诗友，以及眼角余光所见的那些为生计而做清扫工作的酒店服务人员，那些令人厌倦的有序和使自己快乐的杂乱都呈现在读者眼前，隐约间也夹杂一些沉重。《当有些事情发生》中，还包含了诗人对当下诗歌语言流变的深刻忧疑与反思。

欲念是难以抵制和逃避的，生活的多彩中同样包括了宁玛派的红，蓝角的诗《偶见》便暗示这些。《街景》中到处都是穿长皮靴的女人，那是美丽的风景还是趋众的重复？我觉得最有趣的倒是那位一直在冷静观察的聪明的诗人，在《肥东》中，蓝角自言自语地论辩，同样展示了他深厚的诗歌功底，以及良好的思辨弹性与张力。

张岩松的诗歌也是思辨的诗歌，咄咄袒露他的不妥协。带有陌生寒冷与坚硬的写作习惯，岩松逆向同样陌生寒冷坚硬的世态人情。在《门口》一诗中，诗人对旧日进行反驳，并试图离家和再度寻找，那些阴暗、缓慢的坚持和变更，渗透入诗人树荫一样开始逐渐泛黄的心情。诗人望着脖子上的一条围巾，表达了对无休止的掩饰矫情的厌倦，并极力嘲讽。在岩松看来，人最终不能选择懦弱的逃避，像鸟，并不需要不属于它的"羽毛"。

江岸情感充沛思维跳跃，常常不拘于语法逻辑，所指也总是不大确切。读江岸的诗，我仿佛看见他在我面前快速而用力地眨动双眼，大声激动地诵出激情四射的句子。在《花瓣》中，他对那些在沉沦中努力挣扎的弱女子表达了深切的同情，《踏青》则是对自然无限地亲近，诗人感叹"想要一个日子干净多么困难"！《垃圾》包含对底层人的赞美，和对另一些人，包括精神低俗的诗人的鄙视。

东坡慨叹，渺沧海之一粟，哀吾生之须臾。章凯的诗是令人惊讶的，她用缓慢优雅清冷的节律弹响易逝与死亡的旋律，在自我的对视中触摸生命的短暂，触摸那些在梦魇中的恐惧。清晨诗人从雪夜中醒来，清晨发现白雪覆地，由此而心生渺茫感，像潜水者一样，吐出能与白雪相映的轻缓明亮的句子。诗收束在"有一天，它们会看着我消亡／像现在我看着它们一样"。《距离》描写的是梦境，诗人与已逝的人同行，家与死亡自然地重叠到了一起。

所选寒阳女士的前两首有警语意味，试图表现一种阅遍人生的睿智，"我，站在路上找路"，"走远了就不用回头／也不用忧伤／世界已经不知道痛痒"，《远去的雷声》让我再度看见那个令我有些厌烦的表面现代内里陈旧的上海，在江流雨水雷霆中哭泣。《仲夏夜》平淡叙述但着力营造了一种诡异的氛围，阴气森森。同寒阳一样，杜绿绿的《房客》同样使用了短篇小说的叙事技法，缓慢地释放出一个幽静的而又与自己非常相似的鬼魂。《出走记》里污渍遍布的墙壁、玻璃缸里的鱼，映衬出走者的脆弱。《海上升明月》中，"我失踪于无人海滩／海草吞去脚印／月亮黄澄澄，如榴梿"，在孤独中存留意境与趣味，颇有古典之美。

《小镇》，"瓦房篱笆向日葵玉米地白桦林"，诗人水晶钥匙回到东北老家，与母亲絮絮交谈，感叹时光流逝之速，生活轨迹差异之巨大。《七夕·小姨》则是令人惘然、伤感的，生老病死，是如此无常，又有多少物是人非含在其中啊！

江不离的《陪女儿打球》中，羽毛球在眼中也成为来去的飞鸟。在《今夜——给海子》中，他用"你却让自己倒在京胡的两根弦上"，隐喻海子当年在山海关的卧轨离世。江不离的诗很有气势，富有激情和想象力，多有季节和性之类的隐语。

管党生不久前不辞辛劳步行到我的蜗居，脚底的几个血泡使我无法不感慨，显然，他并非一味图于享受的人。老管的意志可能远比我们想象的更坚定，他既有广博的当代诗歌史阅历，也有着自己明晰的创作方向。在老管硕大的灵光闪动的脑袋里，有着独特的幽默感，在他看来，现实生活大多是可笑的，绝大多数人也是可笑的。如此，以至于极端，别人诟病的往往正是他引以为傲的。他高举垃圾派的大纛，自豪于在非议的口水中逐步立住阵脚并还以颜色。但他不仅仅是行为的，不少作品确实很优秀。

黄玲君的《十七年蝉》前提后置，很有结构技巧，它像我曾见的精致纸蝉。诗虽短，却妙语如泉喷涌，这是蝉之禅，十七年，究竟埋藏怎样的秘密？《洋葱》中，刺眼的气味一直是洋葱执着的身体记忆，是催人泪下的不可见的强大之物。最令我赞赏的是《观火的人》，似乎晚日接荒草时，淡黑灰蓝赭红草绿金黄，一起涂抹成传世油画，整首诗客观冷静不动声色，结尾处尤为精妙。

莫小邪语言独特而毫无顾忌。《灿烂》就是个无拘无束的语言游戏，但隐隐似乎可以附会成可叙述的故事。《给远方》中一片沙滩，道德在这里是浅薄的，情欲是直白的，敢于暴露的女人像蛤蜊，而椰子汁与消失的时间又粘在了一起。《十年》虽然有性的隐语，但它是深沉的，"再过十年／你还会不会用少年的眼神／远远看我／或在夜色中抱住我／就像在荒凉的沙漠中抚摸／一堆刺眼的白骨"，读来不由得让人感动。

汪抒在《粗粝》中对语言表面和谐刻意地加以破坏，比如"推搡""杀伤力""凌厉"这些词语，确如大西南的山岩一样粗粝。诗人在旅道上的感叹却沉落我的心底，"生命太轻，却沉在厌世之底，不漂浮上来"。纪实片段般的作品《我已被碎石搅拌》，是令人震撼战栗的，一连串的假设构成面前的残酷场面，在硝烟散尽后也无法散尽。而《一瞬》中许多词语在拆解重组中再生了，诗人真的在精心描述那一瞬，在最深最远最隐秘的地方，我们可以看见他在"阴暗中明亮地散失"。

夜阑读诗，竟忽然想到每日来去的路上，那些杨树宽大的叶子落尽，在冷风中瑟瑟直立。像我们一样，一直在孤独等待，等待某个时刻来临。成群的鸟独自飞翔，林立的写作者们也是孤独的。每个优秀诗人都有自己无法卸去的责任与使命，那些是后背上的十字架，或者隐隐疼痛的肉中之刺。

我们追问越深，越无法变成一个冷漠的旁观者。章凯在她的诗中写道："我那时要求现在的我／赶快来临／拯救我于独自的灯光之下。"或许，大多数时候独自阅读并不等于孤独，如我今夜，独自在灯光下，与众多纯净的心灵照面而过。

照亮心灵的一束微光

秋日临窗，我的案头整齐地码放着一套"抵达文丛"。这套丛书给人第一印象是清晰、洁净、典雅，无论是在纸张选择，还是装帧设计、排版处理等诸多细节方面，都可圈可点。该丛书从组织编选到出版耗时达半年以上，其间反复审稿、逐字校对，校勘修正样稿版式文字，文丛的策划者们实在是花了很多心血。如不亲身经历，其中的烦琐劳顿实在是难以想象的。

这套丛书共十册，以诗集为主，又兼有散文、评论、诗学随笔等多种文本形态，十本书的作者按年龄分属20世纪60、70、80年代，且大多是抵达文学的中坚力量代表。秋日迟迟，这部文丛显然已成为文学之树上结出的又一枚殷红硕果。

黄公度说我手写我心。是这样，真情流淌便可能成就好诗文。王光中与我年岁相仿，他微笑着看人的眼神坦诚却又不失机敏。相形之下，酒桌上的他更显低调内敛。日常生活中的王光中应该是经常喝酒却又不善饮酒的，要是强作分类，大约可归属于饮少辄醉的陶潜一类吧。然而，他是善于"酿酒"的。我的意思是说，他的诗集《后坡地》几乎就如同深埋地下的陈年佳酿一般，一旦倒入杯中碗中，如水清澈间是四溢的酒香，它们柔和醇厚，或许随意读上几行，就会有一些句子温暖你那已变得有些冰冷的脸颊和胸膛。《后坡地》应该是诗人王光中给父亲的一部献礼作，《自序》中那子欲养而亲不在的孺慕之情令人感伤不已，它激起了作为阅读者的我同样无比沉重的对父亲的缅怀。光中的诗作大多歌咏记忆中的乡土，记忆中的人情世故。在季节不断变换中，我们都不断变老，而那不变的或许就是这些深沉厚重的记忆与情结。

最早读到的王敏的散文是有关晚唐诗人鱼玄机的，我好奇于王敏何以特别关注这位千年以前就颇有争议的女子，虽然我向来不认为文学与道德有什么密切关系。最终，这个疑问由《清欢》这部散文集做出了委婉的回答。《清欢》中每篇文章的拟题几乎都给你耳目一新的感觉，题材选择上或针砭时弊，或感怀人生，给我的总体印象是脉络贯通，文气浩然，激昂慷慨之处不输须眉，辛辣刚健而又有着璞玉般的温润。她的文思堪称敏捷严谨，很有些鲁迅杂文的意趣，在旁征博引间又难能可贵地做到了丝丝入扣，可见思辨功底很深厚。广泛而深入的思考是如此重要而艰难，而我们对网络的依赖正在让我们很多人不断丧失深度思考与写作的能力。王敏则做得很好，对沉重严谨的话题也常有不落俗套的真知灼见，常常可以举重若轻。我用了大约一周时间才读完这部《清欢》，集子拟名应隐含王敏的写作趣味吧。或是为阐明清水芙蕖的心志，抑或抒发胸间蒹葭苍苍的古意，王敏自取笔名为"在水中央"。这夜气如水清凉，一家医院医生值班室内，王敏手执一卷，托颐蹙眉，神游福尔马林外的世界。偶尔，也会侧首向你嫣然一笑……

细读墨娘的诗集《城市的另一半在下雨》时，心头竟涌出许多难言的酸楚，不由得想到稼轩遗句"欲说还休，却道天凉好个秋"。《雪总是来自天上》以及《口香糖》里的少年情结，《春风不度》中对缺失幸福感的婚姻生活的自然巧妙隐射，《我在阳光的缝隙穿行得太久》中借透射出云层的光芒巧妙地暗喻光阴易逝成长艰难，等等，一个日常生活中显得极为沉稳干练且又成熟开朗的才情女子，在她平静的外表下，在看似不动声色的诗句中，竟隐藏着如此深沉的无可奈何与哀婉伤情！实在让人难以置信。如易安居士南渡后的写作一样，墨娘诗中的伤感会在阅读者潜心细读时变得浓郁起来，甚至浓到无法化开。墨娘的诗在局部的技法处理上算不得新颖，但她有一双勘破无常世情的敏锐细腻的慧眼，因此，总可以在日常生活中发现不寻常的诗意，在诗作取材上能注重提炼，构思精致而富于跳荡。《城市的另一半在下雨》这部诗集中，许多诗作的质量都非常高，耐得读者细细咀嚼。

江不离的诗歌在我们面前推倒了一堵墙，让我们可以无障碍地直面已高度机械化、技术化的现代社会。他的诗集《2010》在语言取向与关注上保持了一贯的隐秘与跳跃，且更加精彩纷呈。如今，江不离的诗作在看似粗疏的表达里却有魏晋士子的风雅脱俗，难能可贵的是，细读起来又不张狂不颓废，构思处理的巧妙幽默处让人读来失笑并叹服。是啊，像古诗《氓》一样令人发笑的诗是多么难得！可笑完之后又往往会觉得有些沉重，看起来，他的笔下似乎尽是些光怪陆离的被词语压迫变形的人与事，可事实上，那些恰恰是最逼真的现实写照，那些正是被现代化、被都市化、被物质化压抑变形了的人与事的精准再现。由此，我们不难读出在江不离的冷淡揶揄中所包含的对生活无比炽烈的关怀热爱，以及黑色幽默中他对现代性的深入思考。

冰马的诗集《修辞》代表冰马诗歌写作上的新突破。它庞杂琐细，富于想象，尖锐激烈，毫不妥协。整体上有口语化、细节化的倾向，部分诗作在简单化结构处理中却能表达出精彩的警语。《修辞》的关注广泛，譬如《棉花辞》里对人伦和繁衍意义进行思索，《死亡辞》里有对死亡的深刻认识，《细雨辞》中初春细雨间映射出寒意逼人的都市现实，《虎渡辞》写青葱岁月的深刻记忆，《荼毒辞》中男女约会写得幽默含蓄，《方言》则别具一格，抒写人到中年的寻根，当你操持混杂普通话的方言回到故乡时，将会体会冰马的尴尬与酸楚。《供词》是中年人的自白以及对那些肉中之刺的无可奈何，这些在《终了辞》中更加清晰，它们琐碎如同年末寄语，以重感冒、女人的十字绣、肉体的麻木疲软来呈现，写出中年的难堪处境。如今，冰马关注更多的是时事，这类主题的诗作很多，如《沈鱼辞》中一成不变的图景，《假如我是一头驯鹿》和《菊花辞》等诗表达受压抑的反感以及对遮遮掩掩用语的嘲讽。《乌七八糟辞》这首诗非常独特，有饶舌音乐的节奏翻滚感，同时又有诗思自如的跳跃，算得上是非常出色的文本尝试。

闲云、东隅、宣梅三人的作品质地接近，都内蓄清洁的精神。相对而言，东隅的诗总体上更多温暖，有饱满的热情。在东隅的诗集《夏卡的咖啡》中，她将自己的诗分为"暖月光""叛逆""新诗旧梦""夏卡的下午"四部分。在色彩基调上，第一部分更清新明朗；技法处理上，后两部分变化更多，色彩也更加丰富，步入成熟阶段。宣梅的诗集《静时光》比较注重描述，诗节奏相对来说较为舒缓，有些散文化特征，语言质地非常柔软，给人感觉仿佛目光迷离、精神恍惚的少女独立于料峭春风中，胸中满怀寂寞惆怅的情愫。这本诗集里的诗多是篇幅不长的短制，在意境与情趣的营造上类似于宋人小令，且在语言上展示出良好的古典文学功底。不过，不知道是不是受了宋诗偏重理念化的影响，诗中议的成分较多，有时甚至冲淡了诗的趣味。闲云诗作令我想到古诗"青青子衿，悠悠我心"，他的叙事诗有着很好的品质，但在抒情诗上有些流于传统，散文化气息较重，在题材内容的选择上还不够深广。我确信，他的诗必会在他发乎自然的热爱中不断成长，迅速成熟起来。

应当说，词语中是沉积着许多本源性思考的，大哲学家海德格尔对现象学的深入也正是从简单的词语入手，最终构建虚无却庞大的存在主义大厦。我也认为对词语的敏感程度，应当成为判断某人是否具备出众写作才能的重要标志之一。尚兵的《抛物线》算得上是我近年来读到的为数不多的优秀诗集。所选大部分诗作意象繁复，然而整体读下来却又透着一种奇特的简约，这种矛盾微妙地协调统一在尚兵的诗歌中，统一在尚兵《诗之伪》所阐发的诗学理想中，他让诗语言与它自身的意义在矛盾中达成一种静默的平衡。当然，更重要的是，尚兵从词语层面开始进行语体尝试，这一做法的意义显然大于一般优秀诗人的熟练写作。我坚信，在词语中发现历史的秘密，发现哲学的秘密，发现诗歌的秘密，都必将是一种非常有意义有价值的尝试。

诗集《气血》展示出诗人汪抒对语言细到毫微的把握能力，特别是在动词的使用上，令人无法不赞叹。毫无疑问，汪抒对词语的高度敏锐和对整体架构的随意却又精确的掌控，使他能在不拘一格和驾轻就熟方面远远超出众多成名很久的诗人。和我一样，他醉心于虚构，那些遥远之地总是历历在目，而眼前之境偏偏会沦入一片虚空。他的诗有清冷孤高的隐士气质，又在平静的冰面下翻腾着磅礴的气血之河。你要做的只是用心去读诗集《气血》，它的丰富驳杂和它的清澈纯粹都必将令你难以忘怀。

写作其实也并不具备某些人吹捧的伟大责任。你说大自然具备什么使命？李白、杜甫、曹雪芹的责任又是什么？其实，无论何种纯文学写作，都不应被冠以责任之类的名目，任何冠以名目的写作本质上都是功利的。当然，写作也并非高过俗世的青云梯，一动笔你必将拖曳生活的残影。或许，更多时候，写作只是让我们走近并直面人性深渊的小径，所有抒写充其量只是一束能照亮自身思考的微光吧。

那是8月间的一个正午，立在暑气蒸腾的骊山山道边，那古树投下的影子模糊晃动，你抬头试图远眺灞桥，但它远不可见。或许，时间里的一切都会是这样，最终将变得模糊难辨，难以眺望。或许，它们也只是在告诉你一个事实：纷纭变化的当下也不过是历史的一道道重影。

你，终究还要活成你自己。

2012年9月

伊卡洛斯的翅膀

在共同的美学理想引领下，"抵达"开始聚集越来越多虔诚的诗歌写作者。而更可贵的是，正如那些傍晚的归鸟一样，他们在群飞中保持着个体的独立。

江不离的诗延续一贯的机敏以及冷幽默。其诗取材非常自由，不附庸风雅而自成风雅。他勤于思考，长于隐语，想象丰富乃至于匪夷所思，诗思深入而跳跃。总体而言，其用语简朴硬朗，组合间常横出奇变，我们经常可以从诗中发现那些奇异的转向，譬如《用数字说话》中因使用过度而报废的手机，《九月的夜晚，在泾县》中那只误入耳中的蚊子……从整体描述中突然跳入某个局部，平常事物在特定情境下成另类之物也成为他个人诗探索中的一个亮点，庸常生活在他笔下陡生情趣。

尚兵的诗绝不能按表面或单纯的意义来审视，因为，词语与意义的浪尖总在不断呈现，并且瞬息万变。天马行空般的思维跳跃带来意义碎片化以及对词语自身潜质的挖掘，这使尚兵的诗歌具备特有的质地，他的诗完全算得上是对传统写作和阅读的颠覆，一方面绷紧和释放着词语间的组合弹力，另一方面逐渐具备了令人惊讶的节制。在尚兵的诗歌中，荷叶上的露珠总是无规则地滑进池水，鸟儿融入不可见的远方天际，剩下的是平静下来的荷叶和空置的鸟笼……

冰马对诗艺的追求同样是不懈的，从所选诗作来看，近期诗艺又有新的进步。选诗虽依旧以口语叙事为主，注重形式的一致性，但语言的操控技巧已逼近炉火纯青,深刻尖锐的思想开始避进词语深处。显然,他已逐步跨过那道存在已久的障壁。《悼辞》宛如微型小说,神秘隐蔽,可激发读者想象,耐人寻味。《虚词》中,孩子的天真和温馨的天伦之乐,构成精彩的小诗。《棉花辞》则是一首委婉表达对父母感恩的诗。《年关辞》线条简洁,却勾画出年关里的众生相,暗含无常之慨,无常就是"大雁一样掠过"空寂的鸟啼,就是"烟火一样绽放"的寒风。

孤城的诗作,有清澈优雅的内质,弥漫着书卷气,内容多是悲凉的时光挽歌,还有层叠累逝的生活的涟漪。他的诗境界相当高,浮动广漠虚无的气象。你会非常喜欢读他的诗,因为那些诗作总会让你仿佛置身久远的宋元明清,眼前是月光般轻盈的霜雪,还有"袍袖间不可测的空阔与玄机"。

汪抒的诗清澈而锐利,境界更是宏大自在,呈现清静而空茫的气息。它的自由度更多体现于无中生有和对抽象语言的令人惊讶的运用上。同时,其诗歌元素更多的变化在于溢出越来越多的文人雅趣。《忆旧游:南京》中,诗人追忆少时只身乘舟下南京,夜高星垂,六朝古都锦瑟般的灯火、江水,给诗人繁华感之余又带来强烈的陌生感。收束处,诗的韵味犹如那透明的鱼脊泛开的无尽春潮。在汪抒笔下,南方蓬松、润湿,那是由鸟、消失的船和寒雪勾描出的江南。在《乌镇》一诗中,柳枝、白云和蝉声轻覆下的石阶木楼花窗,远接千载的小桥流水……诗人迷恋着它们陈旧的气息,因为那些始终是"最美好的色素"。

墨娘的诗抒情色彩比较浓郁,所选《眼看就要到啦》一诗直接抒发了光阴易逝、韶华难驻的慨叹,《埙》《笛》《隔离带》这类诗则借物说理抒怀,赠诗《超低空飞行已成为坚持的姿态》则含蓄地表达了对诗及某些诗人的解读,《皖南的雨中》是一首精致的诗,语言与节奏拿捏得恰到好处。

王敏的诗挟着散文的灵气，温婉而不失敏锐。《十月六日，杨店乡，饮酒》里入画的乡村，还有那"面目难分""迷离"的秋天总会给你一种久远而又亲切的感觉。《山行》是一首纹理、质感很好的小诗，那是蝴蝶、青山、漫坡的花、竹林、鸟鸣缓缓凝成的一种禅境。

紫竹的日本之旅给了她不少创作的灵感，这些诗作细腻而舒展，本身就如芭蕉的俳句一般，弥漫着独特的岛国气息。《消失的开关》一诗处理技法比较熟练巧妙，诗中的"他"是含混难以确指的，这也是诗的趣味所在。

红土的诗同样是宁静的，取向趣味都比较鲜明。《我在我自己的秋天里》一诗中出现频率极高的"我"，《空盒子》中对寂寥、难逢知己的隐喻，《雅歌》中令人惘然的尘缘与虚构的前世，总体上流露出不少孤高自闭的意味。《秋风起》有古诗《蒹葭》的韵味。《虚拟》一组内容独特，技法也比较成熟。

闲云的诗作在题材上同样呈现出文人情趣，语言上也正在不断摈弃浅俗浮泛，开始进入新的创作层次。中中的诗有较浓厚的乡土情结，在语言与技法的运用上都比较熟练。《隐秘的河流》《无题》《每天从这里经过》这些诗作都是耐得咀嚼的好作品。

大蛇的诗触觉敏锐，意象比较丰富。子艾的诗通达而有情趣，《风念经》写得颇为深沉，《破五》是一首赞美春天的诗，诗中的"春天春天/遍地都是/我的新欢"，一反常规写法，很有味道。幽幽草的《远的近了，近的远了》一诗手法虽有些传统，却有自己的韵致。还有听琴音而知雅意，邵峰的诗《独自一人听古琴》传达了一种深邃的寂寞。东隅的诗有激情，带着梦幻色彩，像《十二月十日夜河畔饮酒》《行走在这个冬天》《烟雨漓江》《夏卡的咖啡》等作品都有着很好的品质。尘埃落定的《我与思维保持若即若离的关系》有虚实难辨的巧妙，仿佛一段隐秘的恋情。木木与每每的诗柔软纤细，你能从《安静的句子》中发现不少可喜的元素。

在物质强横的当下，诗歌也许只能是伊卡洛斯的翅膀，但我们这些诗人仍要毫不犹豫地用它完成心灵的最高升华……

2012 年 2 月

纸上的光照亮

前言：我的阅读远未开始

本雅明认为现代艺术必是令人费解的。是这样，现代艺术家不断超越前人的努力，以及思想空前的丰富多元、技法的极端求新求变等诸多因素，从不同方面逐渐交汇成了这一征象。从受众角度，深入了解一件现代艺术作品的内核或形成技法，绝非易事，而这一点，对现代诗歌而言尤为明显。

对我来说，有时觉得能写下一首使我内心暂得平静的诗就足够了，或是，偶尔能进入其他诗人所营造的意境或趣味便已很满足了。然而，在这本《抵达年鉴》中，我还是不得已地做了一些肤泛的评价。说肤泛应是非常恰当的，因为当下的诗人，被遮蔽的内心几乎都是那么遥远宽广且深不可测，诗歌技法又几乎总是走在当下时代语法逻辑的前方……相对而言，我的那些浅显的评述，充其量只是秋日水面的浮光掠影，或是树荫里零星的斑点，甚至，只是一些自以为是的光与影的虚构假想，永不可能与巨大无比的秋天相对等。

真正的阅读总是从心开始，至心而止的。在匆忙中，简评所牵涉的诗人较少，不足以窥当下诗歌发展的全貌。同时，我所选取并尝试解读的诗歌不算多，甚至未必具备较大时空跨度上的代表性。不过，我想，即使所选再多，我也不可能得到真正的完整；又或倾力所评价的诗哪怕只有一篇，我的阅读也远未开始……

第一章：盘中那游走的钢珠

你从不喜欢谈论诗歌的技术问题，因为在你眼中，技术属于诗歌隐在黑暗中的一面，技术处理总是千变万化，甚至瞬息万变的。然而，读尚兵的诗，你却不得不尴尬地面对技术，也不得不努力从千头万绪中寻找一线禅机。

"棍棒"这个意象在尚兵笔下多次蹦出来，但每次似乎都有许多的不同。你有理由怀疑，棍棒并非棍棒，沙子也非沙子，尚兵只是在不间断地叠加，"他藏于棍棒之中仍咳嗽不已"，"棍棒"具有陈旧、本能、强制、传统、话语、天赋、权威等令人惊叹的附着义，甚至正在你的视野中汇成意象驳杂的空间，让你被迫面对那些跳跃于其中的风暴、闪电与雷鸣。然而，你面对的不过是一个小小的"棍棒"……

尚兵是否正在做一个试验，一个检验词语实用性的试验？或还原词语本义的试验？

一个看似清晰的场景，在被多重意义叠加后，变得面目全非。与叠加技巧相对的则是删减，而在尚兵的诗歌中，叠加的最终目标是演变为删减的意义，逼近词语或事物的本来面目。然而，本来又是什么呢？由此，包括一切物质层面的定义都可能面临被颠覆改写的命运，名词表面附着的大量意义也将被清洗……

尚兵的诗有着无数的突出面，棱角分明，或如长刺纷乱生长的荆棘丛，但你偏偏更多的是看见了那些荆棘上零星开出的或紫或白的花朵。避实就虚，是尚兵诗歌予你的一个清晰印象，被不断放大的微小局部使人感到一种面目全非的陌生，不再无关紧要，不再可有可无，加上，格物之久使得所格之物与其已经没有必然联系，总之，你所面对的无论是庞大事物的皮相，还是附着的情理，在这里，都不再重要，因为它们已被尚兵无情地抛弃。人称，也被改造为意义重现的屏障，成为隐藏意义的一种精巧工具。

尚兵叠加的物，有一些只是精妙的比喻，而繁复无比的意象有时只是层层叠加的隐语。这一切，使人更深地置于意义的假象中，置身于自身的怀疑中，而意义也在逐渐伸展的文字荒漠上流失，直到无影无踪。隐喻之中还有隐喻，谜底之后还有谜语，你追问越深，也就意味着更多的问题会接踵而至，原义可能本是无义。总之，你已经无从得知，意义狡黠地躲在诗歌之外。正如，如今的你不可能回到原点，也没必要回到那里。

《某日》中，诗人在夏季的阴凉下沿着黑黑的护城河奔跑，尚兵灵光一闪的语句让你似乎捕捉到无意义背后的一些意义，那是不易察觉的反讽和不失幽默的格调。《慢一点再轻一点》中，诗人轻声说"果实熟透 / 从无到有"，由熟透的果实到隐身术，到磁铁的细雨、弧形的鸟鸣、十字韧带样的立交桥，沉醉于语言尝试的尚兵，诗歌中似乎蕴蓄着一种原始而神秘的力量，或者说语言的直觉，不少不事修饰的句子也熠熠生辉。或许有趣的句子，本身与意义没有多大关系，或许，一些句子本身就是趣味。从语感而言，有趣更在这些跳动的密语所呈现出的无限轻巧、突兀、起伏不定的节奏上。想象中，尚兵正点燃一支香烟，在夏夜，随手画出一个个不规则的闪亮圆圈，那也正是很多人迷恋的所谓意义。放慢下来，平时或深或浅的人生感悟在这里也没有多少用武之地，它们被层层阻断在当下的真实面前。《那片绿》中，诗人喃喃自语："风一吹 / 那片绿色也不是我认识的那片绿了。"

以纸而成圆规之圆，以空而见缶瓮之用，而以无见诗歌之本相。尚兵诗歌的趣味在于处于意义的乱流中，呈现了极端不稳定的特性，阅读成为有难度的语言挑战，正如《无题之七》中，诗人说"它的不确定性也叫人头疼"，闭上眼睛，一颗或多颗圆润的钢珠在光滑的银盘中急速游走，仿佛永远也不会停下来……

刻意为之的难度，正成为当下诗人们生活的一部分。像少年时的狄兰·托马斯一样，尚兵的一些诗在节奏上还不够自然圆融，贯通感不算很强，但无疑，处理上已显得很干净了。尚兵在从事一种极度艰难的写作，同时，他也是从一个很高的台阶上起身，而山巅，看来也并不遥远。

第二章：抵达天堂的巴别塔

于冰马这样优秀的诗人、敏锐的评论家而言，于诗于人，何种明快的注解才是负责且恰当的呢？这无疑是横在你面前的一个难题。

《宿命》中，诗人冰马明确宣布，我们来自尘埃、雨水和落叶，而最终将面对归于尘埃、归于雨水、归于落叶的宿命。这并不同于《圣经》功利化的所谓解脱，这种表述的内里是一种深入骨髓的绝望，是诗人忧郁本性的必然凝结。如我们所知，优秀的诗人几乎都有严重的精神忧郁，不少诗人甚至用生命去反抗难以逃避的绝望，反抗外部的强权与秩序，反抗自身的无力与无序。然而，这绝望由宿命带来，你最终无路可逃，包括你诗歌中夹带的毒性也是如此。《毒贩》是一个暗喻，恰是那些令人沉湎的事物的毒性总是深深纠缠在你的思想、血脉中，催生诗歌之花。

不仅忧郁，诗歌也常产生于震惊，产生于一种想要改变现状的精神努力，所有伟大的诗歌就像在时代的海平面上卷起的一股强大飓风，经过后，留下现实的枯枝败叶……

在较长时间里，现实主义几乎成为贬义词，为大多数人所讳，似乎一沾上便落了下乘。然而，任何立足于人性存在的文学，本质上都是现实的。统观冰马的诗，在语言构建上取向庞杂，技法变化无端，里面是重叠的阴影，扭曲放大的巴洛克世界，然而，又几乎都有较为清晰的主题。从诗内容上来看，冰马的诗多是对当下生活深切的关注与介入，那淬过愤怒之火的文字，闪射着悲天悯人的现实主义光芒。总体而言，他的诗取意十分纯粹，更倾向于刚性的表达。

　　大部分时候，冰马总将目光聚焦在尖锐敏感的社会问题上，诸如《耻辱》是一幕即景，包含的成分就比较复杂，呈现出一个令人无法不担忧的冷漠世态，一个缺乏人性关怀的病态世界！还有，刹那断送十分春意，《倒春寒》是柳丝一样线条清晰的诗作，春天的风情万种尚未裸露，一场突如其来的倒春寒便改变了我们的生活，想想，就是如此，我们正置身于自认为早已消逝的冬日里……现代化的都市有的是钢铁的森林，有的是为生活盘旋觅食的鸟，但，我们渐已看不到反哺的乌鸦。《楼道》便是一首满腔郁愤的诗，如此孤独如此可怜的老人，你生养的究竟是什么啊？付出半生辛劳换来的是什么啊？你是否依旧在狭窄的楼道下夹缝中艰难膝行？是否依旧在微弱的烛火里回味旧日？题材主旨如《楼道》的诗歌为数不少，我们不得不面对来自良知的不断拷问，不得不去思索一些深层次的社会问题。

　　生活中，如《肖邦》本身具备的不确定性一样，美是难言的，在一个短促的生活片段中，肖邦是个浓缩的象征词语，你能看到的是绿色、车窗外余晖中的塑料薄膜，以及水面的节奏感、一切跳动的音符……《茫茫大海》是它的姊妹篇，在用喻上比较直露地表现了对世俗的厌憎：对大海而言，涂抹虚假绿色的大巴和跨海大桥只是污物。这世界真正的美究竟在哪里？我们不禁发问。或许，真正的美、真正的天堂永远只在我们不断张望的心灵高处，那里，伊甸园枝繁叶茂，鲜花正一望无际地盛开……

　　冰马的绝大部分诗是可读的、可逻辑性解析的，这让我感触到一个不屈从于后现代技法的冰马，以及他在他的诗歌中所展现的审美固执和二十余年写作实践积淀下的极为深厚的语言功底。我们常说功夫在诗外，冰马所置身的精神流浪境地恰恰给予诗人最多的创作养分，我们同样可以清晰地读出诗人冰马的尴尬，读出当代诗歌遭遇的尴尬——他呈现的极度边缘化与附庸化的特征。有时，你不免去想，边缘或许正是诗的本相，而附庸则是对诗歌永远的误读，令人悲哀的事实之镜一面恰恰是——纯粹的诗歌总是身处媚俗的大众之外，身处权力的搏杀之外；另一面则是，繁荣之后总是衰落，身处这个经济繁荣、诗歌空前衰落萧条的时代，等待每个真正诗人的不是霓虹里的狂欢，更多的是黑夜一般寂静无边的独自思索。

在一切已知的语言形态中，唯有诗语言具备超乎时代的悟性与洞察力。或许，你在现实世界中只是微不足道的弱者，而在倾心经营的语言领地，你终会获得一定的话语权，你总可以追随自身的意愿，努力构建抵达天堂的巴别塔……

岩浆总会从板块的交合处迸射，我们所处的时代板块正在剧烈碰撞，作为诗人的你，能否不再为狭隘、自卑、傲慢、虚荣所左右，最终成为新语言的开辟者？

第三章：守望闹市中的桃源

事实证明，刻意地摒弃什么，最终，那个什么也变得重要起来。在模式中寻求自由，在失范中找寻约束，便是一个不争的事实，这也是诗歌发展本身的复杂悖谬性之一。

当下，大多数诗人已找到适于自己的感性和平面的表达法，但常常不知不觉间失掉了气魄与深度。寻求平衡总是如此艰难，像在刀锋上行走，而宇轩的诗似乎正是在做这种尝试努力，难能可贵地寻求着微妙的平衡。宇轩的诗给我总体上的印象是，语言上松散与凝聚并存，后现代与古典，平面化的浅显与立体的隐晦糅合，从取境看，大多有空寂清澈的特点，追求的似乎是具有弹性的诗意或张力，甚至那些不可言说的禅境。在他的诗中，温厚的语言总隐隐约约披拂摇动着古典诗词的影子，那些草、石头、松林、鸟雀之类自然之物总散发着诗人对生命和生活的无限热爱。

诗歌的多元总是外部的复杂多元带来的征象，《练习曲》就是形态各异、风格多样的一组诗，相信也是会给阅读者留下深刻印象的一组诗。在这里，我们不妨试着进入这组诗歌的阅读：一个夏日，回忆另一个夏日，医院里的中年男子历经死别，啜泣声"犹如自然之雨／彻底、质朴、真实"，宇轩的诗传递的这种沉痛非常真实，让你想到佛教中的同体大悲。在世俗生活中，大多数诗人有这样一颗悲悯世人的脆弱的心。诗人并非高傲的旁观者，而是时代的在场者。然而，恰如一条条离岸的鱼，他们通常如此不合于环境，甚至是格格不入，如宇轩诗中所言，逐渐没有悲伤虚弱的眼泪可流，能示人的只有"密致的骨钙／倒挂的悬刺／肮脏的肠胃和苦胆"，以及在现实中在死亡前"挣扎的疼痛和麟角"。诗人都有自己的梦幻园，有自己无法倾诉的悲伤和孤独。

俯仰一世，宇轩的孤独感可能源于他的大宇宙观，"仰观宇宙之大，俯察品类之盛"，诗人如此。从一棵树到成片的林海，从北斗星到浩瀚的星海，在广阔的宇宙间，倍感自身存在的渺小、孤独，这些似在诗人心中播下了觉悟的种子。诗人眼中有"落叶残枝"，有零落一地的"蝶虫之羽"，大自然的暴雨骄阳，也是大自然变化无穷的箫声，只有心灵沉静的诗人才能倾听，这一点，宇轩不缺乏。他只是在空寂中有些畏惧，畏惧被遗忘、弃置，畏惧没有对立的"荷戟独彷徨"。傍晚时没有鸟喧的树林边，他安静却又带着难以言明的沉重活着，寂静是诗人"眼中、舌尖的苦胆"，沉寂孤独常会诱发他自觉攀缘的使命感，反省自身的与众不同。诗人觉得自己"站立在街头／继而行走"，就如"木梯子／搁置在杂物之中"，其意味不言而喻。我想宇轩最终所期望的可能是刀的锋芒四射、鸟的展翅高翔，当然，那应是在世俗生活以外吧。

宇轩的诗歌技巧也正在不断完善，他把自己的诗歌创作练习看作将路折叠，再折叠，把清晰的感觉巧妙地掩藏，将一览无余变成不可捉摸，这本身就是一种技术的巧妙诠释。《莫名街》写得精致，有独特的气息，崭新的变化，包括旁观的自白和以否定形式为主的激烈辩议。我很喜欢"我只能说／我爱极了那些伸舌于瓦隙中的莫名之草和淡绿色的青苔"这类充满灵气的句子。在技巧的处理上，宇轩似乎更得益于传统。由一首小诗记起"那晚天下大雨／风吹开了母亲的柴门"，有如写意画的飞白，留下比较大的空间。在细节处理上，宇轩正逐步变得沉着精心，诸如《被它看》中，片段描摹很细腻，噙着灰色羽毛的麻雀"站在湿漉漉的瓦脊上"，在属于诗人也属于它的领地上，上下逡巡，左顾右盼。收束处，"院中栀子花白，晨光沐浴无声"，余音袅袅，有古诗情趣。《心之即景》中"往复年年，且说这一日／日日繁复，且说这一时"，则多少有些偈语的影响。

我觉得，作为诗人，他无须在这个价值观纷乱的社会得到所谓的普遍认同，也不可能去酝酿一次次大众的狂欢，在芸芸众生中，在无边的喧哗与骚动中，不必盲目追求尽人皆知，而是耐心地守望内心静谧的桃源，我想，这也已经足够了。

第四章：眉目清晰间的仿佛

庄周说，道在屎溺。真谛无所不在、无所不可，江不离的诗作似暗合此理。

不同于大部分人的诗歌，从他的文本到思辨，你看不到风花雪月，似乎不大好看、不大好闻。他的诗有着自身鲜明的审美取向，语言刻意地规避柔软，执着地拒绝虚饰，带有难以消解的陌生感。从技术上看，这种陌生与其诗思跳跃多跃幅大有着直接的关系，这些近乎极端的跳跃构筑了理解上的藩篱。每首诗在行间推进中，像排排浪头表面一致，内里却早衍生出极多的分歧与变化，不断地演进呈现令人费解的事与物，恰如达利画笔下真切细腻却不可思议的世界。

　　印象中，酒后的江不离总是疏放不羁，有东晋名士风范，其诗亦然：剑走偏锋，更类于证道，要做的似乎是扯掉蒙在眼前的，看似无比冷漠，却蕴含无限温情，在小心谨慎中常迸射愤怒与狂暴，一切似乎不知所由。解读那些看似眉眼清晰的诗作，我却觉得只能使用"似乎"了。

　　如此矛盾重重的诗人，平常生活又是怎样？《庸常》与《造型》等诗都是自画像，借印章或 A4 纸来抒写对庸常生活的深切自省——依赖、厌恶、不知所措……我们看到的是印章一样的笑脸，A4 纸一样规范化了的生活。在《得了，π》中，诗人由常数 π 切入记忆中的乡村生活以及面目全非的自己：白天，"头顶那口大锅／彤红／计划把我变成炒货"，夜晚则是迷乱的，"晚妆／拼命扩散其影响／问号被拉直"，生活似乎总是浸泡在无休止的低俗无聊中，大多数人在不断地异化。在《我神经了》一诗中，江不离骂道，"生逢乱世，还求索个屁"！然而，这并非对屈原的否定，而只是激愤与不平。或许，世态人情自古至今都未改变，风化移易只是错觉。人心离乱，何时何处不是乱世？生活中的江不离也曾努力去妥协或对抗，然而，最终，他也走在了借诗歌求索存在意义的道路上。

　　诗歌的力量总来自良知、怜悯、不平、愤怒、温暖……优秀的诗人总带着这些似乎与生俱来的深刻的情感体验。《草莓模特》中，摆在路边的草莓做了夏天的城市模特，但诗人知道，可怜的它们始终是底部的铺垫物，像阿姆斯特丹红灯区的橱窗，像《瞄准，布匹罩子》中的柔软与虚假，只不过是糜烂的风景。《出门与投币》中，诗人习惯于投币入箱，投垃圾入桶，投钱给乞丐，这种习惯已成为机械化节奏的一部分，直到有一天没有垃圾废物可投，无物可投，这里构造的尴尬里面有冷漠的规则，有人群间不断滋长的互不信任。那寒冷中，我们还有什么？这世界是否真的有爱？爱究竟是什么？在诗人眼里，人生不全是绝望，在《说爱》中，他试着做了回答，爱无处不在，"到处是我的替身"，是火苗，旗帜，是泉眼……像在《死觉》里爱吃猪蹄子的诗人，午后浓茶也无法消除的疲倦，却会引发对母亲的温暖记忆。

诗人从庸俗的生活中提炼出像《前夕》《巨额山峰》《鸡蛋董事》等数量极多的诗篇，嘲讽的市井俚语，政治与性的隐语，在江不离的这些诗中都有体现。更值得关注的是诗人藏在俚俗表达后的尖锐思考，以及诗人一颗始终不失清洁的赤子之心。《喝茶》是诗人偶尔在茶楼喝茶，看什么都勾起颓废，勾起似乎更合氛围的欲念，"去一个无人的场合凑凑热闹"是个经典的悖谬表达，诗人的幽默感聚集在"沸腾的茶叶／苦苦修行"这些有趣的句子上。《抚琴及其他》同样是一首有趣的诗，它的有趣在于意义的漂浮不定、左顾右盼，诗题中的"其他"倒是可以看作解读该诗的一把锈迹斑斑的钥匙，那些名片、制服、电梯，窗帘后的窥视者，难以说清的交易，以及陶醉于颓废和抒情兴奋中的人，"使用修辞格／把自己比喻成江河／那无数根水的琴弦／抚出到咪骚发西／宫商角徵羽"，似乎可有可无的句子在不经意中成为这首诗独特趣味的所在。诗的收束处，"椅子突然站立／把我吓倒／把我吓倒"，在反复中更见突兀的情趣。《变味》中的汗味，《还债》中过夜生活的太阳，这些则有着浓烈的颠覆意味。

江不离给我的总的印象是鲜明的矛盾气息——棱角分明，却在熟悉中带着陌生，在看似沉静中宣泄着狂躁。他似乎总笼罩在极度压抑下，甚至在与自我做着艰难的疏离，保持怀疑与警惕，自嘲与反讽也总那么极端，调侃带着明显的灰黑色成分，在自己的诗歌中，他就像忧郁时自言自语的凡·高。如今，不断写诗的江不离觉得自己正从庸俗生活中被"拔"出来，他"越来越喜欢自己／拖泥带水的样子／像只萝卜"。我也相信，逐渐会有更多的人喜欢上江不离的诗。

如其他艺术形式一样，诗，始于内心的骚动。或许一开始，诗更是高度技术化的语言，而最终，诗歌所蕴含的人类精神将倒映纸上。在平凡的一生中，我们诗人所要做的或许就是对诗歌的不离不弃，倾心于其，最终能由术而入道。

第五章：怀藏鸟鸣和清香

现在，展开在我面前的诗作，如发硎之刃，有着异常清晰的边缘，它们来自从未谋面却熟识已久的汪朝晖。

幼年生活过的江南古镇，潭水深千尺的诗乡，汇群山之长的黄山……汪朝晖的诗弥散着浓烈的江南气息，即便诗行里浮起来的仅仅是清晨一抹淡淡的薄雾、一座静静的石桥。缠绵的雨水、柔弱的花朵、轻巧的翅膀、醉人的微风、明净无限的春天，这些是在汪朝晖诗中频繁可见的主题词，意味着某种诗歌传统的留存，它们自然而恰当地连缀成诗人的审美趣味。诗人汪朝晖似乎总在执着地追寻失落已久的优雅、精纯和轻盈，并试图在诗歌中保持微妙的共存，如四月的风筝一般，无须费力就可在心灵的天空自由飞翔……

诗似乎总是背负着人类存在以来的一切沉重，我们似乎无法摆脱来自躯壳以及灵魂的痛苦。但痛苦若是远离，诗歌的精神也必将离我们无限遥远。汪朝晖和我们一样，表面上认真地过着他按部就班的生活，事实上，他却是一以贯之痛苦地追寻着他的精神家园。《一列火车》中，诗人旁观了这种双重生活，他写道："他似乎在超越一切又似乎没有超越。"《在乡间泥路上》的他怅然若失，"他似乎毫无目的／只是一个点／会随时消失"。在《嫩绿的叶子》中，嫩绿而尖锐的叶子穿过寒冷，也令诗人感到疼痛，这不只是关于春天的记忆，这种茫然的疼痛普遍渗透在他的作品中，当你深入他的诗歌试图获得宁静与愉悦时，往往是隐隐作痛的开始，这使温文尔雅的汪朝晖在诗歌中看起来遥不可及。

为排遣无常，进入汪朝晖诗歌视野的事物异常纷繁。在《穿过我的空处》里倒映蓝天的水面上的一只鸭子，"口里含春／叫一声／大地就发一粒春芽"的麻雀，映照逝者背影的手中的烛光，以及《清明祭》中鸟翅扑下的雨水，被春天暗藏了一条河流的花朵，这些诗中的事物都色调缤纷，轻灵精致，如蝴蝶、如目光一般轻不可言。在《一个人解禁了自己》中，鸟拍落的风，用翅膀反射的阳光，体内上涨的水流，意味着快乐和不再压抑，诗人借此把阅读带来难以言明的愉悦体验巧妙地作了言明。而《春雨》则回归了一个不再无限负重的现实，鸟儿归巢，湖水上涨，春天绽放，积年的往事返回心中，这些让诗人得到一次心灵的洗礼。我想，在现代诗人的心中，比工业时代机器声更具震撼力的，总是自然之声，那《山溪》中的潺潺流水"滑过一些卵石／比机器声响"。

《弹出》一诗中"当它穿破初春的寒夜／像一只魔手／突然弹出绿芽和花朵"，那是诗情在寒冷中的萌发。《春暖》中的心跳、发热，是呼唤着人与人之间的冬季早日消失。《初春的日子》中初春连绵的雨让诗人"对于一粒种子／还是要裹紧身子"，并自问"我算不算种子／现在身穿去年的棉衣／在雨下写诗"。这汩汩涌动的诗情，也推动着诗人不拘囿于所谓成熟的写法，逐步开始了陌生化的尝试，如《老街》《也算漂泊之人》《于一个缓慢的季节》等作品。有些诗在结构上似乎受到当代小说技法较多的影响，在境界或意味的构设与表达上，刻意打乱组合，有多重调整的迹象，无形中达成了新的意趣。对于表达意义，《那扇门》就有独到的解释，"那扇门最后轻轻合上"，它拒绝了单一意义。大部分时候，诗人睿智的话语就像林中鸟一样妙"声"如珠，"黑暗散去，鸟就拾得大匹的光／鸟就顺利地从阳光路线飞到整个林子的上空"。

总体来看，汪朝晖的诗思深入而厚实，文法逻辑、立意构思均能悉心打磨，避免随意；在表达上，意象密集又力求简省；在节奏上大多舒缓有致，具有中庸、调和、自然的诗风，他善于营造色彩与空间的深度意象，能悉心描摹各类境界之美。

读到汪朝晖的诗句"那愿意被光无数次照亮的／心胸，怀藏着鸟鸣和清香"，你的心中便跃动浩渺的太平湖水，徜徉湖岸，你的四野辽阔，清风微拂间，是草叶的香气和宁静的鸟鸣……

第六章：琴声来自乌有之乡

"越来越轻，欲望已到的地方／仍然难解拘束。"

人类总因自身的局限，盲目地追逐外物，或沉浸于形而上的深入，却无法真正开放自身广大的心灵。

在一切艺术领域，优秀的艺术家们总在做着艰辛的尝试和努力，而努力的一个目的，是消解在浩瀚宇宙或拥挤的人群间产生的尖锐的疏离感和孤独感，试图向未知的受众开放心灵。汪抒也正是在做着这种努力，虽然源头幽深曲折难以逼近，犹如地底深层溢涌不止的泉水，但那种文字般若智慧的闪光，在汪抒的诗歌中纷沓呈现，仿佛是那涌出地层之上，因势赋形、或急或缓率性而去的溪涧江河。也因此，在这个诗歌被人不断诟病的时代，汪抒的诗却总能吸引众多有着不同阅读喜好的读者驻足欣赏。

诗歌史是对抗史，是传统与反传统、破坏与建设、世俗与先锋对抗的漫长历史。而因自身的天赋与勤奋必将写入诗歌史的汪抒，他的诗总带着先锋者的刀芒，勇于做极端化的语言尝试。他已渐渐不羁于物，常常会毫不刻意地舍弃肤浅的意义甚至表层的意趣，"我绝不染上／任何意味"，诗人在纯粹的形式或文字中，反复探究节奏的奥秘、修辞的新技艺。往往，秋毫毕现的细节只是抽象后的高度具象，是能指的无限跳跃，而那些轻盈飘浮的文字里所裹覆的是无比厚重的意蕴……所有这一切，都使他的诗更具强大的渗透力与感染力。

作为诗人，他"一个人在平地上走路，踏上巅峰"，汪抒不是盲目自大的命名者，他只是在认真努力地拆解并重构司空见惯的一切。拆解与重构是如此繁杂漫长却又是如此重要，汪抒的诗在意义模糊中逐步开始了韧性的深层延展，而且，在歧义渐生、面目日显生疏的语言现象里，生于虚构的真实让所谓的事实不再重要，事物间的微妙联系已被诗人捕捉到，"我有许多与我／死硬对立的文字"，一些词语由时间和习惯所养就的亲缘关系被割断，还有一些词语，它们在重组中，潜伏的诗意正在被一点点地挖掘出来。另一方面，"我有与昔日仍然一样的品质，在不得意中寻欢／但不作乐"，不管围绕诗人的一切如何变化，汪抒的诗歌内质特征都始终是清静纯粹的，无论有意还是无意，浅淡抑或浓厚，总是带着他似乎极端的冷静，澄明剔透，仿佛他不是描述者，而是旁观者、倾听者，他的趣味似乎就是随时准备触摸空寂的芬芳，倾听来自虚无的声音……

生命美好，如一现的昙花，而我们所处的历史生活偏偏毫无诗意可言，一切伟大的感动无处附丽。那么，诗歌的存留是否就为了挽留人类所剩不多的美好品质呢？

"要么我是真实的，你并不在我眼中显现／或者／相反。"所有诗人都在做着还原事实和虚构存在的努力，然而，没有任何真实能被我们还原，一切书写终将沦为虚构。当然，你也不必执着于这一点，写作毕竟使我们有了向四面八方的时空无限延伸生活的可能，而这，或许才是意义所在。

勤奋与天分同样重要，汪抒通过自身的实践提醒了我们这一点。写作，总要有一个持续性积累的过程，就算是天才，在写作面前也没有真正的捷径可循。一样的七弦琴，从阿波罗传至俄耳甫斯，悠扬的琴声便能从心灵流出，震撼心灵，使人神共醉。汪抒或许就是另一位俄耳甫斯，他用文字音符再现来自乌有之乡的琴声，并混杂在现实的空气中，令人心颤地长久回荡。

"没有谁不被时间照亮 / 但我已看出了它的脆弱……"

尾声：神殿外的缪斯

庸俗的赫尔墨斯占据了神殿，缪斯女神们与她们所眷顾的诗歌一道，从神龛上退下，退出了奥林匹斯山巍峨的庙宇，而人类的黄昏正逼近天空。

自始至终，也许只有诗歌语言才是神与人的共同语言，是来自心灵抵达心灵的艺术。在阴霾密布的现代天空下，也唯有诗歌才能不断在纸上布下一道道世间最明亮的光芒，照亮那些背负思想重荷、饱历无常之苦的盲目的荷马……

诗作点评与求疵

很高兴能与大家同聚在风景秀丽、人文厚重、历史气息浓烈的滁州城，一起来谈谈诗歌。主办方通知我，今天活动是一上午时间，三个半小时。我见识很有限，不擅宏论，需偷工减料。

最近事务多，抽空读了大家的诗稿，这次讲稿也是准备匆忙，条理估计不够清晰。今天主要围绕大家的征文稿件，谈谈自己的一些观感，仅代表我阅读时的模糊印象，曲解难免，有失偏颇的地方还请大家直接反驳批评。点评后，我再引一首古诗，就灵感激发、现代诗歌阅读等话题做一个浅层次的探讨，话题涉及写诗、选稿和用稿常见问题。言归正传。

先就"我和祖国共奋进"征文诗稿的总体风貌来说说总的印象：1.有现实主义的厚实，取材日常，接地气，贴近生活真实；2.言之有物，少矫揉造作之风；3.浪漫主义手法呈现和理想主义的闪光；4.不违时代风貌，能体现时代精神内涵；5.大部分诗作语言朴素，以情动人。

《诗经》有风、雅、颂三个部分，其中的"颂"，是最传统最有生命力的诗歌形式之一。周、鲁、商三颂，凡国之大事大典多有"颂"的身影。"颂"，我们当下就可以理解为主旋律歌咏。大家这次提交的诗歌或诗词，在各自独立中形成大组合，构成一个思想脉络清晰、主题统一、旋律呼应的"颂"。下面我对部分作品进行点评。

首先是《外线工》这首诗，我简要概括为"始终如一的信念"。

诗的第一小节，先作了对比，拿输电铁塔的高度和摩天脚手架相比，固然不算高，但也包含耐压的理想叶片，被钢铁手臂撑起的共性。高压线在诗中被喻为血管，流动奔腾着，可点燃生活的火焰，它不会因来自虚空的天雷震荡而神志昏眩，这个隐喻很有新意，是比况，是物与人的合一。超高压线路身负建设新时代使命的重量，保持精确的等距离，在大地上写下如一的信念，这一意象在诗中很突出，可视为贯通全诗的大血管，或称为诗眼。我们常说的诗眼，即核心意象，可点亮全篇。第二小节，白描手法刻写年轻单纯的外线工。他们性格都有豪放的特征，组装起钢铁意志，用角磨机的力量绷紧生活之弦。此处精彩，能引起读者更多的联想与想象，是弯弓射大雕的时代英雄群像。这些年轻的外线工有自己的幸福快乐：去饭馆里饕餮一餐，弹吉他，穿牛仔裤，在孤寂的黄昏小路上看生活的亮色，看姑娘们的连衣裙和身材曲线。其实，这才是诗歌的血肉，才是有质感有温度的表达。第三小节，承第二小节深入，用"能吃苦"概括外线工，无垠旷野，广袤空间，都留下他们的身影。他们用仪器测量铁塔精确度，也用思维的仪器测量理想的精确度，用身体与意志夯实输电线路以及人生的基点，把电流送进了千家万户。第四小节与开头形成一个回路，呼应并升华。"用'一'的信念 / 穿过了峻岭逾越了河流 / 用一根银色的丝线 / 系住了心灵的能源"，喻体贴切，动词使用准确。

比喻，是我们在诗歌中常用的修辞手法，用喻手法高明的现代诗人不少。在此推荐台湾诗人余光中先生。他在博喻上的研究很有心得，大家可参阅他的代表作之一《登楼赋》来体会。博喻手法，本质上就是贯穿始终的庞大喻体集群，场域的移植模拟。

本首诗存在的小瑕疵："肱二头肌"误写成"雄二头肌"；第三小节收束处，"在噼啪的鞭炮声中 / 他们激动得有点……"最好是具体呈现，因为诗在一定程度上就是为了抗拒感觉上的难以说出，甚至是不可说出。

作品《我的抢修兄弟》与《带电人》是"如歌行板中的群像"。

《我的抢修兄弟》开篇就说"我不会写诗，但想起你就有诗情澎湃在胸腔"，这话是可解的。诗是一种复杂的精神活动，但又绝非某类人专属。譬如，劳动号子可入《诗三百》，到唐代，贩夫走卒也写诗。而现代社会，生活多样，思想多元，都是诗歌诞生的沃土。阳春白雪或下里巴人，都可以成为诗的主体或客体。2016 年，诺贝尔文学奖授予美国歌手鲍勃·迪伦，获奖主因是他在 20 世纪六七十年代写了大量承载时代脉动的歌词。鲍勃·迪伦就不是严格意义上的诗人。再如莎翁，他写剧本写诗剧不是为了传世，而只为稻粱谋。所以，写作者的身份从来不是作品好坏的评价依据。好诗几乎无须解读，只需轻声吟哦。如鸟鸣，让人愉悦，无须解读一样（鲁迅文学奖获奖诗人陈先发语）。《我的抢修兄弟》《带电人》这两首诗突出的特点是严谨地遵循诗与音乐之间的默契，有流动的抒情乐感，跟现在很多强调内在节奏流动的新诗相比较，更容易抒发心志，也更适合于朗诵。如果我们考察诗的源头，就更易理解诗歌一词指示了诗与歌的共生态。第一首诗借铺排来达到强烈的抒情气势，营造在场感。每一行每一句像微笑那么阳光，像言语那么酣畅。在人物塑造上采用"手臂挽着手臂 / 肩膀比着肩膀"的典型形象抽取，化具象为抽象，化个体为整体，写出电力抢修工兄弟不为人知的无私奉献。他们"那汗珠挥洒的足迹 / 一天又一天 / 将感动的波澜传播出去"，实践着"人民电业为人民""你用电我用心"的平凡而伟大的承诺。第二首《带电人》，有时空纵深，着力抒写一代又一代电力人的情怀，许启金、三八女子带电班、劳模工作室乃至每一位电力人，都将在新中国或新时代电力建设史册上留下深深浅浅的痕迹。作者作为取景器外的观察者，饱蘸深情地抒写"一年又一年 / 我用镜头、用文字、用真心 / 拍摄你、描述你、感受你""把令人恐惧胆战的放电声 / 化为耳畔最美的音符""一次次登塔与天相拥""咽下痛苦嚼出甘甜""年年抢修车里听不完整的春晚"等。我们在两首诗中遇到的不少句子，都诗意盎然，能让读者在音韵流淌中眼前忽生电光石火的美感。

这两首诗的瑕疵是部分句子因顾及押韵而有些损害意味，另外存在错别字。

再看作品《薪火相传青春之我》，可以简要概括为"无我"奉献和画卷"有我"。

这是合作完成的一首诗，抒情色彩绚丽，节奏流畅，遣词炼句精当。诗首先追溯了从五四新文化运动到新中国成立七十周年坎坷而辉煌的历史征程，又以续写华章的电力建设者身份为荣，鼓荡着强烈的自豪之情。这首诗把百年风云跌宕加以浓缩，重大历史事件如画卷般呈现。既有时间上的线性铺叙，又有超越时空界限的情感与理性存在。从五四落笔，新文化运动是我们现代文学的肇初启蒙运动，近些年，肯定与否定的声音不断交战。但从时代意义上来说，它带来沉睡中的觉醒，带来硝烟弥漫而又浓墨重彩的大时代变革。一个时代有一个时代的强音，诗人写道："我要用一本书来读我的青春岁月／我要用一支笔来书写我的青春年华／我要用一幅画来描绘我的青春梦想／我要用生命之火来点燃我的青春激情""我们以铁塔做路基／架一条天空上的河床／我们以灯盏做路引／辟一道人间的暖流"。从古泉到昌吉，都有"我"的身影，"我们"不是神话，却有模范之风、大国工匠之姿。文心闪烁，诗境也就璀璨。这首诗在语言铺展蔓延上有吸附力很强的内在逻辑，掠影般的细节呈现以及意象组合，艺术地凝聚了写作者的独运匠心。

王国维先生在《人间词话》中提出过"无我之境"，那是从诗境营造的角度，形象阐述写作要逐渐隐没那个自然的"我"，那么理性之"我"才可能无所不在。这首诗中，奉献者以无我之境，燃烧青春，在艰苦卓绝的路途中实现梦想。最终，历史画卷中将必然有"我"。

《薪火相传青春之我》存在的瑕疵主要是：手法稍显单一；少数地方语义重复，削弱了抒情力量。

《青春无悔》《果实更殷红》这两首诗出自同一位诗人之笔。他26

岁时走上工作岗位，开始面对"热烈的风"和"多彩的雨"，以及那一道点燃青春激情的闪电（这是用喻，长长的输电线与闪电合二为一）。外线工很辛苦，诗人对工作细节描摹得精细，因精细而有力度。脚下的土地"湿了又干／干了又湿"。高塔上，身子与影子分离，"我的身体留在塔尖上摇曳／我的影子／杆塔的影子一起慢慢拖长／长到灯火阑珊处"，辛勤工作中，却"让黑夜／留在我的黑眼圈里熬煮／也让黎明／一身白光的挤压，碰撞"，这些动词很耐读。一天时光就在这逐渐拖长的光影中不知不觉地流逝，一年又一年也是这样流逝。诗人也怀疑，这样的生活就是自己的一生理想吗？但最终从怀疑中走出来，在燃烧和奉献中找到了自身价值。他在无数次摔倒中，练就铁塔一样的风骨，他见证着共和国飞速发展的奇迹。在诗人笔下，祖国不再是抽象的区域概念。诗中的"你"，既是巍然矗立的铁塔，也是值得自己奉献出青春热血的祖国。"我散落成泥土／我低飞成河流／我活成杆塔的风景线""脚下都会生出几朵／带血的玫瑰""衣帽上也沾满了／太阳的泪水／和冬天的雪花""当夜风吹来，我就像一个／熟睡的孩子／梦与现实早已把我划分成／无数个格子"，这些是任何人一读都会有所触动的句子。诗人在低处，谦卑而自知，诗却可以像铁塔，让我们成为超越低处的存在。而有所触动是诗的起点，也是阅读的起点，能造成触动并不知不觉改变着阅读者，更可以视为一首真诗的重要标识。《果实更殷红》写"我"与花在雨季相逢，写"我们"即便成为果实，也不忘初衷。"也把／褶皱眼睛里／的风景编写成诗和远方"，这些语言，很值得揣摩。两首诗合写出光影人生中的内心收获。诗歌的羽毛包含着想象，想象是现实的心灵外化，我们在诗情涌现时又必须艺术地克制，做到有节制地抒写，这是语言驾驭能力最切实的体现。这个稿件在排版上出了点问题，第二首《果实更殷红》中，有句子"今晚，汗水在他们身体上反光"，应该是另一首诗的题目，写夏季电力设施抢修。请大家发稿前，一定注意区分标题与诗歌正文，不然肯定会影响编辑的阅读印象。第三首，也显露了作者扎实的诗歌写作功底，尾行可考虑删去，或更有质感。诗作宜在抵达前戛然而止。如王徽之雪夜访友，要留给来者思考感悟的空间。

存在的瑕疵：部分句子如"我既兴奋，又相对紧张／我仿佛有了／一种责任，一种期待"略显平面化，语言上可再作提纯。

《生产记——电线杆：光驰骋的墩柱》这首诗很有特色，诗作者运用了大量的工业化名词和特殊的意象组合，娴熟地制造了一种陌生感——起码对大部分读者来说有陌生感。这归于诗人个性化想象和陌生化审美带来的效应。目前，华语诗人中有不少坚定秉持后现代主义立场写作的，他们都会有意无意地对语言进行陌生化处理，这也成为吸引阅读深入的一个手段，可称为制造迷宫和寻找通道的快乐。再如，我的一位老朋友，善写艺术评论，他就是运用大量的物理学术语，对新艺术形式或风格进行诠释，常常能起很好的效果。不过，作为征文类作品，解除指向上的刻意陌生感则是有必要的。表达的缜密是需要一定语言密度的，这首诗的词语密度很高。高密度的词语分布，也必然造成词语与附着义间的碰撞、回应，不断产生张力，让诗句更有可弹性解读的魅力。《生产记》这首诗也没有停留在陌生感和词频密度上，随分行不断推进，又发生变化，在巧妙而形象化的语言翻涌呈现中，最后将陌生感作了解除。结构上，它按数字分节处理，对电线杆生产的各个流程进行诗意分割，重新拼装，形成一根完整的电线杆，形成一首从整体显现出来的诗，这也是近些年不少诗人习惯采取的一种结构法，值得习惯于短诗写作的朋友借鉴学习。

真正的诗，就是一种发现，来自心眼的发现。它往往旋涡般围绕一点（有时就是突如其来的一个句子）开始，不断衍生，最后成型。诗的写作在到达一定阶段时，也带有自然生成的特点，而且如海浪般，每一句向前涌动时，都呈现出整体。这首诗，我更关注它的陌生化。事实上，换个角度，熟悉的事物经过我们反复凝视，就会显现出让我们惊讶的陌生面孔。而诗的产生乃至一切哲学思想的诞生，都与这惊讶和陌生密切相关。

这首诗存在的瑕疵是，读者没有耐心的话不容易进入，会觉得不知所云。

《星空下，我灯火长明的祖国》《电的简述》这两首诗容易让读者联系到郭沫若的《天上的街市》。彼时中国，积贫积弱，和今日繁荣强大的中国形成鲜明的对比。《星空下，我灯火长明的祖国》一诗开篇，则以卫星航拍的地球夜景图起笔。明暗交织的光影中，诗人一眼就认出祖国。这一眼，为诗歌抒情枝叶的伸展做了铺垫。我们的祖国历史久远，星空映照之下，总是草木荣枯，世事变迁，唯灯火长明，从不熄灭。这灯火是虚指，指向赤子之心，指向传统中国精神的延续。当然也可以速转为实指，譬如，国家电网发展呈燎原之势，已无远弗届。诗人将此种成就喻为开枝散叶、扬花结果。第四小节用四个"曾记否"来钩沉缺电往事，再现我们集体记忆中深刻的一幕，为诗歌进一步延展作张本。"仰望星空，还有谁不曾遐思飞扬"，过去只能想想黑暗的大地上有一天也会缀满繁星，而如今，"无尽的夜晚，无尽的灯火／在流动，在旋转，在走心／谁又能说这不是星空的倒影／谁又能分得清人间天上，天上人间"。这首诗还有一个亮点，就是有明亮的结尾，这是颂歌或主旋律咏叹时可大胆保留的部分。《电的简述》一诗科学小品气息强烈，是用第一人称方式写电，诗中提到的泰勒斯，是历史上有记载的最早的哲学家之一。早些年我在阅读海德格尔作品期间，曾对这位哲学家有一定程度的了解。他在某种意义上可称为自然哲学家，对自然现象有朴素的哲学沉思，可惜没有系统的著述存世。对人类用电历史，这首诗的展开很充分，诗意在最后几小节更鲜明。

存在的瑕疵是：成语和抽象词语在现代诗中要尽量少用甚至不用，

此类词语的意象活力已被挑剔的现代诗读者基本否定殆尽。

作品《光明交响乐》《历程》,诗产生于敏感者的日常生活,仰观俯察之间都可以触发诗的情愫。第一首让我想到欧阳江河的《星星变奏曲》,在局部构思和部分手法上有相通处。这首《光明交响乐》开篇写星空,让人心生敬畏。正因有星光,夜空不会孤寂。由此自然转向,正因有了灯火,人间不再冷寂。这是好的开头。第二小节一连串的用喻,把光明喻为生命、希望……这些用喻不算新颖,但能引出歌咏的对象——电力天路。自第三小节开始,大量的场景化描写,铺陈赞美,有不少出彩的比喻,有个人创意。诗结尾"为实现'一带一路'倡议,构建全球能源互联网/中国演奏的一曲光明交响乐,搭建了平台/提供强有力的支撑,光与电的旋律/让世界更亮堂,让人间更温暖,让全球更美好",无疑,整体绘成一幅大时代中国电网的世界蓝图。《历程》前几个小节有新闻稿气息,新闻可入诗,通行证就是诗意。譬如"每一盏灯,点亮了夜/也点亮了心/每一座塔,每一根线/连接了你、我、他"等句子,就有诗意存在。诗性的语言就须破除条文俗套、概念牢笼,是细节、动真情。哪怕一个点上的闪光,也可以成就一首诗。这也牵涉到整体立意与构思,构思好了,空泛的抒情就会减少,才可将情绪上升为情怀。

瑕疵是存在语义重复,好比路由器接错线出现死循环。我们写完一首诗要多审视,最好是让文本存在些许异质,异质让平淡无奇的生活或工作语言忽然迸发出光亮。

《我愿》《祖国强大的密码,我们谁都不说!》《这条长街》这几首诗激情满怀,情如能取胜,那么语言的雕琢可退而求其次。《我愿》一诗中"我愿是一颗小小的露珠/汇入为人民服务的队伍",可以将"队伍"换成"洪流"之类,这样可能更容易汇入语义。《祖国强大的密码,我们谁都不说!》这首诗的题目很有吸引力,好题半首诗。有些句子很好,譬如"拥有强大的量子星座"。总体上存在不足,形象化的细节呈现太少,展开不够充分。这是诗常见的失语症候。《这条长街》一诗构思相对更好，有动人的细节。诗中的"你"，从小立志要做一名优秀的抄表员，许多年过去，诗人端详那张承载芳华的老照片，再抬头望着门前的特高压线，想到已实现了的远程自动抄表梦想。韶华已逝，却也满心安慰喜悦。到这里，诗中的"你"和诗人已重叠在一起。

这次还读到六首词。客观地说，传统诗词里的意象在今天生活中已很难或根本无法再现。过去习惯上认为，某类词汇才属于诗词专有，但现代生活中的我们，几乎无法实现词与物、境与情的观照。另一方面，传统诗词成就形成的巨大山影也让现代诗词作者很难摆脱，容易陷入失语态。就这六首词来说，古典诗词的语言留痕相对较少，这是非常好的现象。如现代诗词要发展，就必须融合现代语言，呈现时代气象。我们把晚唐文人所作的词，和北宋以及南宋词作比较，不难发现，它们在风格和语言习惯上都存在整体上的显著差异，这是时代对语言淘洗的结果。这六首词能熔铸时代气息又不失典雅，是最突出的优点。当然，这里还存在另外一个问题，就是平仄。现代人填词作诗，在这方面出现的问题最多。其实词本不是用来朗诵，而主要是用来唱的。它有音乐的轨迹。既有音乐轨迹，就要考虑合拍的问题。用什么声调的字符、字数多少，都与曲调关联密切。而每个汉字都有自身的音符，就是平上去入的四声变化（入声现在多存于方言中）。有部分词牌曲牌灵活性比较大，如《临江仙》，就有十几种字数平仄上的变化。词和曲在最初属于一种消费性大众文化，因音乐入人也深、化人也速，有助作家的作品推广。反之，歌手和音乐也因文人作品而增辉。南北朝沈约等对唐诗做出很大贡献，主要也就是在音律上。还有一个问题，就是民族的融合导致语音演变一直在进行，故汉字音韵分类一直在持续。上一次较远的分类可追溯到晚清的《词林正韵》。我们要填词，需要参考最新的音韵类辞书，譬如《诗韵新编》以及《中华新韵》等。

　　先说作品《满江红·马蹄声声》。《满江红·马蹄声声》展现电力人为国家驱策四方，坚守信念身负使命，舍小家顾大家的时代精神，格调昂扬向上，但在平仄上存在 11 处问题。"见得过且过，格杀无赦"，新时代还应该少些杀气，多些和谐。还有"光明册"一词，多少有些让人费解。再说作品《少年游·山河破碎》。这首《少年游·山河破碎》构思很巧，起笔山河破碎遍地枯骨，战火焚烧后的焦树上栖息着哀鸣的乱鸦，形象再现了那个已显得颇为遥远的年代。然而，它并不遥远。那是一个和现在幸福生活血脉相连的年代，今天的美好生活正是来自"二八壮烈，七十奋进"。中国共产党领导下的中国人民经过三十年艰苦卓绝的奋斗，取得新民主主义革命的胜利，建立了中华人民共和国。新中国成立七十年来风雨兼程，不断取得新的胜利，谱写出新的华章。乘风破浪正当在此时，正当少年中国。这首词大概取义于梁启超先生的《少年中国说》，词声高亢，奏出时代强音。存在的瑕疵：三处平仄有问题；"四方倾"容易出现理解上的歧义，歧义有时不是好事，特别是主旋律歌咏，会引发大的曲解。斟酌损益，可使用双关。

　　作品《临江仙》四首。四首《临江仙》锤炼工稳，平仄押韵做得很到位。《临江仙》原属唐代教坊曲，晚唐演变为小令词牌。后经历演变，两阕相叠，成为"双调"。到北宋柳永成为慢词，变格较多。任半塘先生依据敦煌文献，"岸阔临江底见沙"谓辞意涉及临江，是可信的。《临江仙》填唱基本要诀是流丽谐婉、声情掩抑。但到了明代的杨慎，所作《临江仙》已打破了这种限定，除保留"仙"意，与宋时《临江仙》的格调大不相同。后这首词进入明刻本《三国演义》，1994 版《三国演义》电视剧片头曲歌词也是它，大家都很熟悉。这四首《临江仙》前三首，每首也仅三两个字不够工整，已经很难得。四首词中第四首最出彩，画面感很强，"晴装素裹"化用《沁园春·雪》里的"红装素裹"，把大气象带出来。接下来是视觉上的色彩缤纷，瑞雪满乾坤，进而抒发昂扬奋进的豪情。

词意大开大合，或者说以气势取胜。"瑟萧何足顾，万木已知春"，冬去春来，虽有余寒，一眼看去仍是木叶萧索，然而，万木却如早春江中的鸭子，知春天已至。再如"笑迎风凛冽，温暖在人民"写出春寒凛冽，但电力人却如迎春花，笑面以对风雪。因为，他们已把温暖送给了亿万人民。从意象选择，叙写的映衬、对比等手法的娴熟运用和自然贴合上，我们能看出作者在古典诗词的研究上必然浸淫了多年。

现如今，新诗与格律花开两朵，各表一枝。我认识一些写诗词的朋友，他们对新诗不屑一顾，认为没有什么文化积淀。我认识更多写新诗的朋友，他们认为新生活有新语言和新语言形式，诗词只是古董，赏玩可以，再造一个，那肯定是赝品。这显然是彼此间缺少理解造成的。也有朋友从诗词转入新诗写作，我发觉，他们在遣词炼句上的功夫很出色，这是语言技艺得到过有效驯化的必然结果。写新诗，不少人在这一点上过关很慢，甚至过不去，也是一个明证。虽然新诗与诗词各有渊源，但从当下来看，两种诗体之间是存在交集的。二者都遭遇类似的困境：该往何处去？我认为，新诗和诗词最大的交汇处，就是此处，就是当下。准确地说，这不是一个点的交汇，而是面的融合，是一个可无限伸展的巨大空间。好的诗歌需要原地挖掘，原地就是活水源头。所谓当下也就是文章千古事，得失寸心知。

1045年，欧阳修被贬为滁州太守。在滁州，欧阳修关心百姓疾苦，为政"宽简"，与民同乐，写作上终至大成，写下不朽名篇《醉翁亭记》。1513年，大儒王阳明来滁州，担任太仆寺少卿这样一个小官。悠闲公务之余，师法韦应物、欧阳修、辛弃疾，穷研六经，潜心诗文之道，终获大觉悟，开创了对后世影响深远的心学，并留下诗句"悟后六经无一字，静余孤月湛虚明"。

我们再向上追溯更久远的滁州，到唐人韦应物写作的那个时代。

唐人重意境，意境是传统诗性的鲜明特征之一。画面感是生成意境的重要载体，然而，每幅传世画面里都有王阳明所欲阐明的心——诗心，同样也是道心。现在，我取《滁州西涧》一诗，用强指方式来做个另类的解读，只是借诗来说诗。

"独怜幽草涧边生。"写作是孤寂而丰富的心灵活动。诗歌写作是一种发现，是面向世界，更是直面内心。诗意存在于发现之眼，和转换为具体语言的冲动。

"上有黄鹂深树鸣。"想象力是作品超越自身的存在可能。知其有，而不可见的诗，那该如何显现？要参照和超越，这参照是才子火花与学人的野火。诗就是类似鸟鸣的精神洗涤，涉及语言与物象的选择，以及内心矛盾冲突撕裂与净化升华的过程。诗如何以深树般而存在，不是以量为单位？不少诗人写下的作品很少，譬如王之涣，譬如特朗斯特罗姆，譬如更多的不知名的唐诗作者。诗人重视的应该是质，诗歌的价值在于具备经典性、特殊性和共鸣性，这一点如果拓展开，会有很多的复杂话题。树有根须，诗歌的根须在哪？我想这根须就是时代，就是我们对时代保持不变的关注和凝视。

"春潮带雨晚来急。"诗歌在时代的变迁中何为？时代是诗歌的土壤，时代风气必影响创作的走向。在一个急骤转变的大时代中，我们该怎么写？我们可以从虚拟的网络化现代生活模型思考，从精神世界重建必需的主旋律入手，从扎根地底才能吸纳更多营养的人民性入手，从历史唯物的主体性入手，在时代每一个角落都细心观察，都从中看到诗意的存在。

"野渡无人舟自横。"诗歌写作最终是向内心的进发。古代谈境界，有无我之境一说。所谓无我，就是大自在，就是大我的不羁之舟。好诗在自然而然中，隐藏生活和思想的深渊。诗艺演进，必然关乎热爱与潜心。我们注意观察时代变化的细微，并向心灵更深处加以挖掘，才能创作出更好的作品。

接下来，我们再来说说阅读。阅读其实也是一种发现，从接受美学角度来审视，我们的受众可以是普通读者或编辑。打个比方，不同的水果有不同的味道，有人喜欢杧果的清香，有人偏爱榴梿的浓烈。阅读偏见必然存在，这种偏见也必然带来缺位和认知上的盲点。所以，对匆匆忙忙的普罗大众来说，阅读必然会途经一些无意识的过滤器，由自己的审美习惯来草率做出决定。另外，作品的具体精神内核也必须认真参考具体刊物和栏目的实际需要，这是从编辑视角来说的，具体来说就是立场与导向、栏目设置、版面容量、读者群体、新意（涉及审美疲劳与喜新厌旧）。一个大刊物投稿量往往太大，筛选是一个烦冗至极的活，确实很难；作品有没有新发现、新体悟、新手段、新感觉？而内容的新、思维的创新、写法的推陈出新这些都很重要，都需要我们认真面对才能做得更好。这就要求我们既要能模仿，更要能吸纳、融合，最后融入自我，做到独创，甚至做到体系化、风格化，成就一个独特的文本的我。

我们再来说两个话题。一是当代诗歌为何如此多样化？我尽量一言以蔽之。现代诗有以代系划分，有以形式划分，有以职业划分……让人感到眼花缭乱、无所适从。归因是物质逐渐富足，生活逐步多样，信息渐渐多元，心灵也就变得更复杂，人性遮掩开始减少，诗的多元也使得大部分现代诗的分析效率近于现代临床心理分析的低效化。

二是诗歌能否建立统一的评价体系？这其实是人类发展至今，始终无法从根本上解决的问题，无论是《文心雕龙》《典论·论文》《诗品》，还是《人间词话》，都无法从根基层面建立一个法则，就如物理学中统一场论的建立仍然遥遥无期一样。典型的例子是《哈姆雷特》的千人千面，《红楼梦》的道学家见淫之说，而诗歌解释学难度更大，如我们人类的现有技术无法存储一道自然闪电一样，所有诠释心灵闪电的努力本质上可能都是隔靴搔痒，因为就连同时代成长起来的我们在三观上也不可能达到绝对的统一。

　　毕竟，文学是心灵之学。而一切评价几乎都是基于自我感受（作家格非说，再真实的感觉依旧是感觉），是基于写作者与阅读者的内心契合度，基于文学、语言学、哲学、修辞学、心理学、社会学等诸多元素的复杂融汇，这是一个长长的建立于"基于"句式的复杂组合。无论是感觉还是学科元素，有统一评价标准吗？答案是没有。当然，如果有一条放之四海而皆准的评论法则，那人类历史上所有的诗歌乃至文学作品必将面临一个重新被认识的过程，一场新的进化淘汰（几十年前曾尝试过，如今却成为冷笑话），那么评论的价值自然也将消失，可由电脑代替完成。其实，当代写作呈现出的丰富复杂，甚至缺少标准，也不是坏事，这是与当代社会的复杂性相对应的。我们这些写作者不是存在于真空，而是始终要扎根现实土壤。现实主义题材取之不尽，用之不竭，其中自然包括我们发自内心地对党、对人民、对新时代的讴歌。同时，致力于写作的人，也务必减少"吃瓜群众"对自身的影响，树立"蜗牛"精神，写作上不急于求成，多阅读多学习，不怕慢就怕站，只要经过处能留痕，养成螺旋式上升的写作心态，我们的写作终将取得可期的成果。